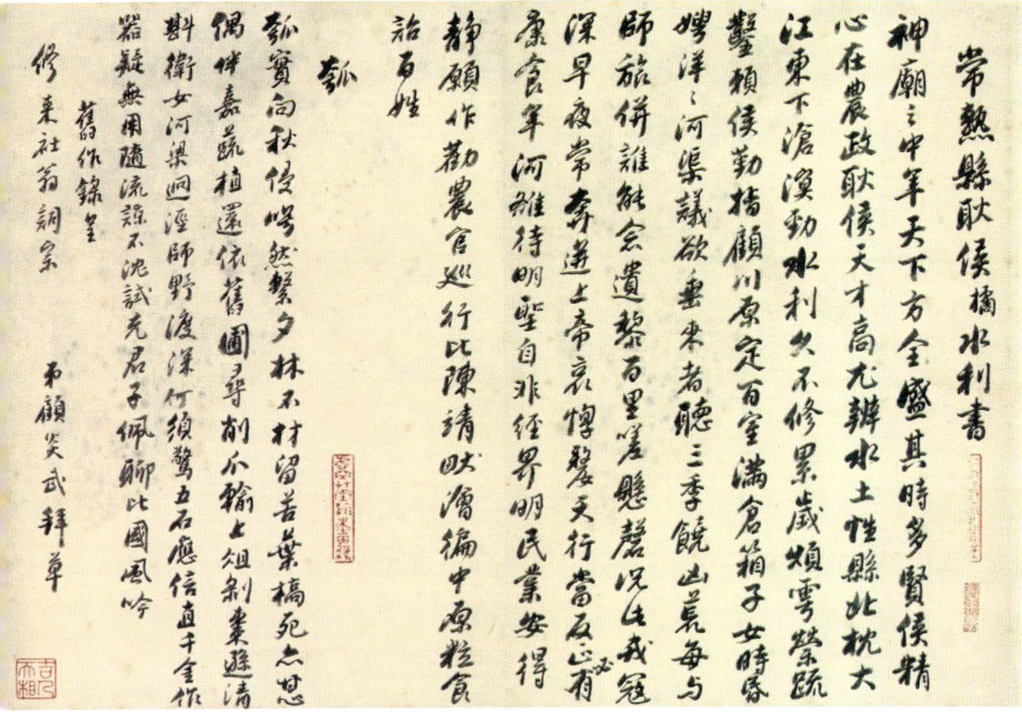

［明］顧炎武《常熟縣耿侯橘水利書》（手稿）

淮南歸客滯江干三宿維舟倚石欄絶壁夜篝紅
燭拜古題關剥緑苔看斗斜鵁鶄樓陰直江斷鼉
龍朔氣寒惟爾離筵虛邂逅北風明發路湯湯

夜歸湖中作

平生逸氣吞雲夢此夕歸艫犯斗牛萬頃琉璃長
不夜五湖鵞鸛劃中流霜華送酒天齊落海客吹
簫曉更遒南國故人拋漸遠明朝回首望京樓

正月十七與子春曉渡獻縣城北橋堤堤亘
十里横誇河上氷合將泮水物翔泳四起盖
北來異境也率爾占絶句六章歌之少暢道

[明]朱曰藩《山帶閣集》卷四(萬曆刻本)

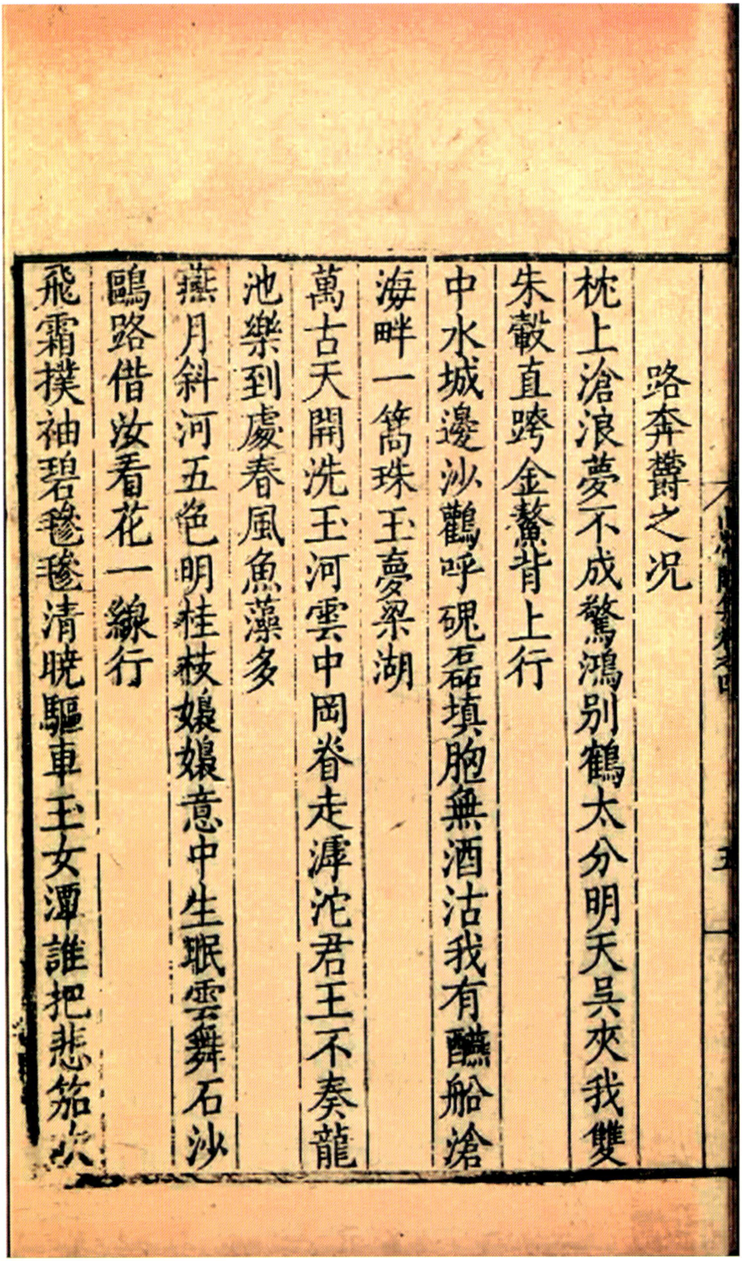
路奔齎之況
枕上滄浪夢不成驚鴻別鶴太分明天吳夾我雙
朱轂直跨金鰲背上行
中水城邊沙鸛呼硯磊填胞無酒沽我有醽船滄
海畔一篙珠玉夢眾湖
萬古天開洗玉河雲中岡脊走滹沱君王不奏龍
池樂到處春風魚藻多
燕月斜河五色明桂枝孅孅意中生珉雲舞石沙
鷗路借汝看花一線行
飛霜撲袖碧毿毿清曉驅車玉女潭誰把悲笳吹

[明] 朱曰藩《山帶閣集》卷四（萬曆刻本）

郵置鄧尉孤山似此無迎人蹕路江南意

紅杏園

渤海經古邑芳園駐翠輦徘徊尋故蹟云昔日華館三雍曾著稱五經亦賴顯崇構早傾頹土階新拓展池臺取畧具琴書供靜遺物力毋亟勞容膝斯已善

燕九日觀燈

上元餘興覺猶濃燈事重陳景物融日紀邱仙沿俗例地傳毛氏想遺風繼離騰照千村

直隸學研究書系·歷代獻縣詩鈔

傅林　于萬復　劉青松　主編

歷代唱和吟詠獻縣詩鈔

于萬復　輯校

河北大學出版社
·保定·

LIDAI CHANGHE YINYONG XIANXIAN SHICHAO

歷代唱和吟咏獻縣詩鈔

出 版 人：耿金龍
選題策劃：楊顯碩
責任編輯：郝　健
裝幀設計：張彦琪
責任校對：劉景坤
責任印制：靳雲飛

圖書在版編目（CIP）數據

歷代唱和吟咏獻縣詩鈔 / 于萬復輯校．-- 保定 ：河北大學出版社，2019.10
（直隸學研究書系 / 傅林，于萬復，劉青松主編．歷代獻縣詩鈔）
ISBN 978-7-5666-1527-5

Ⅰ．①歷… Ⅱ．①于… Ⅲ．①古典詩歌－詩集－中國 Ⅳ．① I222

中國版本圖書館 CIP 數據核字 (2019) 第 177937 號

出版發行：河北大學出版社
地址：河北省保定市七一東路 2666 號　郵編：071000
電話：0312-5073033　0312-5073029
郵箱：hbdxcbs818@163.com　網址：www.hbdxcbs.com
經　　銷：全國新華書店
印　　刷：保定市北方膠印有限公司
幅面尺寸：148 mm × 210 mm
印　　張：11.5
插　　頁：4
字　　數：248 千字
版　　次：2019 年 10 月第 1 版
印　　次：2019 年 10 月第 1 次印刷
書　　號：ISBN 978-7-5666-1527-5
定　　價：46.00 元

河北大學國學傳承與發展協同創新中心資助項目

總　序　一

獻縣自古爲畿輔名區，河間獻王收書于前，紀文達公兼綜于後，可謂金聲玉振。在歷史的積澱中，獻縣人文鼎盛，如戈氏、紀氏、劉氏等舊家不僅在當時享名于世，即今亦被目爲“文化世家”①，這些家族涌現出大量的詩人、學者，與畿輔地區的其他詩人互相應和，形成了别具一格的畿輔詩人群。在提倡“京津冀協同發展”的今天，整理畿輔詩人的詩作，進行“直隸學”的研究，具有特殊的歷史内涵。

清代“畿輔詩人盛于河間”②，獻縣詩人則是河間府詩人群的重要組成部分，除了戈濤、紀昀名列“河間七子”外，戈濤與邊連寶被稱爲“瀛州二子”，崔士元與崔旭、梅成棟、董元度并稱“燕齊四家”，劉肇均與張之洞、邊瀹慈有“畿南三才子”之目，這些名號反映了當時獻縣文壇的興盛局面。紀坤、王餘

---

① 見王崗、鄧瑞全、曹書杰《中國文化世家》，湖北教育出版社，2008 年。

② 陶樑:《国朝畿辅诗传》卷三十八。

佑作爲明代遺民，詩多憂時感事的沉痛之音，尤其是王餘佑，負家國之痛，“不肯以塗朱傅粉，争妍取憐于世人”①，百無聊賴，乃以詩名，故其詩質樸粗豪，頗示所志。乾隆間，獻縣詩壇空前繁榮，著名詩人戈濤、紀昀二人“以燕許手筆，鼓吹休明”②，以大量的詩歌創作與鮮明的文學理念成爲“河間七子”的中堅。其後，劉書年以書生而爲名將，戡夷黔亂，支持殘城，憂患疾苦無不備嘗，故吟咏之中多憂國憂民之聲。布衣詩人崔士元落拓京師，遭遇“三千年未有之大變局”，其詩作中憂時憫世的愛國情懷與對社會的强烈批判形成鮮明的對比，這是其詩作有别于盛世之音的特點。崔士元弟子紀鉅維“宗法盛唐，屏絶浮響”③，爲近代河北詩派重要代表。此外，獻縣詩壇結社之風甚盛，戈涓、紀樹畬、紀煐述等人結“吟秋詩社”，崔士元、劉書年、劉濬源、馬龍驧、紀堪琴、鄭廷雲等結“杏花詩社”，其作品展現了中下層知識分子的情懷與懷才不遇的感慨，是清中晚期畿輔詩壇的重要力量。

在文學資料方面，前人選集對獻縣詩歌收録并不完備，如《國朝畿輔詩傳》對紀樹畬的漏收，時人便有遺珠之憾，後來的《晚晴簃詩話》大約未脱《國朝畿輔詩傳》的窠臼。文學通史于

---

① 王餘佑：《乾坤大略》自序。

② 范鳴鳳：《愚仙吟草序》，民國十四年（1925 年）《獻縣志》卷十二上《文獻志》。

③ 汪辟疆：《近代詩派與地域》，見《汪辟疆文集》，第 306 頁，上海古籍出版社，1988 年。

獻縣部分，僅僅對紀昀有所闡述，近年來蔣寅、張寅彭等學者對戈濤略有述及，對其餘詩人并未予以關注，《歷代獻縣詩鈔》的面世可以彌補這方面的缺失。在文學理論方面，戈濤作爲畿輔詩人之“巨擘”，以大量的詩文創作，對當時籠罩詩壇的“神韵説”提出了不同的見解，于乾嘉詩壇獨樹一幟。① 與戈濤不同的是，紀昀身居要職，總纂《四庫》，高挹群言，在《四庫總目》中以持平之論對王士禛的“神韵説”多所褒揚，然作爲個人，却腹誹頗多，大量見于其序跋之中，因此其詩作提倡性情，不依傍模擬。翁方綱以爲戈、紀二人在反對“神韵説”方面是一致的，不同的是“芥舟（濤）之服膺陶、杜與曉嵐之服習後山微有差别”②，作爲二人的摯友，翁方綱的這句甘苦之言是文學理論研究應當特别注意的。

近年來，獻縣歷代詩人的作品，除了王餘佑的《五公山人集》、紀昀的《紀曉嵐詩文集》、戈濤的《坳堂詩文集》單獨整理過之外，其他尚未有整理本，因此，《歷代獻縣詩鈔》中的許多詩集是首次面世。《歷代獻縣詩鈔》的整理者均爲獻縣籍學人，他們歷經數年勾稽、索隱，對當地詩人的材料掌握最爲詳備，庶可補前人在版本、地名、人名、斷句、注釋等方面的不足。

河北大學國學傳承與發展協同創新中心成立于二〇一三年。本中心依托正在創建世界一流學科的“中國語言文學”學科的優勢科研資源，整合相關研究力量，以保護和弘揚河北地區優

① 柯愈春：《清人詩文集總目提要》，第 686 頁，北京古籍出版社，2002 年。

② 翁方綱：《復初齋文集》卷三《〈坳堂詩集〉序》。

秀傳統文化、延續河北歷史文脉爲目標，對優秀文化遺産的搜集、研究進行大幅度支持。《歷代獻縣詩鈔》就是本中心資助出版項目之一，相信該叢書的出版對河北文化暨“直隸學”的發揚能做出應有的貢獻。

劉金柱

二〇一七年十一月十三日

總　序　二[1]

獻縣爲獻王故地，素稱畿輔名區，是詩書禮儀之邦，詩風很盛，代有名人。但由于年代久遠，爲水火兵燹湮滅者不知凡幾，但存書名，不見詩作者，又不知凡幾。“文革”時期，民間詩書古籍，消亡殆盡。當前，國家重視傳統文化的傳承，大順民意，搶救鄉邦文化成爲當務之急。鄉邦文化産生于鄉邦歷史，國家文化産生于國家歷史，鄉邦文化是國家文化的根。獻縣歷代的詩人詩作，是獻縣鄉邦文化的重要組成部分，可惜一直没有一位大手筆出來，編輯一部涵蓋歷代的詩集，把歷代詩人的作品挖掘出來，保存起來，不使其自生自滅，而令其熠熠生輝，爲今人所用。

遲遲没人做這件事的原因，主要是年代久遠，詩人衆多，資料零散，難以尋覓，費力未必討好。儘管如此，人們還是企

① 此爲二〇一五年朱惠民先生爲《歷代獻縣詩鈔》（内刊）所作序言，題爲《萬古詩濤繞獻陵——寫在〈歷代獻縣詩鈔〉殺青之際》。

盼着有一位大手筆的出現。

不負衆望，這位大手筆真的出現了，不過不是一個人，而是以于萬復爲首的一個寫作班子，年齡都在三四十歲。這些人的一個共同點是都喜愛詩詞，都有責任心與使命感，都捨得吃苦，敢想敢幹。

事情的緣起還得從于萬復説起。于萬復是獻縣教育體育局的一名普通幹部，是《獻縣志》的主編，喜歡詩詞，在鄉邦文化研究上做過很多工作。二〇一一年，獻縣文化廣電新聞出版局要出一本《獻縣古迹詩存》，找到了他，他爲之提供了有關詩詞五百餘首。二〇一三年滄州市政協組織編寫《歷代名人咏滄州》，又找到他，他把辛辛苦苦搜集到的詩詞精選了將近三百首作品做了無償奉獻。經過兩次搜遺，他進一步瞭解到獻縣歷史悠久，英才輩出。兩千年中獻縣積累了豐厚的文化底蘊，入選區區兩本書遠不如找幾個人編寫一部《歷代獻縣詩鈔》，把歷代獻縣籍人的詩作和非獻縣籍人咏獻縣的詩作都吸納進來，供人們觀覽、研究、繼承、發揚，也算爲獻縣文化建設盡一份力，這也是獻縣作爲一個文化大縣的有力佐證。有了這個想法，他便跟七位同道商議，一拍即合，説幹就幹。他們這個想法也得到社會上一些有識之士的鼓勵和支持。

編寫工作是從搜集資料開始的。資料在哪里？分布在民間和各地圖書館中，得去找。爲保護古籍，不能照相，不能掃描，找到了要逐字逐句地抄。好在于萬復已經做了一些嘗試。爲此他們跑遍周邊各縣市，跑了北京、天津、南京等各大圖書館，還從網上搜到日本、美國、韓國等域外資料。他們都是有工作的人，只能犧牲節假日出去抄書。他們都是家裏的頂梁柱，上有老下有小，依靠每月兩千元工資生活，外出差旅費要自己墊付，需要格外精打細算。外出時，他們常常是幾個人合租一個標準間，身體好的打地鋪，把床讓給身體較差的同志，而白天抄起書來，個個都是“拼命三郎”。有個同志在抄書日記中寫道，“多抄一點兒是一點兒，少住一天是一天”，这極形象地反映出他們外出抄書的情狀。

抄出書來，幾個不同版本，還要精心校對，勘正錯訛。這個工作是抄回來之後的大活兒、細活兒。幾個人分了工，每人負責一部分，字斟句酌，反復推敲。有的地方拿不准，就幾個人進行“會診”，務必做到實事求是、準確無誤。他們有時爲了一句話，不惜重返一次天津；爲了找到一個版本，居然兩赴北京；有時實在累了，停下來，想想自己是在做着流芳後世的事，再苦再累心裏也覺得甜。

就這樣嘔心瀝血，經歷一年寒暑，八册一函的《歷代獻縣詩鈔》初稿終于完成。《詩鈔》含詩萬餘首，專輯二十八個，涉及詩人百餘名，是迄今爲止最完備、最翔實的一部獻縣歷代詩歌總匯。它使我們看到了歷史，看到了人文，看到了獻縣的詩歌傳統，更從一個側面看到了獻縣作爲一個文化大縣的歷史面貌。這樣一項浩大的工程，居然由幾個年輕人利用業餘時間，一年完成，效率之高，工作之艱辛，成果之豐碩，不能不説是一個奇迹！按時下一句很流行的話説：衹要年輕，没有什麽不可能。而今，我更要説的是：年輕人衹要有志氣，有目標，没有什麽不可能！

古人云："詩言志。"志是什麽？就是"心之所之"，就是心裏想的那些美好的東西。詩之大旨，在于勸善懲惡，故國人自古有"詩教"一説。詩一直受到國人的熱愛和重視。五四運動以來，白話詩興起，舊體詩受到衝擊，但由于人民喜愛，舊體詩依舊綿綿不絶。像魯迅、郭沫若這些五四運動的旗手和毛澤東、朱德、周恩來等革命領袖們也都寫過舊體詩。無可諱言，舊體詩由于受到格律的諸多限制，不容易寫，有人把這比作帶着脚鐐跳舞。但我們的古人却跳得鏗鏘有致，有板有眼。古人能做到的，我們如果努力也可以做到。何况現在于用韵上比較寬泛，允許用新韵。詩是用來抒發感情的，衹要有情感，就會有詩。各個民族、各個國家都有自己的詩，語言不同，文字不同，所作的詩也不一樣。中國的方塊字以及方塊字的五音，是産生中國舊體詩的基本元素。一首好的詩作，不在它用什麽韵，用什麽體式，更主要的是它真善美的内涵。

改革開放以來，文化振興，詩社詩刊，如雨後春笋。我們講話、寫文章，總喜歡引用古詩名言，因爲它簡約而雋永，飽含哲理，話不多而可一語中的。這充分説明，舊體詩的生命力還是很旺盛的。書法活動的普遍開展，也對詩詞的傳播起了極大的促進作用。教材選文中也逐年加大了舊體詩的比重。一切都向着有利于中華傳統文化傳承的方向發展，因爲衹有民族的，才是世界的。《歷代獻縣詩鈔》可謂是應運而生，縣政府已將其列爲二〇一五年獻縣文化建設的一件大事，足見重視。讓我們爲這部書和它的編者們點贊，他們本身就是一首壯懷激烈的詩！

萬古詩濤繞獻陵。讓我們讀着古人的詩，寫出更加雋永豪邁的詩篇，來歌頌我們詩一般的生活，來贊美我們這個偉大的時代。

朱惠民

二〇一五年五月二十五日

前　言

獻縣地處古黄河下游九河之間（今海河流域滹沱、滏陽和子牙三大幹流交匯處），河北中東部，滄州市西南，北鄰河間，南毗泊頭，西接衡水，東連滄縣，自古即爲南北要衝。紀昀在《日華書院碑記》中説獻縣“風氣質樸”。這既是北方人共同的特質，更是秉承了漢河間獻王所倡導的“實事求是”精神的結果。由于獻縣特殊的地理位置，車舟往來，絡繹不絶，名公巨卿，騷人墨客，将宦海沉浮之悵惘，羈旅漂泊之愁緒，吊古懷今之感慨，追慕先賢之情懷，訴諸楮墨，化爲華章。

从唱和吟咏的題材内容來講，河間獻王劉德無疑是最大的一宗。

1. 評價獻王是“著名的藏書家”。梁元帝蕭繹是歷史上非常著名的藏書家，他在《和劉尚書兼明堂齋宫》詩中説，“河間獻樂語，斯道愧能論”，稱獻王是他追慕的榜樣，但他自己不敢評論獻王，不敢高攀。詩人庾肩吾在《和劉明府觀湘東王書》中稱贊蕭繹“陳王擅書府，河間富典墳”，也是拿他酷愛藏書來與獻王劉德、陳思王曹植相比的。所以，後世與藏書家和藏書樓

（閣）有關的詩作中有許多以獻王爲典。

2.“間平”之稱。河間獻王劉德和東平憲王劉蒼同為善保令名爵禄的賢王，爲歷代君王和文人所稱頌。“間平”就成爲一個固定詞語，指代宗室藩王中之賢者。因此，後世的詩人在與皇室賢王唱和的詩作中，就多用獻王劉德來作比了。宋朝張元幹《滿庭芳·爲趙西外壽》詞云：“間平襟度，濮邸行尊崇。忠孝家傳大雅，無喜愠、一種寬容。”宋朝魏了翁《朝中措·和趙黎州陪李參政壁游醴泉西園》云：“誰記一時勝引，坐中喜得間平。”其中的“間平”就是用河間獻王劉德、東平憲王劉蒼作比，意在贊美宋宗室趙西外（仲涭）和趙黎州。

3.獻王劉德功在群經。在關于毛公和《毛詩》《周禮》《考工記》《樂記》之類題材的詩作中，多有叙述獻王“學舉六藝，立《毛氏詩》《左氏春秋》博士”以及其搜集整理古籍的詩句。而關于傳經的古迹，像日華宫、君子磚（瓦）等，此類題材的詩作多鴻篇巨製，詩人們充分發揮想象，并發掘歷史中的鳳毛麟角，展示獻王劉德在續接中華文明血脉中的崇高地位和巨大貢獻。

4.高度評價獻王劉德所做的貢獻和重要影響，并表達景仰之情。清康熙帝的《河間道中》一詩，感情非常真摯。他把獻縣稱作“禮樂邦”，盛贊獻王當時得士之衆，毛公、貫公又是多麼博學，回想自己在宫中考訂經義之時，對獻王懷有多少感激、多少景仰！《河間道中雜咏》云：“令史諸侯傳曾讀，最心許者是斯人。”表明他對歷史上的諸侯王最心許的就是獻王這個人。對獻王最有感情的还是文人、學者們。明代學者、文獻學家程敏政在《獻縣望河間獻王墓》詩中自稱是劉德千載之後的學生，

"後生已千載，私淑仰遺德"。清末大學者王先謙在《河間獻王墓》中高度評價了劉德對儒學的貢獻，"承先道斯存，待後功乃彰"，并進獻香草一束，然後深深拜謁，"我來拜墓門，薦之椒蘭芳"。

5. 與獻王劉德有關的還有漢河間獻王陵、獻王祠。

其他較大的類别还有獻縣沿革類（河間國、中水國、阿武國、景成國、樂城縣、樂壽縣、壽州、獻州、獻縣等），陵墓類（漢樂成陵、張署墓、馮道墓、許安仁墓、向朴墓、陳瓚墓、紀昀墓、麒麟冢等），歷代名人類（漢詩經博士毛萇，唐代張署，五代馮道，明代牛鸞、陳瓚、耿橘，單橋五節，清代紀昀、王餘佑、戈濤、劉書年等），風景名勝類（房淵、獻陵八景、紅杏園、單橋、樂城驛、商家林等）等。《歷代唱和吟咏獻縣詩鈔》中所選詩作，都是盡量使用稿本、原刊本或善本整理校對而來的，以期最大程度呈現作品原貌。由于所見圖書有限，一定還有很多優秀的作品我們没有檢索到，就留待以後再行補遺吧。

盛世修文。隨着新時代的到來，整理古典文獻再度掀起熱潮，地方文獻整理逐漸成爲熱門。獻縣是實事求是的發源地，儒家文化的再生地，毛詩的发祥地。古文學派從這裏發軔，劉炫、紀昀、戈濤、劉書年、崔士元從這裏走向全國，"獻縣學派"從這裏走向學術的煌煌殿堂。我們也希望通過《歷代唱和吟咏獻縣詩鈔》，讓世人了解有着深厚文化底蘊的獻縣，讓獻縣文化走向全國。

于萬復

二〇一九年五月十七日

目　　録

漢　代

張衡（78—139），字平子，南陽西鄂人。少善屬文，通《五經》，貫六藝，尤致思于天文、陰陽、曆算。安帝時徵拜郎中，遷太史令。順帝初，復爲太史令。後遷侍中。永和初，出爲河間相，整法令，有政績。後徵拜尚書。明人輯有《張河間集》。

怨　篇①

猗猗秋蘭，植彼中阿。有馥其芳，有黄其葩。雖曰幽深，厥美彌嘉。之子之遠，我勞如何。

---

① ［宋］王應麟：《困學紀聞》，卷十八，四部叢刊三編景江安傅氏雙鑑樓藏元刊本。

四愁詩四首（七言并序）①

張衡不樂久處機密，陽嘉中，出爲河間相。時國王驕奢，不遵法度，又多豪右并兼之家。衡下車，治威嚴，能内察屬縣。奸滑行巧劫，皆密知名，下吏收捕，盡服擒。諸豪俠游客，悉惶懼逃出境。郡中大治，争訟息，獄無繫囚。時天下漸弊，鬱鬱不得志，爲《四愁詩》。屈原以美人爲君子，以珍寶爲仁義，以水深雪雰爲小人，思以道術相報，貽于時君，而懼讒邪不得以通。其辭曰：

一思曰：我所思兮在太山，欲往從之梁父艱，側身東望涕沾翰。美人贈我金錯刀，何以報之英瓊瑶。路遠莫致倚逍遥，何爲懷憂心煩勞！

二思曰：我所思兮在桂林，欲往從之湘水深，側身南望涕沾襟。美人贈我金琅玕，何以報之雙玉盤。路遠莫致倚惆悵，何爲懷憂心煩傷！

三思曰：我所思兮在漢陽，欲往從之隴坂長，側身西望涕沾裳。美人贈我貂襜褕，何以報之明月珠。路遠莫致倚踟躕，何爲懷憂心煩紆！

四思曰：我所思兮在雁門，欲往從之雪紛紛，側身北望涕沾巾。美人贈我錦綉段，何以報之青玉案。路遠莫致倚增嘆，何爲懷憂心煩惋！

① ［梁］蕭統編，［唐］李善等注：《六臣注文選》，卷二十九，四部叢刊初編景上海涵芬樓藏宋刊本。

白蓋小車[①]

白蓋小車何延延，河間來合諧。

城上烏[②]

城上烏，尾畢逋。公爲吏，子爲徒。一徒死，百乘車。車班班，入河間。河間姹女工數錢，以錢爲室金爲堂。石上慊慊舂黄粱。梁下有懸鼓，我欲擊之丞相怒。

① ［唐］虞世南：《北堂書鈔》，卷一百三十九車部，續修四庫全書影印清光緒十四年（1888）孔氏三十三萬卷堂刻本。

② ［南朝陳］徐陵輯，［清］吴兆宜注，［清］程際盛删補：《玉臺新咏》，卷九，續修四庫全書影印清乾隆三十九年（1774）刻本。

魏晋南北朝

晋元康中洛中童謡[1]

《宋書·五行志》曰：晋元康中，趙王倫既篡，洛中有童謡，數月而齊王、成都、河間義兵同會誅倫。按成都西蕃而在鄴，故曰“虎從北来”。齊東蕃而在許，故曰“龍從南来”。河間水匯而在關中，故曰“水從西來”。齊留輔政，居宫西，有無君之心，故曰“登城看”也。

虎從北來鼻頭汗，龍從南來登城看，水從西來何灌灌。

---

① ［宋］郭茂倩編：《樂府詩集》，卷八十八，四部叢刊初編景上海涵芬樓藏汲古閣刊本。

王融（467—493），字元長，南朝齊琅邪臨沂（今屬山東省）人。博涉有文才。舉秀才，累遷太子舍人。融文辭捷速，爲永明體代表作家。今存《王寧朔集》輯本。

奉和竟陵王郡縣名①

追芳承荔浦，揖道訊虚丘。升裾臨廣牧，從雲盡平洲。曾山臨翠坂，方渠緬清流。陽臺翻早茂，陰館懷名秋。歲宴東光弭，景仄西華收。端溪慚昔彦，渕水謝前修。往食曲阜盛，今屬平臺游。燕棠缺初雅，鄭衮息遺謳。久傾信都美，乃結茂陵儔。河間誠可咏，南海果難游。

庾肩吾（487—約552），字子慎，一字慎之，南陽新野人。南朝梁代文學家。庾信父。初爲梁晋安王蕭綱（簡文帝）常侍，奉命與劉孝威等抄撰衆籍，號“高齋學士”。蕭綱繼位後，爲度支尚書。後侯景至建康，矯詔遣庾肩吾使江州招降蕭大心，他乘機逃至會稽，轉赴江陵，投奔蕭繹，官江州刺史，旋卒。善爲文，爲宫體詩代表詩人之一。又工書法，著有《書品》。明人輯有《庾度支集》。

① ［明］張溥編：《漢魏六朝百三家集》，卷七十六，清文淵閣四庫全書本。

和劉明府觀湘東王書①

陳王擅書府，河間富典墳。五車方累篋，七閣自連雲。松槧芳帙氣，柏熏起厨文。羽陵青簡出，嫣泉緑字分。方因接游聖，暫得奉朝聞。峰樓霞早發，林殿日先曛。洛城復接限，歸軒畏後群。

蕭繹（508—554），字世誠，小字七符，梁武帝第七子。天監十三年（514）封湘東王。曾爲會稽太守，侍中，丹陽尹，荆州刺史，江州刺史。侯景攻陷建康，他奉秘詔假黄鉞大都督中外諸軍事、司徒，承制進位相國。以大寶三年（552）即位于江陵，改元承聖。承聖三年（554）九月，西魏宇文泰派于謹、宇文護率軍五萬南攻江陵。十一月，江陵城陷，蕭繹被俘遭害，年四十七。追尊曰孝元皇帝。有《金樓子》十卷、集五十二卷、小集十卷。

和劉尚書兼明堂齋宫②

質明攝上宰，詰旦乘軺軒。四圭邸蒼玉，六變舞雲門。香浮鬱金酒，烟繞鳳凰樽。貂冕交輝映，珩佩自相喧。微風揚清管，輕雨發陳根。新花臨御陌，春色起天園。河間獻樂語，斯道愧能論。

---

① 《漢魏六朝百三家集》，卷九十九。

② 《漢魏六朝百三家集》，卷八十四。

唐　代

盧照鄰（約 630—680），字昇之，自號幽憂子，幽州范陽（今河北涿州）人。曾任鄧王府典簽，遷新都縣尉，因染風病辭官，居太白山中。曾拜名醫孫思邈爲師，求治病之法。因服丹中毒，病勢加重，手足殘廢。著《釋疾文》《五悲》自述其苦，又預爲墳墓，偃卧其中。終因病痛不堪，自沉潁水而死。他與王勃、楊炯、駱賓王以文詞齊名，世稱“王楊盧駱”，號爲“初唐四杰”。今存其集有《幽憂子集》七卷。《全唐詩》編録其詩二卷。

晚渡滹沱敬贈魏大①

津谷朝行遠，冰川夕望曛。霞明深淺浪，風卷去來雲。澄波泛月影，激浪聚沙文。誰忍仙舟上，携手獨思君。

---

① ［唐］盧照鄰：《幽憂子集》，卷二，四部叢刊初編景江安傅氏雙鑑樓藏明刊本。

張説（667—730），字道濟，一字説之，原籍范陽（今河北涿州），世居河東（今山西永濟），後徙洛陽。武后策賢良方正，説所對第一。689年制舉登科。因不附和張易之兄弟忤旨而配流欽州。中宗召還。睿宗拜爲中書侍郎，知政事。玄宗時爲相，封燕國公。爲人敦義氣，重然諾，喜延納後進。爲文求實用，重風骨，與許國公蘇頲齊名，時號“燕許大手筆”。朝廷大述作多出其手。詩不求華麗，抒情凄婉。《新唐書·藝文志》著録有集三十卷，已散佚。明人輯有《張燕公集》。《全唐詩》録其詩五卷，《全唐文》録其文十三卷。

送王晙自羽林赴永昌令①

將星移北落，神雨避東京。爲負剛腸譽，還追强項名。白雲向伊闕，黄葉散昆明。多謝弦歌宰，稀聞桴鼓聲。

奉和送王晙巡邊（一首）應制②

六月歌周雅，三邊諗夏卿。欲施攻戰法，先作簡稽行。禮樂知謀帥，春秋識用兵。一勞堪定國，萬里即長城。策有和戎利，威傳破虜名。軍前雨灑道，樓上月臨營。别藻瑶華降，同衣錦襮榮。關山由義近，戈甲爲恩輕。絲竹路傍散，風雲馬上

---

① ［唐］張説：《張説之文集》，卷二，四部叢刊初編景上海涵芬樓藏明嘉靖丁酉刊本。

② 《張説之文集》，卷二。

生。朝廷謂吉甫，邦國望君平。

張九齡（673 或 678—740），字子壽，一名博物，韶州曲江人。武后神功元年（697）進士，官秘書省校書郎。先天元年（712），道侔伊吕科登第，授右拾遺，遷左補闕。開元二十一年（733），官中書侍郎、同中書門下平章事，時稱賢相。二十四年（736），爲李林甫所讒，罷相，出爲荆州長史。卒謚文獻。有文名，其《感遇詩》以格調剛健稱。著有《曲江集》。

餞王尚書出邊①

漢相推人杰，殷宗伐鬼方。還聞出將重，坐見即戎良。上策應爲豫，中權且用光。令申兵氣倍，威憺虜魂亡。樹比公孫大，城如道濟長。夏雲登隴首，秋露怯遼陽。武德舒宸眷，文思餞樂章。感恩身既許，激節膽猶嘗。祖帳傾朝列，軍麾駐道傍。詩人何所咏，尚父欲鷹揚。

李隆基（685—762），又稱唐明皇，睿宗第三子。始封楚王，後徙封臨淄郡王。少英武有權略，多才多藝，善騎射，通音律、曆象之學，善書法。延和元年（712）受禪爲帝。755 年安史之亂爆發，次年逃往四川，太子李亨（肅宗）即位于靈武，他被尊爲太上皇。758 年回長安，鬱悶成疾而死。廟號玄宗。玄

① ［唐］張九齡：《唐丞相曲江張先生文集》，卷四，四部叢刊初編景南海潘氏藏明成化刊本。

宗工詩能文，原有集，已散佚。今存詩六十四首。《全唐文》存其文二十五卷。

餞王晙巡邊御製①

振武威荒服，揚文肅遠墟。金壇申將禮，玉節授軍符。冠胄三方外，銜刀萬里餘。昔時吴會静，今日虜庭虚。分閫仍推轂，援桴且訓車。風揚旌旆遠，雨洗甲兵初。坐見臺階謐，行聞祓禊除。檄來雖插羽，箭去亦飛書。舟楫功斯著，鹽梅望匪疏。不應陳七德，欲使化先敷。

杜甫（712—770），字子美，自號少陵野老，原籍湖北襄陽，生于河南鞏縣。盛唐大詩人，號稱“詩聖”，現實主義詩人。初唐詩人杜審言之孫。唐肅宗時，官左拾遺。後入蜀，友人嚴武推薦他做劍南節度府參謀，加檢校工部員外郎，故後世又稱他爲杜拾遺、杜工部。晚年舉家東遷，途中滯留夔州二年，出峽。漂泊鄂、湘一帶，貧病而卒。有《杜工部集》，存詩一千四百餘首。

别　李　義②

神堯十八子，十七王其門。道國洎舒國，實惟親弟昆。中

---

①《張説之文集》，卷二。

②［唐］杜甫撰，［宋］闕名集注，［宋］吕大防撰年譜，［宋］蔡興宗撰年譜，［宋］魯訔撰年譜：《分門集注杜工部詩》，卷九，四部叢刊初編景南海潘氏藏宋刊本。

外貴賤殊，余亦忝諸孫。丈人嗣王業，之子白玉温。道國繼德業，請從丈人論。丈人領宗卿，肅穆古制敦。先朝納諫諍，直氣横乾坤。子建文筆壯，河間經術存。温克富詩禮，骨清慮不喧。洗然遇知己，談論淮湖奔。憶昔初見時，小襦綉芳蓀。長成忽會面，慰我久疾魂。三峽春夏交，江山雲霧昏。正宜且聚集，恨此當離樽。莫怪執杯遲，我衰涕唾煩。重問子何之，西上岷江源。願子少干謁，蜀都足戎軒。誤失將帥意，不如親故恩。少年早歸來，梅花已飛翻。努力慎風水，豈惟數盤飧。猛虎卧在岸，蛟螭出無痕。王子自愛惜，老夫困石根。生别古所嗟，發聲爲爾吞。

奉漢中王手札①

國有乾坤大，王今叔父尊。剖符來蜀道，歸蓋取荆門。峽險通舟峻，江長注海奔。主人留上客，避暑得名園。前後緘書報，分明饌玉恩。天雲浮絶壁，風竹在華軒。已覺良宵永，何看駭浪翻。入期朱邸雪，朝傍紫微垣。枚乘文章老，河間禮樂存。悲秋宋玉宅，失路武陵源。淹薄俱崖口，東西异石根。夷音迷咫尺，鬼物傍黄昏。犬馬誠爲戀，狐狸不足論。從容草奏罷，宿昔奉清樽。

① 《分門集注杜工部詩》，卷九。

李益（746—約 829），字君虞，陝西姑臧（今甘肅武威）人，後遷河南鄭州。大曆四年（769）進士，初任鄭縣尉，久不得升遷。建中四年（783），登書判拔萃科。因仕途失意，後弃官在燕趙一帶漫游。有《李君虞詩集》二卷。

臨滹沱見蕃使列名[①]

漠南春色到滹沱，邊柳青青塞馬多。萬里江山今不閉，漢家頻許郅支和。

韓愈（768—824），字退之，河南河陽人。郡望昌黎，世稱韓昌黎。晚任吏部侍郎，謚“文”，後人又稱“韓吏部”“韓文公”。貞元八年（792）進士。董晋鎮宣武，辟爲巡官。汴軍亂，依張建封，鯁言無所忌。調四門博士，遷監察御史。上疏極論宫市，德宗怒，貶陽山令。憲宗元和中，歷遷國子博士、中書舍人、刑部侍郎。帝遣使迎佛骨入禁，愈上表極諫，貶潮州刺史，改袁州。召拜國子祭酒，轉兵部侍郎，後以吏部侍郎爲京兆尹。有《昌黎先生集》。

醉贈張秘書[②]

人皆勸我酒，我若耳不聞。今日到君家，呼酒持勸君。爲

---

① ［唐］李益：《李尚書詩集》，卷一，二酉堂叢書本（道光刻本）。

② ［唐］韓愈：《昌黎先生文集》，卷二，宋蜀本。

此座上士[①]，及余各能文。君詩多態度，藹藹春空雲。東野動驚俗，天葩吐奇芬。張籍學古談，軒昂[②]避鷄群。阿買不識字，頗知書八分。詩成使之寫，亦足張吾軍。所以欲得酒，爲文俟其醺。酒味既泠洌，酒氣[③]又氤氳。性情漸浩浩，諧笑方云云。此誠得酒意，餘外徒繽紛。長安衆富兒，盤饌羅膻葷。不解文字飲，惟能醉紅裙。雖得一餉樂，有如聚飛蚊。今我及數子，固無蕕與薰。險語破鬼膽，高詞媲[④]皇墳。至寶不雕琢，神功謝鋤耘。方今向太平，元凱承華勛。吾徒幸無事，庶以窮朝曛。

八月十五夜贈張功曹[⑤]

纖雲四卷天無河，清風吹空月舒波。沙平水息聲影絶，一杯相屬君當歌。君歌聲酸辭且苦，不能聽終泪如雨。洞庭連天九嶷高，蛟龍出没猩鼯號。十生九死到官所，幽居默默如藏逃。下床畏蛇食畏藥，海氣濕蟄熏腥臊。昨者州前捶大鼓，嗣皇繼聖登夔皋。赦書一日行萬里，罪從大辟皆除死。遷者追迴流者還，滌瑕蕩垢清朝班。州家申名使家抑，坎軻祗得移荆蠻。判司卑官不堪説，未免捶楚塵埃間。同時輩流多上道，天路幽險難追攀。君歌且休聽我歌，我今與君豈殊科。一年明月今宵多，人生由命非由他，有酒不飲奈明何。

---

① 士：一作客。

② 昂：一作鶴。

③ 氣：一作烟。

④ 媲：一作動。

⑤ 《昌黎先生文集》，卷三。

洞庭湖阻風贈張十一署[①]

十月陰氣盛，北風無時休。蒼茫洞庭岸，與子維雙舟。霧雨晦争泄，波濤怒相投。犬鷄斷四聽，糧絶[②]誰與謀。相去不容步，險如礙山丘。清談可以飽，夢想接無由。男女喧左右，飢啼但啾啾。非懷北歸興，何用[③]勝羈愁。雲外有白日，寒光自悠悠。能令暫開霽，過是吾無求。

李花贈張十一署[④]

江陵城西二月尾，花不見桃惟見李。風揉雨練雪羞比，波濤翻空杳無涘。君知此處花何似？白花倒燭天夜明，群鷄驚鳴官吏起。金烏海底初飛來，朱輝散射青霞開。迷亂入眼[⑤]看不得，照耀萬樹繁如堆。念昔少年著游燕，對花豈曾[⑥]辭酒杯。自從流落憂感集，欲去未到先思迴。祇今四十已如此，後日更老誰論哉。力携一樽獨就醉，不忍虚擲委黄埃。

---

① 《昌黎先生文集》，卷三。

② 絶：一作斷。

③ 用：一作由。

④ 《昌黎先生文集》，卷三。

⑤ 迷亂入眼：一作迷亂人眼，一作迷魂亂眼。

⑥ 曾：一作省。

寒食日出游，夜歸，張十一院長見示《病中憶花》詩，因此投贈[①]

李花初發君始病，我往看君花轉盛。走馬城西惆悵歸，不忍千株雪相映。邇來又見桃與梨，交開紅白如争競。可憐物色阻携手，空展霜縑吟九咏。紛紛落盡泥與塵，不共新妝比端正。桐華最晚今已繁，君不强起時難更。關山遠别固其理，寸步難見始知命。憶昔與吾同貶官，夜渡洞廷看斗柄。豈料生還得一處，引袖拭泪悲且慶。各言生死兩追隨，直置心親無貌敬。念君又署南荒吏，路指鬼門幽且夐。三公盡是知音人，曷不薦賢陛下聖？囊空甑倒誰救之，我今一食日還并。自然憂氣損天和，安得康强保天性。斷鶴兩翅鳴何哀，縶驥四足氣空横。今朝寒食行野外，緑楊匝岸蒲生迸。宋玉庭邊不見人，輕浪參差魚動鏡。自嗟孤賤足瑕疵，持見放縱荷寬政。飲酒寧嫌盞底深，題詩尚倚筆鋒勁。明宵固欲相就醉，有月莫愁當火令。

憶昨行和張十一[②]

憶昨夾鍾之吕初吹灰，社公禮罷元侯迴。車載牲牢瓮舁酒，并召賓客延鄒枚。腰金首翠光照曜，絲竹迴發清以哀。青天白日花草麗，玉斝屢舉傾金罍。張君名聲座所屬，起舞先醉長松

① 《昌黎先生文集》，卷三。

② 《昌黎先生文集》，卷三。

摧。宿酲未解舊痁作，深室静卧聞風雷。自期殞命在春序，屈指數日憐嬰孩。危辭苦語感我耳，泪落不掩何漼漼。念昔從君渡湘水，大帆夜劃窮高桅。陽山鳥路出臨武，驛馬拒地驅頻隤。踐蛇茹蠱不擇死，忽有飛詔從天來。伾文未揃[①]崖州熾，雖得赦宥恒愁猜。近者三奸悉破碎，羽窟無底幽黄能。眼中了了見鄉國，知有歸日眉方開。今君縱署天涯吏，投檄北去何難哉？無妄之憂勿藥喜，一善自足禳千灾。頭輕目朗肌骨健，古劍新劚磨塵埃。殃銷禍散百福并，從此直至耇[②]與鮐。嵩山東頭伊洛岸，勝事不假須穿裁[③]。君當先行我待滿，沮溺可繼窮年摧。

答張十一功曹[④]

山净江空水見沙，哀猿啼處兩三家。篔簹競長纖纖笋，躑躅初開艷艷花。未報恩波知死所，莫令炎瘴送生涯。吟君詩罷看雙鬢，斗覺霜毛一半加。

湘中酬張十一功曹[⑤]

休垂絶[⑥]徼千行泪，共泛清湘一葉舟。今日嶺猿兼越鳥，可

---

① 揃：一作剪。

② 耇：一作考。

③ 裁：一作栽。

④ 《昌黎先生文集》，卷三。

⑤ 《昌黎先生文集》，卷九。

⑥ 絶：一作越。

憐同聽不知愁。

叉魚招張功曹（署）（永貞元年）①

叉魚春岸闊，此興在中宵。大炬然如晝，長船縛似橋。深窺沙可數，静撈水無摇。刃下那能脱，波間或自跳。中鱗憐錦碎，當目訝珠銷。迷火逃翻近，驚人去暫遥。競多心轉細，得雋語時囂。潭罄知存寡，舷平覺獲饒。交頭疑凑餌，駢首類同條。濡沫情雖密，登門事已遼。盈車欺故事，飼犬驗今朝。血浪凝猶沸，腥風遠更飄。蓋江烟冪冪，拂棹影寥寥。獺去愁無食，龍疑懼見燒。如棠名既誤，釣渭日徒消。文客驚先賦，篙工喜盡謡。膾成思我友，觀樂憶吾僚。自可捐憂累，何須强問鴞。

郴口又贈二首②

山作劍攢江寫鏡，扁舟斗轉疾于飛。回頭笑向張公子，終日思歸此日歸。

雪③颭霜翻看不分，雷驚電激語難聞。沿涯④宛轉到深處，

① 《昌黎先生文集》，卷九。

② ［唐］韓愈撰，［清］方世舉撰：《韓昌黎詩集編年箋注》，卷九，續修四庫全書影印浙江省圖書館藏清乾隆二十三年（1758）盧見曾雅雨堂刻本。

③ 雪：或作雲。

④ 涯：或作崖。

何限青天無片雲。

題張十一旅舍三咏[1]（蓋張署南遷時）

榴　花

五月榴花照眼明，枝間時見子初成。可憐此地無車馬，顛倒青苔落絳英。

井

賈誼宅中今始見，葛洪山下昔曾窺。寒泉百尺空看影，正是行人渴死時。（賈誼宅在湘州）

蒲　萄

新莖未遍半猶枯，高架支離倒後扶。若[2]欲滿盤堆馬乳，莫辭添竹引龍鬚。

劉禹錫（772—842），字夢得，洛陽人，自言係出中山。貞元九年（793），擢進士第，又登博學宏詞科。官監察御史，以參與王叔文政治革新，貶朗州司馬，遷連州刺史。後裴度薦爲太子賓客、檢校禮部尚書，世稱劉賓客。與柳宗元友善，并稱“劉柳”。又與白居易唱和，并稱“劉白”。工詩，曾仿民歌體作

① 《昌黎先生文集》，卷九。

② 若：一作君。

《竹枝詞》《柳枝詞》《插田歌》等組詩。又著有《天論》等。有《劉夢德文集》。

酬竇員外郡齋宴客，偶命柘枝，因見寄兼呈張十一院長、元九侍御①

題注：員外時兼節度判官，佐平蠻之略，張初罷郡，元方從事。

分憂餘刃又從公，白羽胡床嘯咏中。彩筆諭戎矜倚馬，華堂留客看驚鴻。渚宫油幕方高步，澧浦甘棠有幾叢。若問騷人何處所，門臨寒水落江楓。

柳宗元（773—819），字子厚，河東解（現山西運城西南）人，世稱柳河東、河東先生，因官終柳州刺史，又稱柳柳州。唐代著名文學家、哲學家、散文家和思想家，與韓愈共同宣導唐代古文運動，并稱爲“韓柳”。與劉禹錫并稱“劉柳”。與王維、孟浩然、韋應物并稱“王孟韋柳”。與唐代的韓愈、宋代的歐陽修、蘇洵、蘇軾、蘇轍、王安石和曾鞏，并稱爲“唐宋八大家”。有《河東先生集》。

---

① ［唐］劉禹錫：《劉夢得文集》，外集卷第五，四部叢刊初編景上海涵芬樓藏武進董氏景宋刊本。

同劉二十八院長述舊言懷，感時書事，奉寄澧州張員外使君五十二韵之作，其韵增至八十，通贈二君子①

弱歲游玄圃，先容幸弃瑕。名劳長者記，文許後生誇。鷃翼嘗披隼，蓬心類倚麻。繼酬天禄署，俱尉甸侯家。憲府初收迹，丹墀共拜嘉。分行參瑞獸，傳點亂宫鵶。執簡寧循枉，持書每去邪。鸞凰摽魏闕，熊武負崇牙。辨色宜相顧，傾心自不嘩。金爐仄流月，紫殿啓晨霞。未竟遷喬樂，俄成失路嗟。還如渡遼水，更似謫長沙。别怨秦城暮，途窮越嶺斜。訟庭閑枳棘，候吏逐麋麚。三載皇恩暢，千年聖曆遐。朝宗延架海，師役罷梁溠。京邑搜貞幹，南宫步渥窪。世推材是梓，人仰驥中驊。欻刺苗人地，仍逾贛石崖。禮容垂璭琫，戍備響鉦鍜。寵即郎官舊，威從太守加。建旟翻鷙鳥，負弩繞文蛇。册府榮八命，中闈盛六珈。肯隨胡質矯，方惡馬融奢。褒德符新换，懷仁道并遮。俗嫌龍節晚，朝訝介圭賒。禹貢輸苞匭，周官賦秉秅。雄風吞七澤，异産控三巴。即事觀農稼，因時展物華。秋原被蘭葉，春渚漲桃花。令肅軍無擾，程懸市禁貰。不應虞竭澤，寧復嘆栖苴。蹀躞騶先駕，籠銅鼓報衙。染毫東國素，濡印錦溪砂。貨積舟難泊，人歸山倍畬。吴歈工折柳，楚舞舊傳芭。隱几松爲曲，傾樽石作汙。寒初榮橘柚，夏首薦枇杷。祀變荆巫禱，風移魯婦髽。已聞施愷悌，還睹正奇邪。慕友慚連

① ［唐］柳宗元：《河東先生集》，卷四十二，明刻濟美堂本。

璧，言姻喜附葭。沉埋全死地，流落半生涯。入郡腰恒折，逢人手盡叉。敢辭親恥污，唯恐長疵瘕。善幻迷冰火，齊諧笑柏塗。東門牛屢飯，中散虱空爬。逸戲看猿鬥，殊音辨馬撾。渚行狐作孽，林宿鳥爲瘥。同病憂能老，新聲厲似姱。豈知千仞墜，祇爲一毫差。守道甘長絶，明心欲自剄。貯愁聽夜雨，隔泪數殘葩。梟族音常聒，豺群喙競呀。岸蘆翻毒蜃，溪竹鬥狂麏。野鶩行看弋，江魚或共叉。瘴氛恒積潤，訛火亟生煆。耳静煩喧蟻，魂驚怯怒蛙。風枝散陳葉，霜蔓綖寒瓜。霧密前山桂，冰枯曲沼遮。思鄉比莊舃，遁世遇眭誇。漁舍茨荒草，村橋卧古槎。御寒衾用罽，挹水勺仍椰。窗蠹惟潜蝎，甍涎競綴蝸。引泉開故竇，護藥插新笆。樹怪花因槲，蟲憐目待蝦。驟歌喉易嗄，饒醉鼻或皻。曳捶牽羸馬，垂蓑牧艾豭。已看能類鱉，猶訝雉爲鷨。誰采中原菽，徒巾下澤車。俚兒供苦笋，傖父饋酸楂。勸策扶危杖，邀持當酒茶。道流徵短褐，禪客會袈裟。香飯舂菰米，珍蔬折五茄。方期飲甘露，更欲吸流霞。屋鼠從穿穴，林狙任攫拿。春衫裁白紵，朝帽挂烏紗。屢嘆恢恢網，頻摇肅肅罝。衰榮因蓂莢，盈缺幾蝦蟆。路識溝邊柳，城聞隴上笳。共思捐珮處，千騎擁青緺。

胡曾（約839—?），邵陽（今屬湖南）人。酷好游歷。咸通中，舉進士不第，滯留長安。咸通十二年（871），路岩爲劍南西川節度使，召爲掌書記。乾符元年（874），復爲劍南西川節度使高駢掌書記。乾符五年（878），高駢徙荆南節度使，胡曾辭去幕府之職，赴湘南擔任延唐縣（今寧遠縣）令。胡曾晚年被朝廷册封三恪，賜錦衣還鄉，後終老于家。有《咏史詩》三卷、《安定集》十卷行世。今《全唐詩》合編爲一卷。

滹沱河[①]

光武經營業未興，王郎兵革整凴陵。須知後漢功臣力，不及滹沱一片冰。

褚載，生卒年不詳，字厚之，客居梁宋間。孤貧無援，廣爲干謁。曾以詩投襄陽節度使邢君牙，君牙憐之，薦于鄭滑節度使，不行。乾寧五年（898），裴贄知貢舉，君牙又薦之，遂登進士第。後竟流落而卒。《全唐詩》録存其詩十四首及斷句數則。

投節度邢公[②]

西風昨夜墜紅蘭，一宿郵亭事萬般。無地可耕歸不得，有恩堪報死何難。流年怕老看將老，百計求安未得安。一卷新書滿懷泪，頻來門館訴飢寒。

---

① ［唐］胡曾：《咏史詩》，卷二，四部叢刊三編景宋鈔本。

② ［宋］阮閱編：《增修詩話總龜》，卷五，四部叢刊初編景上海涵芬樓藏明嘉靖刊本。

周繇，字允元，池州青陽人。工詩賦，有時名。咸通十三年（872）進士，爲咸通十哲之一。授校書郎，歷福昌尉，遷建德令。有集。

送入蕃使[1]

玁玁旗幡過大荒，敕書猶帶御烟[2]香。滹沱河凍軍迴探，邏逤孤城雁著行。遠寨風[3]狂移帳幕，平沙日晚卧牛羊。早終册禮朝天闕，莫遣虬髭染塞霜。

---

① ［宋］李昉：《文苑英華》，卷二百九十七，第1515頁，中華書局，1966年。

② 烟：一作爐。

③ 風：一作燒。

宋遼金代

蘇頌（1020—1101），字子容，泉州同安人，後徙居丹陽。蘇紳子。慶曆二年（1042）進士。官至刑部尚書、吏部尚書，晚年入閣拜相。是宋朝著名的天文學家、天文機械製造家、藥物學家。有《蘇魏公集》《新儀象法要》《圖經本草》。

接伴北使至樂壽，寄高陽安撫吴仲庶待制①

道路傳聞北守賢，就中清尚是河間。韝門卧鼓軍無警，幕府賡歌筆不閑。衹合論思居禁闥，豈宜留滯在邊關。寧容舊客升堂室，擬請新篇滿篋還。

① ［宋］蘇頌：《蘇魏公集》，卷八，清文淵閣四庫全書補配清文津閣四庫全書本。

王安石（1021—1086），字介甫，號半山，撫州臨川（今屬江西）人。仁宗慶曆進士。北宋杰出的政治家、思想家、文學家、改革家，唐宋八大家之一。官至宰相，主張改革變法。封荆國公。有《王文公文集》《臨川先生文集》等存世。

河　間[①]

北行出河間，千歲想賢王。胡麻生蓬中，詰曲終自傷。好德尚如此，恃材宜見戕。乃知陰自修，彼不爲傾商。區區三世家，廟册富文章。教子以空言，得祚果不良。

蘇軾（1037—1101），字子瞻，又字和仲，又稱大蘇，號東坡居士，眉州眉山（今屬四川）人。嘉祐二年（1057）進士，官至翰林學士、知制誥、禮部尚書。曾上書力言王安石新法之弊，後因作詩刺新法下御史獄，遭貶。卒後追謚文忠。北宋中期的文壇領袖，文學巨匠，唐宋八大家之一。有《東坡全集》《東坡樂府》。

豆 粥 詩[②]

君不見滹沱流澌車折軸，公孫倉皇奉豆粥。濕薪破竈自燎

① ［宋］王安石：《臨川先生文集》，卷五，明嘉靖三十九年（1560）何遷刻本。

② ［宋］蘇軾撰，王十朋纂，劉辰翁批點：《增刊校正王狀元集注分類東坡先生詩二十五卷首一卷》，卷二十五，（日本）林和泉掾明曆二年（1656）刻本。

衣，飢寒頓解劉文叔。又不見金谷敲冰草木春，帳下烹煎皆美人。萍虀豆粥不傳法，咄嗟而辦石季倫。干戈未解身如寄，聲色相纏心已醉。身心顛倒不自知，更識人間有真味。豈如江頭千頃雪色蘆，茅檐出没晨烟孤。地碓舂粳光似玉，沙瓶煮豆軟如酥。我老此身無着處，賣書來問東家住。卧聽鷄鳴粥熟時，蓬頭曳履君家去。

黄庭堅（1045—1105），字魯直，號涪翁、山谷道人，洪州分寧（今江西修水）人。治平四年（1067）進士。以校書郎爲《神宗實録》檢討官，遷著作佐郎。後以修實録不實遭到貶謫。黄庭堅爲蘇門四學士之一，是江西詩派的開山祖師，生前與蘇軾齊名，世稱"蘇黄"。有《山谷集》《豫章黄先生文集》等。

樂壽縣君吕氏挽詞二首①

歸裝衣楚楚，家世印纍纍。來作箕帚婦，不忘蘋藻詩。居然成萬古，何翅謁三醫。騎省還秋直，霜侵鬢脚衰。

剪髻賓筵盛，齊眉婦禮閑。謂宜偕白髮，忽去作青山。大夢驚胡蝶，何時識佩環。哀歌行欲絶，丹旐雨斑斑。

① ［宋］黄庭堅：《豫章黄先生文集》，卷十二，四部叢刊初編景嘉興沈氏藏宋刊本。

次韵孔四著作北行滹沱[①]

駝褐蒙風霜，鷄聲渺墟里。青燈進豆粥，落月踏冰水。平生不龜藥，纔可衛十指。持比千户封，誰能優劣此。

饒節（1065—1129），字德操，一字次守，號倚松道人，撫州臨川（今屬江西）人。少業儒，以詩游謁仕宦間。神宗時曾致書曾布，議論新法不合。後落髮爲僧，法名如璧，自號倚松道人，駐錫杭州靈隱寺，晚年主襄陽天寧寺，又居鄧州香嚴寺。爲青原下十四世，香嚴海印智月禪師法嗣。建炎三年（1129）卒，年六十五。詩屬江西詩派，與謝逸、汪革、謝薖并稱爲“江西詩派臨川四才子”。有《倚松集》十四卷，已佚。《直齋書録解題》著録《倚松集》二卷，有慶元五年（1199）刻本，今殘存八叶，藏上海圖書館，世以抄本流傳。

蓑室詩王立之爲宗子求[②]

布穀作五更，鶻鵃亦司辰。田師遽束緼，請火起近鄰。耕耘豈辭勞，常虞秋計貧。匽薄壟畝間，努力不自珍。秋風落高原，罷亞千頃雲。公子豈知田，得師自農人。歸來坐虛室，却

① ［宋］黄庭堅撰，［宋］史容注：《山谷外集詩注》，卷七，四部叢刊續編景中華學藝社借照日本帝室圖書寮藏元刊本。

② ［宋］饒節：《倚松詩集》，卷一，清文淵閣四庫全書本。

掃富貴昏。架插河間書，門引霍三賓。鋤耰翰墨場，寒窗澹爐熏。六籍聖人師，百家素王臣。骫骳離騷經，妙語泣鬼神。靈文陋《詛楚》，高論追《過秦》。泛覽四庫餘，瓦礫半珠蠙。游心領其要，開卷得其人。門前風作埃，肥馬走搢紳。豈知歌鐘地，辛苦事斯文。懶夫江海士，履聲遠王門。未暇到此室，歸歟老斫輪。

許景衡（1072—1128），字少伊，學者稱橫塘先生，温州瑞安（今屬浙江）人。元祐九年（1094）進士，歷官浙江黄岩尉、河北樂壽尉和河間知府。歷仕哲宗、徽宗、欽宗、高宗四朝，高宗時除御史中丞，進尚書右丞。奉公廉潔，剛直不阿，嫉惡如仇，憂國憂民。黄潛善等惡其异己，讒罷之。憂憤而卒，謚忠簡，胡安國爲作墓志。有《橫塘集》三十卷，多散佚，清初自《永樂大典》輯出二十卷。

景城雜詩六首①

井邑遺孤壘，漁樵尚幾家。洪河散陵谷，古冢入桑麻。燕子初經節，蜂兒幾報衙。此身天地内，隨處是生涯。

故國豈不好，卑官良爲貧。驅馳萬里去，憔悴九河濱。亂水纔通野，幽花已綉春。天公渾不惜，乞與作詩人。

---

① ［宋］許景衡：《橫塘集》，卷三，清文淵閣四庫全書本。

藜藿晨昏外，詩書寤寐間。百年皆物役，五斗愧身閑。暖日花争發，春風雁欲還。杖藜俯清淺，蕭颯鬢毛斑。

誰道邊城遠，春風也自來。咿啞林鳥囀，細碎野花開。日壓初晨霧，龍驚昨夜雷。郊原閑駐馬，極目絶纖埃。

燕趙當南北，關河獨鬱盤。時平無戾氣，歲閏有春寒。仰禄家千里，題詩思萬端。危樓多晚照，倚遍小欄干。

冰雪初消凍，關河已見春。民居樂豐歲，吏隱是閑人。黄水魚偏美，青簾酒亦醇。吾生如有計，五斗未爲貧。

獻　王　祠（有釣魚臺）①

列國提封倚樂亭，九河分處見孤城。池臺釣罷人何在？丘壟春來草自生。遺像丹青皆舊物，斯民簫鼓漫新聲。誰能特表平生事，祝史從官得幣牲。

李彦益過景城，以詩寄之②

聞説安仁過東縣，却撩梅福欲歸心。畫船長是半日到，秋水而今幾尺深。人散渡頭飛鷺下，月明波底老龍吟。一杯相屬

① 《横塘集》，卷四。

② 《横塘集》，卷五。

知何日，驛路蟬聲急暮林。

樂壽驛詩[1]（富韓公使北，啓國書于此）

迢迢古驛倚城隈，使者當年幾往來。慷慨誰無致君意？急難方見濟時才。自知兵氣終須懾，更覺天書不浪開。堂上遺塵何處去？太平父老獨徘徊。

還自樂壽，寄盧行之三絶句[2]

漲水經春處處通，悠悠雙槳夕陽中。誰教醉眼添詩思，不是松江萬頃紅。

順水知人欲到家，扁舟拂地過天涯。寄聲幕下紅蓮客，穩放銀河八月槎。

當年玉帳撫轅門，鼙鼓聲中十萬軍。妙略未應隨手盡，諸郎才氣各凌雲。

---

① 《横塘集》，卷五。

② 《横塘集》，卷六。

党懷英（1134—1211），字世杰，號竹溪，馮翊（今陜西馮翊）人，徙奉符（今山東泰安）。宋太尉党進之十一代孫，隨宦爲奉符人。金代文學家、書法家。大定十年（1170）進士，官至翰林學士承旨，世稱“党承旨”。謚號文獻。擅長文章，工畫篆籀，稱當時第一。著有《竹溪集》十卷。

題獻陵梁氏成趣園①

宦游履危途，常抱機阱懼。家居對田園，信脚得平路。淵明千載士，既出乃更悟。新歡見僮稚，喜氣到草樹。胸中自立豁，所適皆勝遇。嗟人爾何爲，空誦歸來賦。達人豈必仕，出處本同傣。獻陵十畝園，想像富嘉趣。直求古人心，著君榮觀處。

張昌祚，睢陽（今河南商丘）人，官編修。

題獻陵梁氏成趣園②

貴富不可怙，人多蹈危機。清閑乃仙分，塵世得者希。高哉隱君子，不官無昨非。城陰園日涉，松茂竹圍肥。談棋林樾映，侑酒花枝圍。文雉樂山澤，樊中寧肯祈。嗟予官兩紀，補益無纖微。三徑亦奚暇，家窘親朋譏。空爲慕遐躅，漫賦淵明歸。

① ［康熙］《獻縣志》，卷七。

② ［康熙］《獻縣志》，卷七。

李永安，金代人，生平不詳。

題獻陵梁氏成趣園[①]

淵明晋名流，賢達早自悟。一爲折腰屈，幡然賦歸去。親戚説情話，園涉日成趣。陳迹固已遠，賞音者稀遇。君獨慕高節，隱居事田圃。亭軒喜幽静，緑蔭多佳樹。三徑時往還，花香襲杖屨。所適忻有得，忘言心自豫。榜園固無愧，古雅見風度。顧我老將至，區區猶仕路。會當勇退歸，卜鄰就佳處。

題獻陵梁氏成趣園[②]

花木幽深遠市塵，個中清隱作閑人。忘情勢利居安易，寓意琴書得味真。成趣已追陶令迹，放懷無愧葛天民。他年若遂歸休願，好向東皋卜近鄰。

酈權，金代人，官編修。

題獻陵梁氏成趣園[③]

淵明耻折腰，眷然歌歸歟。雖云退身早，田園已荒蕪。日

---

① ［康熙］《獻縣志》，卷七。
② ［康熙］《獻縣志》，卷七。
③ ［康熙］《獻縣志》，卷七。

涉三徑幽，松菊滋繞廬。豈知對魚鳥，尚愧在迷途。梁君蚤聞道，浮雲視簪裾。乃復慕淵明，幽懷寄村墟。朝行雲霞窟，暮醉花月區。尋梅雪没屨，倚竹霜粘鬚。妙趣人不識，高風今昔無。淵明如病人，既病方祓除。夫君千歲質，泰然一復初。安得有龍眠，畫此成趣圖。

路鐸，字宣叔，冀州（今河北冀縣）人。路伯達之子。泰和六年（1206），召爲翰林待制兼知登聞鼓院，累除孟州防禦使。貞祐初，城破，投沁水死。著有《虚舟居士集》。

題獻陵梁氏成趣園①

舉世醉浮榮，幽事誰肯尋。譬如攫金人，入市惟見金。先生厭塵雜，静念到園林。數往境自熟，有得樂更深。春蘭泛光風，夏木貯清陰。露菊浥佳色，霜松知本心。淵明嘗樂此，意合無古今。當其領會處，豈止忘華簪。先生比淵明，但欠酒與琴。飯蔬有真味，風籟有清音。出處縱小异，要之俱陸沉。我亦志丘壑，聊擬斜川吟。

① ［康熙］《獻縣志》，卷七。

崔巍，金代人，曾爲觀察督學。

題獻陵梁氏成趣園[①]

人生政如寓，光景不暫駐。行樂當及時，甘分隨所遇。奈何達者少，往往利名誤。白首縱得歸，傷嗟已遲暮。賢哉樂城子，此理能夙悟。雅志慕淵明，葺園曰成趣。乘興日游涉，蕭然惟杖屨。柴門晝常關，爲無俗客故。松竹交翠蔭，禽鳥弄清味。風月四時佳，如在山林住。壺觴但自引，琴書即心悟。更向容安亭，高卧談玄素。此生真足了，覓甚篷萊路。恨不見紫芝，相約臨流賦。

題獻陵梁氏成趣園[②]

梁君人品上羲皇，日涉家園引興長。芳草翠茵承杖屨，修篁碧玉映壺觴。自然風月情無盡，如在山林樂未央。我亦欲歸歸不得，空嗟三徑已成荒。

---

① ［康熙］《獻縣志》，卷七。

② ［康熙］《獻縣志》，卷七。

田特秀，字彦實，易縣人。大定十九年（1179）進士，官至太原轉運使。

題獻陵梁氏成趣園①

淵明昭曠人，韵高難適俗。折腰肯爲五斗米，三徑歸來理松竹菊。千年何人爲賞音，伯鸞之孫懷古心。幽園日涉自成趣，手植佳木成清陰。問公是中有何好，杖屨婆娑不知老。凉風月夕竹自笑，輕雲春晝花相惱。鴻飛冥冥無弋網，萬事不理醉醇釀。忘機便是葛天民，高情真到羲皇上。人生古今貴適意，兩公解作一生事。君不見平泉樹石名九州，主人萬里著窮愁。

郭安民，金代人，曾爲左司諫。

題獻陵梁氏成趣園②

樂壽有高士，買園鄰郡城。坐尋嘉樹蔭，卧聽野禽聲。閑裏書頻讀，歡來酒自傾。醉歌歸去曲，應不愧淵明。

---

① ［康熙］《獻縣志》，卷七。

② ［康熙］《獻縣志》，卷七。

劉仲杰，金代人。《濱州志》載：“（劉）仲杰，字時彦，山東濱州人。大定間任鄆城令，歷清河令，遷太常博士。有《陶山寺詩》。”

題獻陵梁氏成趣園①

附郭新營五畝園，不親闤闠樂郊原。樹頭黄鳥聲求友，庭下蒼梧色滿樽。漁唱遠聞歸別浦，牛歌卧聽在前村。何時得適彼清閑地，共醉田家老瓦盆。

李楫，金大定年間人。

題獻陵梁氏成趣園②

蕭然三徑足雲烟，須信壺中別有天。柳暗花穠隨杖屨，月明風細入毫箋。亭軒侈靡非金谷，交友清真似白蓮。我亦老來當辦此，挂冠何日得歸田。

① ［康熙］《獻縣志》，卷七。
② ［康熙］《獻縣志》，卷七。

高延年，金代人，曾爲應奉翰林學士。

題獻陵梁氏成趣園①

幽圃平堂累歲成，芒鞋筇杖日經行。禽聲依竹自然樂，風吹過松無限清。種藥幾番逢雨歇，接花常見趁春晴。是中受用難窮盡，不學塵踪繞利名。

初昌紹，金代朝城人，曾官州軍判。

題獻陵梁氏成趣園②

近郊風物小斜川，竹樹陰陰晝掩門。奉己樂天無妓妾，退居元亮有田園。静中身與世俱弃，妙處心知口莫言。曾到君家北窗下，空凉真可卧羲軒。

---

① ［康熙］《獻縣志》，卷七。

② ［康熙］《獻縣志》，卷七。

趙渢（？—1391），字文孺，號黄山，東平（今屬山東）人。大定二十二年（1182）進士。終禮部郎中。性冲淡，學道有得，工篆書。時人以比党懷英，稱“党趙”。有《黄山集》。

元　日①

馬上逢元日，東風送客愁。滹沱春水渡，瀛海夕陽樓。雪照潘郎鬢，塵侵季子裘。勞生已强半，更欲玷清流。

任希夷（1156—?），字伯起，號斯庵。其先眉州（今四川眉山）人，後徙居邵武，一説是光澤縣。任伯雨曾孫。淳熙三年（1176），弱冠登進士第。調浦城簿、蕭山丞。從朱熹學，篤信力行，爲朱熹所器重。宋寧宗開禧初爲太常寺主簿。嘉定四年（1211），以宗正丞兼太子舍人。累遷禮部尚書兼給事中。十二年（1219），簽書樞密院事。十三年（1220），兼参知政事。十四年（1221），出知福州。卒謚宣獻。有《斯庵集》，已佚。

毛　詩②

三百詩删麟筆前，周家積累瓞綿綿。須知正始基王化，衹在關雎第一篇。

---

① ［乾隆］《獻縣志》，卷十七。

② 北京大學古文獻研究所編：《全宋詩》，第32096頁，北京大學出版社，1995年。

金朋説，生卒年不詳，字希傅，號碧岩，休寧（今屬安徽）人。從朱熹學。淳熙十四年（1187）進士，初爲教官，後爲鄱陽令。值慶元黨禁，奪職歸家，隱居碧岩山，吟風弄月，咏草題花，尋幽吊古，存神寓道，人以陶潛比之。著有《碧岩詩集》。

馮　道[①]

歷代成規如謹守，五朝八姓誥封新。改辭易面何無耻，視古夷齊不愧心。

許復齊，宋代人，生平不詳。

過滹沱河[②]

滹沱河水正流澌，文叔南奔欲渡時。天爲赤符冰自合，不應王霸敢相欺。

---

① ［清］陳夢雷輯：《古今圖書集成·理學彙編·經籍典》史學部，卷四百十七，清雍正四年（1726）内府刻本。

② ［康熙］《獻縣志》，卷七。

趙秉文（1159—1232），字周臣，晚號閑閑老人，磁州滏陽人。大定二十五年（1185）進士。調安塞主簿。歷平定州刺史，爲政寬簡。累拜禮部尚書。哀宗即位，改翰林學士，同修國史。工詩書畫。歷仕五朝，自奉如寒士。性好學，自幼至老，未嘗一日廢書。有《資暇録》《閑閑老人滏水文集》等。

過滹水①

夕陽山豁處，平照大河流。漠漠雲間樹，悠悠天際舟。黄塵隨匹馬，白水自雙鷗。會得閑中趣，浮生半白頭。

陳宓（1171—1230），字師復，號復齋，興化軍莆田人。陳定弟。少從朱熹學。歷泉州南安鹽税，知安溪縣。嘉定七年（1214），入監進奏院，上書言時弊，慷慨盡言。遷軍器監簿，又上言指陳三弊。出知南康軍，改南劍州，救灾濟民，多有惠政。後以直秘閣主管崇禧觀。有《論語注義問答》《春秋三傳抄》《讀通鑒綱目》《唐史贅疣》等。

送趙司直師恕赴常德倅②

當年好禮一河間，今日躬行倍譽難。三日威儀皆曲中，胸

① ［金］趙秉文：《閑閑老人滏水文集》，卷六，四部叢刊初編景湘潭袁氏藏汲古閣鈔本。

② ［宋］陳宓：《復齋先生龍圖陳公文集》，卷十七，續修四庫全書影印南京圖書館藏清抄本。

中冰雪照人寒。

李俊民（1176—1260），字用章，號鶴鳴老人，澤州晋城人。得程氏之學及邵雍《皇極》數。承安五年（1200）進士第一，授應奉翰林文字。未幾，弃官教授鄉里。宣宗南遷，隱嵩州鳴臯山，後徙西山。蒙古忽必烈在潜藩，以安車召之，問以禎祥。有《莊靖集》。

司諫許道真徵復圖①

君不見退休緑野平淮相，靈臺不許丹青狀。又不見五湖歸去鴟夷槳，越人争鑄黄金像。功成身退天之道，道直天憐去官早。鹽梅須借築岩人，羽翼重來采芝老。袖中諫草力回天，害除利興車載懸。何憂不識荆州面，圖畫如今處處傳。

許司諫歸來圖②

社稷憂深志未舒，陸渾山下賦閑居。幾年不復朝鵷夢，一旦翻隨璽鶴書。直比朱雲徒折檻，寵逾疏廣未懸車。商岩了却和羹事，方信旁求象不虚。

---

① ［金］李俊民：《莊靖集》，卷一，舊鈔本。

② 《莊靖集》，卷二。

許司諫醉吟圖[①]

席地風光引興來，不辭白髮被春催。眼前有句貪拈掇，閑却梨花樹下杯。

許司諫醉吟圖[②]

斷蓬踪迹寄天涯，老去情鍾戀物華。回首錦江春寂寞，一杯愁裹賦梨花。[③]

跋馮應之許司諫换羊帖[④]

還思寫論付官奴，想見臨池興有餘。莫把家鷄等閑厭，恐教人笑换羊書。[⑤]

洞仙歌·汴梁與許道真、郭伯誠、劉光甫同賦[⑥]

百年富貴，一覺邯鄲夢。識破中流退應勇。縱生前身後，

---

① 《莊靖集》，卷四。

② 《莊靖集》，卷五。

③ 原注：道真號錦江漁隱。

④ 《莊靖集》，卷五。

⑤ 原注：許工書，見《元遺山集》。

⑥ 《莊靖集》，卷七。

得個虚名，褒貶處、一字由他南董。　故園歸去好，還肯同歸，大厦如今有梁棟。對青天咫尺，列宿森然，君莫怪，不見少微星動。且拂袖、林泉作詩人，盡明月清風，笑人嘲弄。

劉克莊（1187—1269），初名灼，字潛夫，號後村居士，與化軍莆田人。嘉定二年（1209），以蔭補將仕郎，爲真州録事参軍、潮州通判。以作《落梅》詩獲罪，不仕二十餘年。理宗端平初起歷宗正簿、樞密院編修官、江東提刑等。淳祐六年（1246），賜同進士出身，除秘書少監兼中書舍人。以劾權相史嵩之，貶知漳州。景定初遷工部尚書兼侍講，以焕章閣學士致仕。嘗受學于真德秀。反對南宋朝廷茍安妥協。詩學晚唐，爲江湖派詩重要代表。詞風雄放沉厚，多感慨時事。有《後村先生大全集》。

雜咏一百首·馮道①

坐閲數朝主，竟爲何代人。漢官易歷遍，更作虜師臣。

林希逸（1193—1271），字肅翁，號鬳齋，又號竹溪，福清（今屬福建）人。端平二年（1235）進士。淳祐六年（1246），召爲秘書省正字。七年（1247），遷樞密院編修官。尋出知饒州。景定中官至中書舍人。著有《竹溪十一稿》九十卷，已佚。

---

① ［宋］劉克莊：《後村先生大全集》，卷十五，四部叢刊初編景上海涵芬樓藏賜硯堂鈔本。

著有《竹溪十一稿詩選》《竹溪鬳齋十一稿續集》。

重修《考工記》口義[1]

千金求得自河間，此記尤奇似五官。文若聱牙精識少，物窮纖悉辨名難。牙（去聲）圍以後圖方見，口義于今缺不完（綱山有傅艾軒，所講口義今不全矣）。師説幸然無失墜，書成衹恨鬢凋殘。

鄭起（1199—1262），初名震，字叔起，號菊山，福州連江（今屬福建）人。爲鄭思肖之父。起少試禮部，不第，遂弃舉子業，潛心窮理盡性之學，束躬修行。嘉定十三年（1220），出游臨安（杭州），朝中輔政大臣慕起名，薦其爲官，起耻恩出私門而婉辭不就。嘗主安定、和靖二書院，講明道學，學者稱菊山先生。著有《易注》《易六十卦》《深衣書》《倦游稿》《菊山清雋集》等。

讀馮道傳[2]

西山有薇，二子采之。二子竟死，薇不療飢。匪惡周粟，食不下咽。君臣義重，彼蒼者天。爾道何人，數主一身。有何

---

① ［宋］陳思編，［元］陳世隆補：《兩宋名賢小集》，卷三百二竹溪十一稿詩選，清文淵閣四庫全書本。

② ［宋］鄭起：《三山鄭菊山先生清雋集》，卷一，四部叢刊續編景侯官林佶手鈔本。

顔面，冠冕搢紳。喬固諸賢，寧死道邊。曹操不帝，清議凛然。

段成己（1199—1279），字誠之，號菊軒，稷山人。段克己弟。金正大間進士，授宜陽主簿。入元不仕。

題梁氏静樂堂（成趣園堂名）①

攘攘區中人，役心名與利。于身竟何有，乾没不少置。叔敬有耳孫，犖犖與時异。一官不肯覓，閑居養高致。築室塵境中，中有塵外意。方其厭囂湫，歸來行少塈。床頭一卷書，净洗紛華累。苟能樂共樂，寧復事吾事。見客不吝情，有酒即成醉。爲問東華塵，何如北窗睡。清風吹我懷，萬事覺無味。誰知方寸間，自有清凉地。

家鉉翁（1213—1297），號則堂，眉山（今屬四川）人。家大酉子。以蔭補官。歷任監司及州府官。賜進士出身。累遷端明殿學士、簽書樞密院事。元軍至臨安近郊，拒絶于丞相吴堅告降檄文上署名。從吴堅使元，留館中。宋亡，守志不仕。聞文天祥之妹因兄故没爲女奴，傾囊贖之使歸。精于《春秋》，以之授徒，每與諸生論宋朝興亡，嘆息流泪。元成宗即位，放還，賜號“處士”。有《春秋詳説》《則堂集》。

---

① ［乾隆］《獻縣志》，卷十七。

題李氏敬聚堂①

千載河間舊典刑，詩書習氣至今存。故家喬木知誰在，五世同居是義門。

郭邦彦，字平叔，鄠縣人。興定五年（1221）進士，官永城簿。生世不幸，年未四十，鬱鬱而死。元好問稱其“處于頑嚚傲三者之間”。現存詩六首。

讀　毛　詩②

含氣有喜怒，觸物無不鳴。天機泄鳥迹，文字從此生。誰言土葦器，聲合天地清。樸壞犧氏瑟，巧露媧皇笙。末流不可障，聲律隨合并。遍讀蕭氏選，不見真性情。怨刺雜譏罵，名曰離騷經。頌美獻諂諛，是謂之罘銘。詩道初不然，自是時代更。秦火燒不死，此物如有靈。至今三百篇，殷殷金石聲。漢儒各名家，辯口劇分争。康成獨麾戈，諸儒約連横。祭酒最後出，千古老成精。我欲讀爾雅，不辨螯蟹名。尚憐沈謝輩，滿篋月露形。孔徒凡幾人，入室無長卿。三子論性命，舉世爲譏評。白首草太玄，纔得覆醬罌。不如匡鼎説，愈笑人愈聽。

---

① ［宋］家鉉翁：《則堂集》，卷六，清文淵閣四庫全書本。

② ［金］元好問編：《中州集》，中州庚集第七，四部叢刊初編景上海涵芬樓藏董氏景元刊本。

文天祥（1236—1283），字履善，一字宋瑞，號文山，吉州廬陵（今江西吉安）人。寶祐四年（1256）舉進士第一。德祐元年（1275），元兵長驅東下，文于家鄉起兵抗元。次年，臨安被圍，除右丞相兼樞密使，奉命往敵營議和，因堅决抗争被拘。後得以脱逃，轉戰于贛、閩、嶺等地，兵敗被俘，堅貞不屈，就義于大都（今北京）。有《文山先生全集》。

獻州道中①

三年戎服行，五嶺立王會。躋攀上崖磴，厲揭涉瀟瀨。十步九崎嶇，山水何破碎。坐令管仲小，自覺伯夷隘。乃今來中州，萬里如一概。四望登原隰，桑麻蔚旆旆。驊騮出清廟，過都真歷塊。歷歷古戰場，俯仰生感慨。吾常涉重湖，東海際南海。兹游冠平生，天宇更宏大。心與太虚際，目空九圍内。男兒不出居，婦人坐帷蓋。反身以自觀，須彌納一芥。以此處死生，超然萬形内。

滹沱河二首②

過了長江與大河，横流數仞絶滹沱。蕭王麥飯曾倉卒，回首中天感慨多。

---

① ［宋］文天祥：《文山先生全集》，卷之十四别集，四部叢刊景明本。

② 《文山先生全集》，卷之十四别集。

風沙睢水終亡楚，草木公山竟蹙秦。始信滹沱冰合事，世間興廢不由人。

汪元量（約 1241—約 1317），字大有，號水雲，臨安錢塘人。度宗咸淳間進士。以善琴供奉内廷。宋亡，隨北去。後爲道士南歸，往來匡廬、彭蠡間，踪迹莫測。爲詩慷慨有氣節，多紀國亡北徙事，後人推爲“詩史”。有《水雲集》《湖山類稿》。

湖州歌九十八首·其六十四①

牙檣暫住獻州城，鷺去鷗來管送迎。卧笑宫人擲骰子，金錢痴咒卜輸贏。

陳普（1244—1315），字尚德，居石堂山，因號石堂，又號懼齋，寧德人。入元，隱居教授，從學者數百人。三辟爲本省教授，不起。受聘主雲莊書院。晚居莆中十八年，造就益衆。學者稱石堂先生。有《周易解》《尚書補微》《四書句解鈐鍵》《字義》《石堂遺稿》。

---

① ［宋］汪元量：《水雲集》，清武林往哲遺著本。

咏史·河間獻王[①]

禮樂將興漢德凉，活麟天把付鋤商。《周官》千載埋黄壤，兩漢如今幾獻王。[②]

徐鈞（？—1274?），字秉國，號見心，蘭溪（今浙江蘭溪）人。宋亡不仕。著《史咏集》，取《資治通鑒》君相人物，人爲一詩。今存原詩三分之一。

東平憲王蒼[③]

重修禮樂佐文明，樂善終能保令名。兩漢賢王誰與并，河間以後便東平。

---

① ［宋］陳普：《石堂先生遺集》，卷二十，續修四庫全書影印明萬曆三年（1575）薛孔洵刻本。

② 自注：魯哀公十四年，西狩于大野，叔孫氏之車鋤商獲麟。

③ ［宋］徐鈞：《史咏詩集》，上卷，叢書集成續編（新文豐）影印清嘉慶宛委别藏本。

元　　代

耶律楚材（1190—1244），字晋卿，號湛然居士，又號玉泉老人。契丹族。仕蒙古近三十年，元太宗時期官至中書令。有《湛然居士文集》。

和黄華老人題獻陵吴氏成趣園詩[①]

雪溪詞翰輝星斗，紙蠹塵蒙詩一首。湛然揮墨試續貂，囁嚅使人難出口。丁年彭澤解官去，遨游三徑真三友。悠然把菊見南山，暢飲東籬醉重九。獻陵吴氏治荒園，成趣爲名良可取。養高不肯事王侯，閑卧林泉了衰朽。今年扈從過秦川，可憐尚有蕭條柳。歸計甘輸吴子先，麗詞已後黄華手。知音誰聽斷弦琴，臨風痛想紗巾酒。嗟乎世路聲利人，不知曾憶淵明否？

① ［元］耶律楚材：《湛然居士文集》，卷一，四部叢刊初編景無錫孫氏小緑天藏景元鈔本。

侯克中（1225？—1320?），字正卿，號艮齋，真定（今河北）人。元代戲曲作家。自幼失明，聆群兒誦書，不終日，悉能記其所授。稍長習詞章，與白樸等交好。卒年九十餘歲。著有《大易通義》《艮齋詩集》，雜劇《關盼盼春風燕子樓》，惜已佚。

讀《周禮》①

庶職班班總六卿，聖人布置自天成。一時美意行良法，千古遺書號太平。可怪獻王增外記，不堪新莽盜虛名。誰言制度傷纖悉，宮府規模不厭精。

王惲（1227—1304），字仲謀，號秋澗，衛州汲縣（今屬河南）人。初爲衛州詳議官。至元五年（1268），拜監察御史。歷任河南、河北、山東、福建等地方官。後召回京師，官至翰林學士、知制誥。著有《相鑒》五十卷、《汲郡志》十五卷、《秋澗先生大全集》一百卷。

毛　萇（封樂壽伯）②

風雅三百，一歸無邪。弦歌音眇，孰爲傳耶？温温樂壽，漢初名家。訓傳首出，遂正而葩。敦厚之風，永煽幽遐。

---

① ［元］侯克中：《艮齋詩集》，卷一，清文淵閣四庫全書本。

② ［元］王惲：《秋澗集》，卷六十六，四部叢刊景明弘治本。

劉敏中（1243—1318），字端甫，號中庵，濟南章丘（今山東章丘）人。自幼卓异不凡，爲杜仁杰所稱賞，有文名。歷任中書掾、兵部主事、監察御史等職，因彈劾秉政的桑哥，辭職歸鄉。後又入爲御史、御史都事、翰林直學士，兼國子祭酒、翰林學士承旨等，還曾宣撫遼東山北，拜河南行省參政等。後因病辭官歸鄉。謚文簡。“其詩文率平正通達，無鈎章棘句之習”（《四庫全書總目》）。著有《中庵集》二十五卷。

鵲　橋　仙[①]（至元甲申三月，余以宰相命市帛東路，將至獻州，亭上折梨花一枝，戲作長短句，書于驛壁）

黄塵古驛，荒園小樹，幾朵晴雲自舞。殷勤馬上折來看，問過却行人幾許。　　瓊苞半拆，檀心乍吐，笑向春風不語。多情莫怪洗妝遲，我也是天涯逆旅。

① ［元］劉敏中：《中庵集》，卷二十五樂府，清鈔本。

劉因（1249—1293），字夢吉，號静修，雄州容城（今河北容城）人。精程朱之學。至元十九年（1282），任右贊善大夫，不久辭歸。著有《四書精要》《易系辭説》《静修先生文集》。

馮瀛王吟詩臺[①]

林壑少佳色，風雷有清秋。爲問北山靈，吟臺何久留。時危亦常事，人生足良謀。不有撥亂功，當乘浮海舟。飄飄扶摇子，脱屣雲臺游。每聞一朝革，尚作數日愁。朝廷乃自樂，山林爲誰憂？視彼昂昂駒，奈此泛泛鷗。四維既不張，三綱遂横流。坐令蚩蚩民，謂兹聖與儔。蚩蚩尚可恕，儒臣豈無尤。不有歐馬筆，孰能回萬牛。太行千里來，瀟灑横中州。今朝此登臨，孤懷漲岩幽。何當鏟疊嶂，一洗他山羞。

馮　道[②]

亡國降臣固位難，痴頑老子幾朝官。朝梁暮晋渾閑事，更拾殘骸與契丹。

① ［元］劉因：《静修先生文集》，卷一，四部叢刊初編景上海涵芬樓藏元刊小字本。

② 陳衍輯：《元詩紀事》，卷二，續修四庫全書影印浙江圖書館藏清光緒鉛印本。

渡滹沱河①

河水正流澌，無舟可濟時。詭言冰已合，遂使渡無危。自是繇天助，真非假力爲。昭昭明史册，千載慰人思。

重渡滹沱②

遥臨滹水岸，回望土門關。秋色巉岩上，川形拱抱間。分疆人自隘，設險地誰慳。欲問前朝渡，江鷗故意閑。

鄧文原（1258—1328），字善之，一字匪石，人稱素履先生，四川綿州（今綿陽）人。其父早年避兵入杭，或稱杭州人。又因綿州古屬巴西郡，人稱鄧文原爲“鄧巴西”。歷官江浙儒學提舉、江南浙西道肅政廉訪司事、集賢直學士兼國子監祭酒、翰林侍講學士。卒謚文肅。著有《巴西文集》《内制集》《素履齋稿》等。

題小薛王畫鹿③

禮樂河間雅好儒，曾陪校獵奉鑾輿。晝長靈囿觀游後，政

---

① ［光緒］《畿輔通志三百卷》，卷六十三。

② 《静修先生文集》，卷七。

③ ［元］蘇天爵編：《國朝文類》，卷七，四部叢刊初編景上海涵芬樓藏元刊本。

暇嘉賓燕集餘。蛺蝶圖工人去久，騶虞詩好化行初。宗藩翰墨留珍賞，憑仗相如賦子虚。

陳孚（1259—1309），字剛中，號勿齋，台州臨海（今屬浙江）人。幼穎悟。至元中，以布衣上《大一統賦》，署爲上蔡書院山長，調翰林國史院編修，攝禮部郎中。隨梁曾使安南，還授翰林待制。大德中，任台州路總管府治中。卒謚文惠。詩以雄渾見長。著有《觀光稿》《交州稿》《玉堂稿》各一卷，附録一卷。

獻　　州①

萬里天東北，西風獨杖藜。雁聲秋帶魏，樹色曉浮齊。野闊青烟淡，天空白日低。人家在何處，隱隱野狐啼。

過　滹　沱②

鉦鼓連天戰血紅，存亡衹寄寸冰中。憑誰剪取鱗鱗碧，畫作雲臺第一功。

① ［元］陳孚：《陳剛中詩集》，觀光稿，明鈔本。

② 《陳剛中詩集》，交州稿。

黄玠（1285—1364），字伯成，號弁山小隱，定海人。元代重要的理學家、詩人。黄震曾孫。幼勵志操，不隨世俗，躬行力踐，以聖賢自期。隱居教授，孝養雙親。晚年樂吴興山水，卜居弁山。卒年八十。有《弁山集》《知非稿》等。

讀唐史·其三①

昔者馮瀛王，始事沙陀君。延緣入漢周，常爲將相臣。每當革命日，必有勸進文。

吴當（1297—1361），字伯尚，崇仁縣人。吴澄之孫。至正五年（1345），以父吴文之蔭入仕，薦爲國子助教，預編宋、遼、金三史。書成，除翰林修撰，其後屢遷，任國子博士、國子監丞、翰林待制、禮部員外郎、監察御史、國子司業、禮部郎中等職。至正十五年（1355），升至翰林直學士。官至江西行省参知政事。著有《周禮纂言》《學言稿》。

禮樂二首·其二②

倫紀無章古道昏，哇聲亂耳詎堪論。千年不睹真儒效，空憶河間禮樂存。

---

① ［元］黄玠：《弁山小隱吟録》，卷一，清文淵閣四庫全書本。

② ［元］吴當：《學言稿》，卷六，清文淵閣四庫全書補配清文津閣四庫全書本。

九江丁祀聞鼓吹感懷[①]

上丁修祀又春分，鼓吹聲傳旅夜魂。世路荆榛迷聖域，沱江烟草怨王孫。空憐宇内干戈滿，無復河間禮樂存。上國風雲清廟閟，中天日月素王尊。春秋攝獻元臣重，爵秩追崇祝號敦。束帛承筐先俎豆，牢牲升鼎從羔豚。公侯顯相千金幣，犧象宗彝九醞樽。玉磬編鐘歌大吕，朱弦疏越奏雲門。諸生襟佩趨鵷序，百辟冠裳謹駿奔。翠積宫庭寒肅肅，光生花樹曉焞焞。秦坑灰燼遺經墜，王業陵遲古道昏。霄翮倚風留退鷁，轍鱗隨水化冥鵾。八音夔律何由正，六典周官詎易論。自嘆白頭思紹述，謾垂青簡照乾坤。

薩都剌（約1307—1359後），字天錫，號直齋，雁門（今山西代縣西北）人。泰定四年（1327）進士，歷任鎮江路京口録事司達魯花赤、江南諸道御史臺掾史、閩海福建肅政廉訪司知事、燕南道河北肅政廉訪司經歷等。他一生著述頗豐，有《雁門集》《薩天錫詩集》《薩天錫逸詩》《石林集》《西湖十景詞》等。

過　獻　州[②]

西風老樹昏鴉集，落日荒城暗雨崩。寂寞斷碑秋草裏，路

① 《學言稿》，卷三。

② ［元］薩都剌撰，［清］薩龍光輯：《雁門集》，卷八，清嘉慶十二年（1807）薩龍光刻本。

人遥指獻王陵。

七夕後一日登樂陵臺，倚梧桐望月，有懷李御史公藝[①]

凉風吹墮梧桐葉，瀉下泠泠露華白。樂陵臺上悄無人，獨倚梧桐看明月。月高當午桐陰直，不覺衣沾露華濕。此時却憶金陵人，酒醒紅樓夜吹笛。

陳基（1314—1370），字敬初，臨海（今屬浙江）人。至正中，以薦授經筵檢討，獲罪避歸。張士誠引爲學士，書檄多出其手。入明，明太祖召入預修《元史》，賜金而還。陳基所作詩文皆操縱馳騁，有雍容揖讓之度。其寓舍有“夷白齋”，故其著作曰《夷白齋稿》，三十五卷，外集一卷，補遺一卷。

獻　州[②]

驅車官道旁，四野積陰冱。中路忽改轍，前行屢回顧。遥瞻獻州城，未至日已暮。崎嶇丘隴間，足趼不容錯。須臾近烟火，謂可慰情慮。不睹主人面，反遭邑犬怒。僕夫亦已疲，黽俯羞草具。飢來罄一餐，已飽復何慕。

---

① 《雁門集》，卷八。

② ［元］陳基：《夷白齋稿》，外集，四部叢刊三編景明鈔本。

明　代

林公慶，字孟善，括蒼（今丽水）人。元至正四年（1345）举人。至正十六年（1356）明州學正。明初官翰林，洪武三年（1370）出爲松江知府。梁寅《石門集》有《天界寺中秋與林孟善翰林分韵詩》。

長沙三絶句·其一[①]

定王臺上關中土，西望長安多白雲。賈誼才高空有賦，河間博雅更無聞。

① ［明］劉仔肩編：《雅頌正音五卷》，卷三，清文淵閣四庫全書補配清文津閣四庫全書本。

劉嵩（1321—1381），原名劉楚，字子高，號槎翁，泰和人。明初以人才舉授兵部，職方司郎中，遷北平按察司副使，坐事輸作京師，尋放還，徵拜禮部侍郎，署吏部尚書，請老，許之，復召爲國子司業。有《槎翁詩文集》。

早出獻州南門望京都有懷①

星漢微茫欲曙天，郊原寂歷帶平川。斷槎初擁沙河凌，枯樹猶含野燒烟。健犢慣行馴應鐸，蹇驢初試怯横鞭。登高南望神京遠，仿佛紅雲是日邊。

望漢獻王陵②

單家橋下雪横冰，草樹連雲掠凍鷹。漢業已荒河水在，行人遥指獻王陵。

金幼孜（1368—1432），名善，以字行，號退庵，新淦縣（今江西省峽江縣羅田鎮）人。建文二年（1400）進士，授户科給事中。永樂元年（1403），任翰林檢討。與吉水學士解縉同值文淵閣，升侍講，爲太子講學。幼孜講授《春秋》而進呈《春秋安旨》三卷。著有《金文靖集》。

---

① ［明］劉嵩：《槎翁詩集》，卷六，清文淵閣四庫全書補配清文津閣四庫全書本。

② 《槎翁詩集》，卷八。

扈蹕次獻縣[①]

馳道香塵裏，旌旗落照間。龍光通北極，仙蹕對南山。平野烟光暮，荒城草色閑。自知爲客慣，遠道益加餐。

過滹沱河[②]

前驅聞警蹕，傳道近滹沱。凍合含初日，風微動碧波。人從仙仗出，路自畫橋過。北望幽燕外，青山叠叠多。

胡廣（1370—1418），字光大，號晃庵，賜名靖，江西吉水人。南宋名臣胡銓之後。建文二年（1400）庚辰科狀元。官至文淵閣大學士。謚文穆。有《胡文穆公雜著》《胡文穆集》等。

過滹沱河[③]

輕塵不動暖風和，一片旌旗水上多。已喜北京看漸近，淡雲無雨度滹沱。

① ［乾隆］《獻縣志》，卷十七。
② ［明］樊深：［嘉靖］《河間府志》，卷一天文志地理志，明嘉靖刻本。
③ ［明］胡廣：《胡文穆公文集》，卷二十，清乾隆十五年（1750）刻本。

過滹沱河①

載筆扈萬乘，三度滹沱河。春风如舊日，暖水浮新波。張幟揚飛隼，伐鼓喧鳴鼉。氣雄貔虎士，光炫金銀戈。前茅闢道路，大車槍鸞和。野曠芳草合，塗縈積漲多。濟權孰王霸，轉漕疇蕭何。報主乏長策，美德亡頌歌。幾時理歸旆，秣馬重經過。

獻縣逢故人②

獻王城邑古時州，此日逢君憶舊游。蒲笋切菹堪薦酒，鯉魚斫鱠可充羞。山連恒岳侵霄出，水落滹沱到海流。北地從來多慷慨，明朝相别思悠悠。

朱椿（1371—1423），明太祖朱元璋第十一子，乃郭惠妃所出，封蜀王，王妃爲凉國公藍玉之女。謚號蜀獻王。

賜方教授詩三首・其三③

四十雖聞不動心，平生富貴豈能淫。屢蒙論薦來天禄，自

---

① 《胡文穆公文集》，卷二十。

② 《胡文穆公文集》，卷二十。

③ ［清］錢謙益編：《列朝詩集》，乾集卷下，清順治九年（1652）毛氏汲古閣刻本。

負文章入翰林。養望也須添白髪，觀光仍遣教青衿。河間好古嗟予慕，多士從游愛子深。

王英（1376—1450），浙江金溪人，字時彦，號泉坡。永樂二年（1404）進士。選入文淵閣，掌機密章奏，與修《太祖實録》。仁宗即位，進侍講學士。正統初，累擢南京禮部尚書。歷仕四朝，久在館閣，文章典贍，朝廷大製作多出其手。有《泉坡集》。

房淵飛燕[1]

洄流百丈淵，靈物此蜿蜒。變化知何日，傳聞自昔年。風回紫燕集，月射碧波圓。著水無飛葉，浮光直接天。

蕭伯辰，江西清江人。永樂八年（1410）爲深州知州，官至南京刑部郎中。

深　州　行[2]

我本布衣士，老忝深州牧。深州古名郡，人淳壤肥沃。滹沱引清漳，當春波漾渌。紫金屬太行，晴天給遐矚。地昔值炎

① ［明］王英：《王文安公詩文集》，詩集卷三五言律詩，清樸学齊鈔本。

② ［清］吴汝綸纂：［同治］《深州風土記二十二卷附表五卷》，記十一下之上金石七，清同治十年（1871）纂光緒二十六年（1900）文瑞書院刻本。

劉，中道失其鹿。真人渡凌消，麥飯果枵腹。東南渺房淵，妖螭肆狂毒。陸澤舊經營，吴莊新卜築。義門五季間，六世同一族。至今孝義鄉，過者起敬肅。宋代歐陽珣，議和竭忠告。厲氣奪三軍，引領甘受戮。貞節聳清風，孤墳照人目。山水鍾秀靈，閥閱多喬木。國朝重科第，文采紛郁郁。或贊户工曹，或榮署光禄。里巷弦誦聲，芹宫日聯續。濟濟信莫量，綿綿繼芳躅。行春出郊墟，駕言訪民俗。飲馬臨川流，褰帷駐林麓。桃李自成蹊，錦雲爛原陸。陌上藹桑麻，隴間雜禾菽。租税甲它州，輸期不受促。時和歲屢豐，居人樂生育。兹邦遺迹多，粗舉難備録。聊賦《深州行》，浩然歌一曲。

石宇，明廣陵人。

過房淵赴深州①

衡漳宗東海，奔匯窪成潴。遥天蘸暗碧，汪洋同一區。羯鮮昔構患，生民值艱虞。兵氣迭起伏，地靈從亦渝。或傳赤于赭，朝夕春霞舒。或聞化斥鹵，龍犬形模殊。波心見木葉，燕往銜無餘。至今瀕渚田，黍稌滋以腴。漁者檀生息，鮫人安廟居。我來展遐眺，炯如鑒方諸。未須射雁鶩，何從采芙蕖。長吟紀清勝，杳然心迹虚。

① 深州市地方志編纂委員會会編：《深縣志》，第 743 頁，中國對外翻譯出版公司，1999 年。

薛瑄（1389—1464），字德温，號敬軒，山西河津人。永樂十九年（1421）進士。曾任大理寺丞、禮部右侍郎兼翰林學士。有《河汾詩集》

河間獻王墓[①]

漢家宗室最稱賢，遺事曾經閱簡編。偶過河間尋往迹，空餘荒冢帶寒烟。頻求千古書連帙，獨對三雍策幾篇。雅樂未興人已逝，雄歌惟有大風傳。

馬偉，字廷彦，故城人。馬中錫之父。永樂二十一年（1423）舉人，初授絳州訓導，後改任唐府長史，官至浙江處州知府。

竇　　堡[②]

百年風物總成非，遺堡烟横日未晞。鷄犬不驚春漠漠，桑麻初長曉霏霏。濃連宿霧迷樵徑，翠浥晴光上客衣。猶似貔貅酣野戰，氤氳萬竈起重圍。

① ［明］薛瑄：《敬軒文集》，卷十，清文淵閣四庫全書補配清文津閣四庫全書本。

② ［乾隆］《獻縣志》，卷十七。

丘濬（1421—1495），字仲深，號琛庵，又號玉峰、瓊臺，別號海山道人，也稱瓊臺先生。瓊山人，從英宗到孝宗四朝爲官，官至文淵閣大學士。

興王分封之國·其一①

自古親王誰最賢，唐寧王憲漢河間。遵依祖訓師前哲，子子孫孫永守藩。

文洪（1426—1499），字功大，號希素，長洲（今江蘇蘇州）人。成化元年（1465）舉人，十一年（1475）上禮部中乙榜，授淶水縣學教諭。其子文林、其孫文徵明并有時名。文洪詩饒有簡樸閑淡之致。著有《淶水集》《括囊稿》。

獻縣早發②

曉起驅車涉大荒，離離雲月照車廂。酒醒怪得寒侵骨，起視征衫滿袖霜。

---

① ［明］丘濬：《瓊臺會稿》，卷四，清文淵閣四庫全書補配清文津閣四庫全書本。

② ［明］文洪：《文氏五家集》，卷一淶水詩集，清文淵閣四庫全書本。

沈周（1427—1509），字啓南，號石田，晚號白石翁，長洲（今江蘇蘇州）人。博覽群書，好藏書。文學左氏，詩擬白居易、蘇軾、陸游，字仿黄庭堅，尤工于畫。與唐寅、文徵明、仇英并稱爲“明四家”。正德間卒，年八十有三，世稱石田先生。著《客座新聞》《石田集》《江南春詞》《石田雜記》等。

馮道二首[①]

其　一

能臣五姓亦多忙，旦暮朝廷傀儡場。儘有痴頑塞羞耻，了無恩怨涉興亡。送迎數數真郵督，侍從番番老楯郎。莫怪不能知大義，兔園册上祇農桑。

其　二

相公惟舊帝惟新，歷享台垣富貴春。竟莫識爲何老子，終當書作某朝臣。崖房戀戀輸蜂義，梁壘依依愧燕仁。功業不知何所有，一編青竹漫遺塵。

① ［明］沈周：《石田詩選》，卷五，清文淵閣四庫全書補配清文津閣四庫全書本。

史鑒（1434—1496），字明古，號西村，蘇州府吴江（今屬江蘇吴江）人。進士，河間知府。史鑒文究悉物情，練達時勢，詩亦落落無俗。著有《西村集》八卷。

送稽揮使還長安·其二①

行行西邁古函關，到處鶯聲似故山。當代名藩推陝右，今王大雅繼河間。香凝命服趨朝罷，樂奏軒縣勞使還。戚里由來居肺腑，咨詢長得侍宫班。

程敏政（1445—1499），字克勤，中年後號篁墩，又號篁墩居士、篁墩老人、留暖道人，休寧人，後居歙縣篁墩（今屯溪篁墩），時人稱爲“程篁墩”。成化二年（1466）進士，以學問該博著稱。弘治中，官至禮部右侍郎兼侍讀學士。見唐寅鄉試卷，激賞之。十二年（1476），主持會試，以試題外泄，被劾爲通關節于唐寅等，下獄。尋勒致仕卒。著《新安文獻志》《明文衡》《宋遺民録》《唐氏三先生集》《篁墩集》等。

獻縣望河間獻王墓②

吕嬴播虐焰，天下無典籍。楚賊嗣其凶，掌故不能匿。迨

---

① ［明］史鑒：《西村集》，卷三，清文淵閣四庫全書補配清文津閣四庫全書本。

② ［明］程敏政：《篁墩集》，卷六十七，明正德二年（1507）何歆刻本。

彼馬上公，儒者猶失職。更化凡幾年，書禁始銷熄。斯文天有意，宗賢起王國。開府兩河間，恭文自天識。憫兹簡册灰，訪購靡餘力。遂令先王書，次第乃有得。緬懷仁義風，禮樂餘漢策。高丘獻城東，寒日下荆棘。後生已千載，私淑仰遺德。

渡滹沱河①

寒風挾霜起，冰浪從西來。下觸斷橋柱，碎此千瓊瑰。流響甚清冽，驚波屢盤洄。官舟大如掌，疾棹過南隈。古來濟川人，感激多良材。

書所見十四韵②

大水那能望有年，恤民恩詔喜拳拳。事憑公廪終難濟，情到官莊最可憐（河間一府官莊共一百三十餘處，少者三五百頃，多者千餘頃，甚至有跨縣者）。占取膏腴多極萬，索來金穀動盈千。税于子粒偏加重（公田畝起科多至三升，官莊畝起子粒三斗），賦入荒年亦未蠲（今歲凡被災之處，或免三五分，或免七八分，或全免，惟官莊畝科銀一錢二分）。港次半收烟火價（凡近莊蘆葦場不許人樵，樵者皆先納烟火錢，方許），野中分握草場權（凡近莊草地有官馬入其域，不論千百數，悉拘之，每馬科銅錢三十文，始釋）。鷄豚已盡田間利（凡官莊納子粒時，二頃附納一猪，一頃附納一羊或一鵝，二十畝納一鷄），舟楫

① 《篁墩集》，卷六十七。

② 《篁墩集》，卷六十七。

仍需水面錢（近官莊地被水没者，往來必須舟渡，每舟月科銀三錢，謂之水面錢，其田在官河兩岸者，亦終歲科此錢）。泛使不禁頻去住（莊主每歲四季遣人徵子粒諸色，其家臣八人率游手六七輩直入官府，呼叱守令，日需下程鷄酒魚麵諸物，官府不能詰），小民何日許安便。伐殘桑棗惟餘地，典盡車牛莫訴天（今歲大水，桑棗多死者，因伐以償官莊。地中寸草不生，車牛俱賤折，售于官莊）。罪縶便連兒女輩（每子粒不敷，莊主即遣人拘囚民間子女，有捶死者，有因而污之者，其苦最甚），鞭笞寧計令丞員（獻縣令被莊主笞四十，幾死。予過其境猶曳杖來迎）。屋廬毁廢淪波底（自雄縣以南，幾千里不復成村，十室所存惟一二頹垣），老弱流離委道邊。糠秕無端争入市（河間一帶，市中賣糠及哇哇者，取豕食和水而取其汁以食人），酒漿那復敢開壚（河間以南，村中不復有酒家）。監門有泪揮圖上，守土何人達帝前。愧我身非觀察使，傷心聊述紀行篇。

和答河間李主事旦[1]（旦以言事除名家居）

伏臘年來儘可支，鷄栖豚栅擁茅茨。病魔却苦無虚日，酒量那能及往時。一任野翁閑競席，幾將衰髪笑臨池。飲情衹有看山約，百遍相招總不辭。

欲返瀛東力未支，天涯相望一茅茨。逢人話到桑麻後，羨子書言社稷時。開徑不當馳馬地，濯纓誰共狎鷗池。他年徑造非生客，寄語山童莫漫辭。

---

① 《篁墩集》，卷八十七。

馬中錫（1446—1512），字天禄，號東田，祖籍大都，先世爲避戰亂，于明初徙于故城（今屬河北）縣。成化十一年（1475）進士，官至右都御史。以兵事爲朝廷論罪，下獄死。能詩文，生平有文名，李夢陽、康海、王九思曾師從于他。著有《東田集》。

獻　縣[①]

野黍離離壟麥黄，樂城風土似吾鄉。通衢午市人初集，小店春醪客過嘗。雄鄚漸遥無網罟，滹沱將近有帆檣。百年遺俗猶公道，不祀瀛王祀獻王。

贈獻縣李明府奏績[②]

征車又駕出重城，楊柳東風拂面輕。三殿昨隨方岳覲，百壺今送使君行。向來晝省雲山隔，此去花封父老迎。我幸有親俱白首，喜逢賢令過餘生。

朱誠泳（1458—1498），號賓竹道人。明宗室，太祖第二子秦王朱樉玄孫，弘治元年（1488）襲封秦王。長安有魯齊書院，久廢，誠泳别易地建正學書院，又于其旁建小學，擇軍士子弟延儒生教授。卒謚簡。工詩。著有《經進小鳴集》。

① ［明］馬中錫：《東田漫稿》，卷三，明嘉靖十七年（1538）文三畏刻本。

② ［乾隆］《獻縣志》，卷十七。

蜀府德陽王師古堂代保安王肅齋作[①]

聖聖既以遠，古道何邈綿。遺訓弗俱亡，明明垂簡編。萬理具成憲，後王宜不愆。吕政弗師古，詩書燼餘烟。傅説古良弼，納誨心拳拳。至言乃龜鑒，宜哉千古傳。吾人思受益，無如師聖賢。君子貴自勉，彼昏胡不然。河間興禮樂，淮南泥神仙。擇術誠在人，存亡詎由天。吾宗有賢王，分藩世蟬聯。日用動師古，肯爲流俗牽。蒼黄免馳逐，貨色咸弃捐。齋居静無事，妙契羲皇前。嗟余忝宗人，見賢思與肩。晝讀古人書，夜夢與周旋。吾宗契吾志，夙夕恒乾乾。聲光騰玉牒，流芳萬斯年。皇祖有彜訓，典則相後先。憲章在諸孫，百世同勉旃。

朱祐樘（1470—1505），明朝第十位皇帝，年號弘治，明憲宗朱見深第三子。

贈蜀昭王[②]

河間禮樂文風盛，江夏忠勤世業昌。异代豈能專美事，吾宗亦自有賢王。

---

① ［明］朱誠泳：《小鳴稿》，卷二，清文淵閣四庫全書本。

② ［明］陳全之：《蓬窗日録》，卷七詩談一，明嘉靖四十四年（1565）刻本。

葉天爵，字良貴，號孟齋，婺源人。弘治八年（1495）解元，聯捷弘治九年（1496）進士。曾任崇仁縣、寧縣知縣，寧州知州，饒州知府。

過單橋吊五節[1]

劇盜乘勝來自南，攻城屠壁如等閑。承平不識兵革久，據橋不守險與岩。坐令戎馬恣馳騁，躪蹂如入無人境。連天烽火徹夜紅，殺氣騰騰當晝暝。夾河札營建鼓旗，縱兵四掠搜妹姬。艾顏少肯閑婦德，污穢駢首甘如飴。單橋丘陳詩書族，節義漸涵被閨淑。姊姒姻嫏語到明，矢心嚼齒不受辱。一朝邏騎來倏忽，求死不得被驅逐。行行共指河水清，此是吾人得死所。貞心烈烈死猶生，彼頑汶汶不如土。麾鞭策馬橋中央，竦身齊躍如龍翔。陽侯拍手馮夷笑，驂乘列仙歸上蒼。蕊宫瓊苑真仙子，謫向人間一回爾。時移事變遂蜕凡，還振仙風袪濁滓。我來橋所後兩月，清波猶似誇芳烈。嫦娥下爲昭回光，静影芒寒澄玉潔。誰障狂瀾迴砥柱，綱常責任歸孱婦。望風奔潰祈哀者，真擁行尸空走肉。安得真媛復生儒，布列赤縣環神都。直前勇進不畏死，搜儞群盜成擒誅。天王有詔勵庸暗，昭如日星霧始泮。愧生慰死激方來，芳名耿耿横霄漢。

① ［嘉靖］《河間府志》，卷一天文志地理志。

王鸞，字汝和，明正德進士，試政吏部，爲尚書楊一清所識，擢文選主事。武宗南巡，上疏力諫，廷杖幾斃，逾年死。

五 節 橋①

滹沱塵起乾無水，五女至今原不死。橋因節烈始傳名，當年直比湘流清。蒼碑矗立千秋壯，石檻標題萬古横。岸上人家連荒草，波心月照青松曉。西風吹落杜鵑啼，碧血茫茫西山老。吁嗟丈夫銘鼎勛，司空原是梁參軍。衹今衰草寒烟裏，誰識馮家五代墳。

彭應軫，獻縣人。嘗爲興化令，性豪邁，尚氣節，政事簡約，人不敢干以非。正德間，歲大饑，一無所賦，詣撫院請捐賦一年，院使者陽怒，下應軫獄，即毅然褫冠服就行，使者乃爲會議，卒從其請，全賦盡捐。

謁獻王陵有述二律②

斷蛇逐鹿事微茫，繼世傳經有令王。故國千齡存俎豆，遺墟百里走冠裳。青山不改賢聲在，流水無情野草荒。欲奠英魂村路遠，峻陵回首色蒼蒼。

---

① ［乾隆］《獻縣志》，卷十七。

② ［康熙］《獻縣志》，卷七。

秦家宫闕成灰燼，漢代山河自此新。禮樂三千真有力，乾坤四百豈無神。徑蛇中斷重瞳死，宫鹿横奔四海分。不是寬仁能蔭覆，諸孫那得有令聞。

孫緒（1474—1547），字誠甫，號沙溪，河間府故城人。弘治十二年（1499）進士，官至吏部郎中，因被中傷而革職，嘉靖初起太僕卿。著有《沙溪集》《無用閑談》。

古意送張學諭尹獻縣①

滄海渺無際，泰岳高無垠。誰云宇宙寬，勢欲包渾淪。美蔭盈山阿，美味盈水濱。就中細幽討，乃辨蹊與津。由來廣邈區，深藏自天真。相彼雲霄客，襟懷盎如春。結屋海山麓，丹誠對蒼旻。朝望蓬萊居，暮見秦宫人。俯首瞷人世，萬象成浮沈。

齊魯重弦歌，燕趙多感慨。須信秋霜威，不及冬日愛。自從卓茂後，禮教竟何在。簿領任刻木，民命等刈艾。君才冰玉清，一笑收萬態。學宫五六年，俎豆試鼎鼐。都將化雨幾，布作陽春載。想當樂壽原，春畦盡沾溉。行見青驄馬，攬轡持風裁。

迢迢瀛海路，皚皚燕山雪。頑雲夜不開，青燈寒自滅。天

① ［明］孫緒：《沙溪集》，卷十七五言古，清文淵閣四庫全書本。

低風力勁，布被冷如鐵。晨起策羸馬，遥望古城闉。豈不念荼苦，所愧負先哲。前溪斫水渡，下見水澄澈。心懷廟堂憂，孤囊正愁絶。

何景明（1483—1521），字仲默，號白坡，又號大復山人，信陽（今屬河南省）人。弘治十五年（1502）進士，授中書舍人。正德初，宦官劉瑾擅權，何景明謝病歸。劉瑾誅，官復原職。官至陝西提學副使。“前七子”之一。與李夢陽并稱文壇領袖。其詩取法漢唐，一些詩作頗有現實内容。有《大復集》。

送戴生歸獻縣①

旅室蒼苔静，寒城月色陰。歸人對明燭，别調入瑶琴。渤海高雲夕，滹沱積雪深。趨庭知有日，應慰倚門心。

孫承恩（1485—1565），字貞甫，號毅齋，松江華亭（今屬上海市）人。孫衍子。正德六年（1511）進士，改庶吉士，授編修。嘉靖初，奉使安南，與修《明倫大典》，擢左中允，充經筵講官，主考兩京鄉試。官至禮部尚書，兼翰林學士，掌詹事府。嘉靖三十二年（1553），齋宫設醮，以不肯遵旨穿道士服，罷職歸。謚文簡。孫承恩篤學博稽，爲文深厚爾雅。工書善畫，尤擅人物。著有《瀼溪草堂稿》五十八卷，《歷代聖賢像贊》六卷，有四庫本《文簡集》五十八卷。

---

① ［明］何景明：《大復集》，卷之十九，明嘉靖刻本。

過獻縣，水没坡田，蕩成巨浸，鳧鷗葭葦，宛似江南風景，口占二十八字①

摇落枯葭戰晚秋，浴鳧飛鷺兩悠悠。衹疑身在江南地，泖上飄然一葉舟。

杜翊，濰縣人。舉人，正德年間獻縣知縣。

獻陵懷古②

賢王元出神明系，封建實當樂壽城。在昔傳聞多令德，而今衹見一荒塋。平原漠漠秋風急，古廟沉沉夕照明。我忝主人來致祭，高山仰止不勝情。

劉田，明東阿人。主事。

吊單橋五節③

單橋擬是清風嶺，今日綱常賴有斯。婦女五人渾值甚，寸心應愧萬男兒。

① ［明］孫承恩：《文簡集》，卷二十五七言絶句，清文淵閣四庫全書本。

② ［康熙］《獻縣志》，卷七。

③ ［康熙］《獻縣志》，卷七。

吊單橋五節二首[1]

其　一

曾聞五烈墜滹沱，慨慷殺身仗義多。惟有年年橋下月，明光常照此清波。

其　二

滹沱橋下水汩汩，五烈捐生俱少年。貞骨已知今化石，清風千古□遺編。

程鑒，仁和人。萬曆間曾任獻縣訓導，嘉靖年間任滑縣教諭。

謁獻王陵二首[2]

其　一

盛德傳經光宇宙，獻陵遺迹照山川。千年禮樂風雲動，百代文章草木鮮。武帝有祠虚落日，淮南無地覓游仙。日華桃李四春意，想像衣冠集衆賢。

---

① ［康熙］《獻縣志》，卷七。

② ［康熙］《獻縣志》，卷七。

其　二

百里猶傳古獻基，獻王陵在昔人非。毛詩化遠流風易，雅樂聲延古調稀。夜月野狐穿古邃，暮烟啼鳥落林暉。不磨惟有賢聲在，猶使儒生仰翠微。

張汝蘊，字子發，章丘（今屬山東）人。萬曆八年（1580）庚辰科進士，歷任東安縣、獻縣知縣，天津兵備道，陝西右參議，蕪湖榷使。萬曆十三年（1585），編纂首部《獻縣志》。

吊單橋五節短言二律①

其　一

單橋誰家女，五節溢鄉評。身死綱常重，名存漢史清。朝霞涕泪血，夜雨斷腸聲。惟有滹沱月，年年共此情。

其　二

飲馬滹沱水，水釁清照人。朱顔凋赤日，素節委黄塵。日月光同老，乾坤名不磷。臨流思往事，感慨泪沾襟。

① ［康熙］《獻縣志》，卷七。

喜得石刻詩文①

古翰埋丘壑，千秋香水殘。詩沉神鬼泣，光射斗牛寒。盡道支機見，難同醒酒看。文園誇勝事，或可并琅玕。

文昌閣成志喜二首②

其　一

昨夜坐躔耀碧空，樂城東序氣葱葱。九天頃□圖書府，一夕潜回造化功。瑞靄依稀滄海右，虹霓縹緲太行東。懸知文運聞三輔，會看英雄入彀中。

其　二

城上層樓接大荒，梓潼殿駕應文昌。北瞻燕市天光近，東撫滄瀛地脉長。禮樂三千争獻納，風雲九萬任翱翔。從來氣運多旋轉，何幸文星照此方。

---

① ［康熙］《獻縣志》，卷七。

② ［康熙］《獻縣志》，卷七。

秋日同李、白二廣文祭獻陵二首[①]

其　一

瀛州原上獻王阡，此日同□亦快然。海内搜經承孔緒，河間羅士斷秦烟。重興禮樂三靈燦，繼絶衣冠萬代傳。天爲斯文延正脉，至今青史有遺編。

其　二

獻王勛業媲皇墳，贏得芳名萬古聞。授簡豈居梁苑後，論功當出漢儒群。柳烟恍見青藜影，楓樹如懸錦綉紋。愧我高山空仰望，疏才難擬吊賢文。

趙完璧（1500—1580後），字全卿，號雲壑，晚號海壑，山東膠州人。歲貢生，歷司城（指揮），官至鞏昌府（今甘肅隴西縣）通判。以忤嚴嵩幫凶、錦衣衛都督陸炳（東湖）坐死，在獄中與楊繼盛相唱和，史稱志節之士。後被救獲釋。完璧工詩，多觸事起興，吐屬天然。著有《海壑吟稿》十一卷。

---

① ［康熙］《獻縣志》，卷七。

商林曉行[①]

雲暖烟消欲曙天，行人驅馬杏花前。故園桃李春如錦，客路風塵日似年。山水倦人休未得，功名老我少無緣。蓬瀛苒苒東來近，早晚華堂萊彩翩。

顧夢圭（1500—1558），字武祥，號雍里，江蘇昆山人。嘉靖二年（1523）進士。官至江西右布政使。夢圭詩文皆平正通達，直抒胸襟。著有《疣贅録》九卷，續録二卷。

獻　縣　行[②]

滹沱水决年復年，城北一望皆平川。田荒不聞免租税，賣兒鬻女償官錢。百家今無十家在，老翁臘月衣無綿。編草爲船渡行客，破履深入層冰間。索錢買餅不充腹，終委溝壑何人憐！北地凋殘此爲最，來往况復多輶軒。我來正逢貴者至，横索供張何喧喧。辛勤爲民省百費，路旁但稱曾令賢，曾令名烶字日宣。

---

① ［明］趙完璧：《海壑吟稿》，卷四，清文淵閣四庫全書補配清文津閣四庫全書本。

② ［明］顧夢圭：《疣贅録》，卷七七言古詩雜體古詩，清雍正七年（1729）顧懷劭刻本。

獻縣牛憲副園亭與李内翰宴集，賦此留别[1]

牛君嘗董戎山東，以威信著聲績，尤諳邊務，人以是忌君。中歲挂冠，今有九十壽母在，諸子皆有文，闢圃築室足以自老。台諫累薦，其才可寄疆圉，將有徵拜云。

河間楊柳摇春風，紫岩丹塗逢仙翁。花氣猶含曲欄畔，鶯聲細入孤亭中。疏泉清泚菊潭比，開徑窈窕桃源通。出塵傲世心自迥，采芝餐玉顔如童。階前手種珊瑚叢，五采照耀凌青虹。或隨王母宴瑶帛，雲軿霧蓋遥冥濛。仙翁舊是金門客，十年建節滄瀛東。峥嶸豹韜鎖鑰固，揮霍龍泉氛祲空。折腰本無適俗韵，猿臂徒有封侯功。悠悠蘿薜送日月，渺渺霄漢淹鵷鴻。春來寂寞誰過從，雲關偶繫雙青驄。玉堂謫仙擅芳藻，兖郡羈人憐轉蓬。樽前談兵氣尚雄，老筆詞賦尤精工。曲度流雲駐樓閣，酒闌華月輝杉松。我曹明發各行役，石床獨卧朝霞紅。更須勉爲蒼生起，薦章昨入明光宫。

朱曰藩（1501—?），字子價，號射陂，寶應（今江蘇寶應縣）人。嘉靖二十三年（1544）進士，授烏程知縣，遷南京刑部主事，歷禮部郎中，出知九江府，卒于官。雋才博學，以文章名家。著有《山帶閣集》。

---

① 《疣贅録》，卷七七言古詩雜體古詩。

正月十七與子春曉渡獻縣城北橋堤。堤亘十里，橫誇河上，冰合將泮，水物翔泳四起，蓋北來异境也。率爾占絶句六章歌之，少暢道路奔鬱之况①

枕上滄浪夢不成，驚鴻别鶴太分明。天吴夾我雙朱轂，直跨金鰲背上行。

中水城邊沙鸖呼，磈磊填胸無酒沽。我有宴船滄海畔，一篙珠玉夢梁湖。

萬古天開洗玉河，雲中岡脊走滹沱。君王不奏龍池樂，到處春風魚藻多。

燕月斜河五色明，桂枝裊裊意中生。眠雲舞石沙鷗路，借汝看花一綫行。

飛霜撲袖碧毶毶，清曉驅車玉女潭。誰把悲笳吹落月，梅花惆悵隔江南。

同軺揚子濟時雄，獻賦長驅入紫宫。卧聽汾陰歸雁響，更

---

① ［明］朱曰藩：《山帶閣集》，卷四，明萬曆刻本。

添新藻壯河東。

尹臺（1508—1581），字崇基，號舊山，江西永新人。嘉靖十四年（1535）進士，選庶吉士，授編修。官至南京禮部尚書。著有《洞麓堂集》十卷。

題宗室瀑泉①

西山千尺之洑流，注作瀑泉散九秋。萬古烟霄飛玉練，一天星斗綴珠旒。東平善以涓涔積，河間經兼渾灝求。掬勺清淪堪自濯，底須雁蕩玩靈湫。

余曰德（1514—1583），初名應舉，字德甫，號午渠，南昌（今屬江西）人。嘉靖二十九年（1550）進士。與王世貞友善，被目爲“後五子”之首。其詩以七言近體受詩論家推重。所作并非刻意復古，而力求自成一格，實非七子流派。累官至福建按察司副使。有《余德甫先生集》。

獻縣道中②

塵途不可極，且復戒前驅。易水寒初至，虞丘日欲晡。砌封迴病蟻，檜木啄饑烏。天地流離滿，誰堪鄭俠圖。

---

① ［明］尹臺：《洞麓堂集》，卷八，清文淵閣四庫全書本。

② ［明］余曰德：《余德甫先生集》，卷三五言律詩，明萬曆刻本。

李汝桂（1514—1600），字少崖，號還樸，山東泰安人。明隆慶貢士，歷任廣德、遷安訓導，獻縣教諭。後辭官在泰山設育英書院，教授弟子。著有《還樸心聲》《教言講餘録》《訓民俚言》等教育專著，均不傳。

謁獻王陵有感①

高原傳是獻陵臺，登拜高歌一慨哉。歷代衣冠勞再見，斯文門户喜重開。六經遠續宣尼脉，五策難逃孝武猜。廟貌萬年精爽在，瓣香迴首重徘徊。

歐大任（1516—1595），字楨伯，號侖山，廣東順德人。與梁有譽、黎民表、吴旦、李時行結社，史稱“南園後五子”。隆慶四年（1570），授江都司訓。與修《世宗實録》，事竣，升任光州學正。萬曆三年（1575），升國子監助教，官終南京工部虞衡郎中。有《歐虞部詩文全集》。

阜城過獻縣次公瑕壁上韵，因懷公瑕②

瀛渤蒼茫星漢微，征鴻西傍薊雲飛。五湖真覺難抛得，未到長安已憶歸。

---

① ［康熙］《獻縣志》，卷七。

② ［明］歐大任：《歐虞部集十五種》，北轅集，卷一，清刻本。

王世貞（1526—1590），字元美，號鳳洲，又號弇州山人，太倉（今屬江蘇）人。嘉靖二十六年（1547）進士，累官至南京刑部尚書。與李攀龍同爲“後七子”首領，主張文必秦漢、詩必盛唐。晚年閲世日深，讀書漸細，復古主張稍有變化。有《弇山堂别集》《嘉靖以來首輔傳》《觚不觚録》《弇州山人四部稿》等。

題懷白草堂爲朱王孫賦①

知白啓玄宗，醉白慕芳規。詎若瞻君宇，宛然白華思。同姓諸侯王，汝父皎不緇。河間茂經術，陳留摛令辭。璽書一見旌，不億稱宗師。斯人老空谷，朱邸垂素絲。勖哉念羹墻，毋令墨子悲。

單家橋贈楊柳②

十五年前楊柳條，清陰緑遍單家橋。而今髡盡如僧老，却怪行人鬢早凋。

---

① ［明］王世貞：《弇州山人四部續稿》，卷六詩部，清文淵閣四庫全書本。

② ［明］王世貞：《弇州四部稿》，卷四十九詩部，明萬曆刻本。

代楊柳答①

秋來憔悴不關情，客鬢霜華枉見輕。一夜東風對吹却，請看何處緑還生。

食滹沱河魚戲作②

滹沱魚尾真金赤，况復車輪敗後炊。三輔周遭三千里，從今魚樂也應知。

向程（1531—1579），字宗洛，慈溪人。嘉靖四十四年（1565）進士，授閿縣令，擢監察御史，官至江西副使，卒年四十九。

過獻七世祖殉節地③（諱朴，死于靖難）

其　一

麒麟閣上漢功臣，盡是當時秉義人。獨有河間一片月，至今猶照壑中塵。

---

① 《弇州四部稿》，卷四十九詩部。

② 劉章、吴世元、孫國良選注：《古人咏石家莊》，第 8 頁，河北人民出版社，1997 年。

③ ［乾隆］《獻縣志》，卷十七。

其　二

莫將螳臂笑孤臣，心事原同扣馬人。假使當年逢尚父，肯教碧血染紅塵。

佘翔（1535—?），字宗漢，號鳳臺，福建莆田人。嘉靖三十七年（1558）進士。任全椒知縣，與御史議事意見相左，即拂衣罷去，後放游山水以終。佘翔工詩。著有《薜荔園集》四卷及《文草》。

春日魯陽王别業應教[①]

如雲别館象蓬萊，醴酒多緣上客開。招隱有山皆桂樹，披襟無日不蘭臺。河間禮樂三雍對，鄴下文章八斗才。梁苑風流還授簡，共誇詞賦接鄒枚。

---

① ［明］佘翔：《薜荔園詩集》，卷四七言古詩七言律詩七言排律，清文淵閣四庫全書本。

袁應祺（1538—1593），字文谷，號肖海，興化人。萬曆二年（1574）進士，授黄岩知縣。曾修萬曆《黄岩縣志》。

宿大悲寺有懷張子發①

何以宵征俗綱牽，之子奔馳帶星眠。停驂彌節雪花賈，僕夫報我滹沱邊。遽然老僧出徑延，大悲古寺有殘碣，蒲團細頌楞嚴經。説法如來思含茂，茗□□□出杯泛。滹沱月水兮美人，隔瀟湘月兮美人瞻帝闕。吁嗟嚱！萬古乾坤俱苦空，世上簪纓如穨廬。張君張君，與汝了然悟□忽。②

祝世禄（1539—1610），字延之，號無功，又號石林，江西德興人。萬曆十七年（1589）進士，考選爲南科給事。歷尚寶司卿。工詩，善草書。著有《環碧齋詩》。

酬朱總持宗侯③

題緘飛下日華宫，帝胄還瞻江介雄。鴻寶枕中傳授秘，青藜夜半校讎工。風雲氣壓枌榆社，齋榻香圍桂樹叢。滕閣看山今廿載，王孫芳草思無窮。

---

① ［康熙］《獻縣志》，卷七。

② 張子發，即張汝藴，字子發，號逢原，章丘（今屬山東）人。萬曆八年（1580）庚辰科進士，萬曆十年（1582）任獻縣知縣。

③ ［明］祝世禄：《環碧齋詩》，卷一，明萬曆刻本。

丁賓（1543—1633），字禮原，號改亭，嘉善（今屬浙江）人。隆慶進士。任句容知縣，有善政，擢御史，因忤首輔張居正意，去官。張居正敗後起復，督操江，累官至南京工部尚書。謚清惠。有《丁清惠公遺集》。

向忠節先生二律[①]

獨撫孤城抗薊兵，棱棱忠節屬先生。一腔血化荒原碧，千祀香流汗簡清。須信乾坤元有主，却憐河岳見鍾英。瞻依此日應難作，喜共礽孫住太平。

詔起田間戴聖皇，何難授首振綱常。風生馬鬣魂應慘，月冷猿猴咽更長。慷慨幾從宵夢見，寵褒叠沐國綸光。祠堂赫赫蒸嘗遠，虔爲忠臣奠荔漿。

姚舜牧（1543—1627），字虞佐，號承庵，浙江烏程人。萬曆元年（1573）舉人，歷官新興、廣昌知縣，代全州知州等職。爲官期間勤政愛民，頗有政聲，有“愛民如子”之稱。著有《樂陶吟草》。

---

① ［明］丁賓：《丁清惠公遺集》，卷六雜著，明崇禎刻本。

過景州阜城單家橋一帶①

連朝走馬歷荒郊，鴻雁哀鳴半草茅。人道雪深來歲好，春耕能得燕歸巢。

獻縣日華宮②

生居富貴多沉溺，語及賢才頭腦烘。誰似獻王登俊杰，至今光射日華宮。

于慎行（1545—1607），字可遠，更字無垢，號穀山，山東東阿人。萬曆年間任禮部尚書、東閣大學士。于慎行爲人忠厚老成，熟悉歷代典章，對明朝禮制建設有較大貢獻。其文學造詣亦極高，與馮琦并稱于世。著有《穀城山館诗集》《穀城山馆文集》等。

送南皮湯明經人游太學③

渤海名家尺五天，淩雲卿子世稱賢。薛公幸舍賓常滿，漢

① ［明］姚舜牧：《樂陶吟草》，卷二，四庫全書存目叢書影印明刻本。

② 《樂陶吟草》，卷五。

③ ［明］于慎行：《穀城山館詩集》，卷十五七言律詩，清文淵閣四庫全書本。

代明經第最先。匣裏劍光寒射斗，庭前槐色翠成烟。清時欲講河間禮，六館諸生拱法筵。

單　家　橋①

十載橋邊路，巾車此重過。秋聲連渤海，寒色下滹沱。避地紅塵遠，還家華髮多。來時道旁柳，生意稍婆娑。

湯顯祖（1550—1616），字義仍，號海若、清遠道人，晚年號若士、繭翁，江西臨川人。萬曆十一年（1583）進士，除南京太常寺博士，歷詹事府主簿、禮部祠祭司主事。萬曆二十六年（1598），弃官歸里。爲明代杰出戲劇家，臨川派首要人物，代表作有《牡丹亭》《紫釵記》等。有《玉茗堂全集》。

景州董子宅同高柏莊長者·其二②

帷開竹林古，書掩玉杯閑。獨有河間獻，英靈時往還。

龍膺（1560—1622），初字君善，改字君御，號茅龍氏，別號汶濦公、綸叟，合稱綸濦先生，湖廣武陵（今常德）人。萬曆八年（1580）舉進士，後官至太常寺正卿。有《龍膺集》。龍膺又是著名戲劇家，著有《金門記》和《藍橋記》兩部傳奇。

---

① 《穀城山館詩集》，卷八五言律詩。

② ［明］湯顯祖：《玉茗堂全集》，詩集，卷十三五言絶句，明天啓刻本。

榮邸侍晏八首·其一[①]

虎拜嵩呼望紫宸，長調玉燭萬年春。詞臣搦管歌江漢，争睹河間禮樂新。

鄭明選，生卒年不详，字侯升，號春寰，浙江歸安人，一作福建侯官人。萬曆十七年（1589）進士，知安仁縣，升南京刑科給事中。日本侵朝鮮，朝鮮請救，朝議紛然，明選陳救朝鮮之説五，固中國之説五，又條上六議備倭，爲留都根本計。又具疏請罷孝豐礦役，疏入不報，移疾歸。結廬横山之陽，飲酒賦詩以終。萬曆二十九年（1601）尚在世。爲詩澹然成趣，著有《鄭侯升集》《鳴缶集》《秕言》等。

獻縣懷古排律[②]

漢代賢王子，風流獻縣存。遺書千載散，雅樂幾人論。墓道松楸古，祠堂俎豆尊。故宫迷草色，殘碣鎖苔痕。雁鶩浮河水，風沙暗郭門。行行一迴首，烟月度黄昏。

---

① ［明］龍膺撰，梁頌成、劉夢初校點：《龍膺集》，第 596 頁，岳麓書社，2011 年。

② ［明］鄭明選：《鄭侯升集》，卷七，明萬曆三十一年（1603）鄭文震刻本。

朱長春（？—1620），字太復，浙江烏程人。萬曆十一年（1583）進士，知舒城、常熟、陽信三縣，入爲刑部主事，後削籍。光宗朝，詔起直言，擢兵部郎中。有《朱太復文集》五十二卷。

至　獻　縣[①]

朝過董相館，暮入獻王城。天人弘素儒，雅樂非新聲。漢帝方雄才，落拓不見榮。遺文想千秋，墟草傷人情。知音遇果希，列士空苦心。當年不施用，埋没同黄塵。此道自古難，于今誰更陳。

蔡獻臣（1563—1641），字體國，號虚臺，别號直心居士，福建同安縣平林（今屬金門縣）人。萬曆十七年（1589）進士，授刑部主事。調兵部職方主事、禮部主客郎中，遷湖廣按察使。罷歸，尋起浙江提學，後官至南光禄寺少卿。著有《清白堂稿》《四書講義》《仕學潜學講義》《筆記》等。

過獻縣有懷耿藍陽故兵曹[②]

製錦虞山不易才，千年文學講堂開。同舟誰共風波惡，猶惜籌邊屈指来。

① ［明］朱長春：《朱太復文集》，卷四，明萬曆刻本。
② ［明］蔡獻臣：《清白堂稿》，卷十二下，明崇禎刻本。

戴鱀，字時重，號東石，鄞縣人。正德丁丑（1517）進士，除刑部主事。歷員外，出爲四川僉事，以事奪職。起河南僉事，歷江西參議，遷副使，改雲南、廣西。進江西參政、山西按察使，歷廣西、四川、江西布政使，以副都御使巡撫四川。有《中丞遺集》八卷。

獻縣簡劉大尹沛然①

歷歷過村樹，行行復渡河。名郊出瀛海，遠水接滹沱。傾蓋逢飛舄，趨朝擬振珂。相看一笑别，最喜頌聲多。

黄禎，字德兆，號北海野人，山東安丘人。正德十四年（1519）亞元，嘉靖二年（1523）進士，歷官户部主事、兵部郎中、吏部郎中等職。性磊落自負，好爲詩，與樂安李舜臣齊名，時稱“李黄”。有《北海野人稿》。

經河間獻王祠②

問訊河間道，星軺出獻王。山川存禮樂，雲樹鬱冠裳。玉殿金聲歇，春臺鳥迹荒。猶瞻天泒邇，少海接滄茫。

---

① ［明］戴鱀：《戴中丞遺集》，卷二，明嘉靖三十九年（1560）戴士充刻本。

② ［清］馬長淑編：《渠風集略》，卷一，四庫全書存目叢書影印清乾隆八年（1743）輯慶堂刻本。

顧起元（1565—1628），字太初，一作璘初、瞞初，號遯園居士，應天府江寧（今江蘇南京）人。萬曆二十六年（1598）第一甲第三名進士（探花），初時授翰林院編修，歷官國子監祭酒、吏部左侍郎兼翰林院侍讀學士。晚年乞退後，還杏花村，築遯園隱居。朝廷曾七次詔命爲相，均婉辭之。卒謚文莊。著有《顧氏小史》《金陵古今圖考説略》《客座贅語》《遯園漫稿》等。

獻縣令向忠節録公，慈溪人，靖難師起，死事者也。九世孫蕚輝官南比部，列公遺事以示起元，敬賦二首①

獵獵玄旗拂漢飛，嬰城無計寸心違。投戈肯負偷生耻，懷印欣言視死歸。正色豈須尸裹革，英魂無奈血沾衣。聖朝自有褒忠典，廟貌常瞻日月暉。

孤城白羽日紛紛，浩氣雄堪入九軍。忍見乾坤將再闢，敢辭刀几遂横分。存孤賴有琴堂友，書事欣存寶座文。奕葉青霄看武接，可知玄感在風雲。

湯賓尹（1567—1628），字嘉賓，南直隸宣城人。榜眼及第，授翰林院編修。後升爲中允，署國子監司業，升南京國子監祭酒，三次出任鄉試、會試主考官。萬曆三十八年（1610），

① ［明］顧起元：《遯園漫稿》，己未，明刻本。

擔任會試分校官，因録用其門生韓敬爲狀元，後被彈劾，事情最終影響爲東林黨與宣黨、昆黨之争，爲東林黨争的導火索。萬曆三十九年（1611）被罷免。崇禎初年，朝臣薦之起復，未及而卒。湯賓尹時文頗負盛名，亦善詩，人論其“文采爛然”“以參禪之語而談詩”。著有《睡庵文集》《宣城右集》《一左集》《再廣歷子品粹》等。

書向忠節傳略①

忠節諱朴，慈溪人，獻縣知縣。靖難兵入，懷印自剄死。萬曆癸丑，有裔孫日萼知建平，出傳相觀。

冠車無萬出河間，壯士封疆鎖鐵棍。千古欒陵原上望，葛衣猶濺血痕殷。

已分將身固首陽，周公端不負成王。衹今死事諸臣骨，共與天家廟貌長。

大海長江表寸靈，千秋公論伴宣城（陳尚書迪《衣带詩》：千秋公論明于日）。人奴幸遇侯來保，莫更相逢御史瑛。

方黄鐵練頭顱已，累葉雲來近若何。吴越世家傳獻縣，光前應得建平多。

---

① ［明］湯賓尹：《睡庵稿》，詩集卷七，明萬曆刻本。

謝肇淛（1567—1624），字在杭，號武林、小草齋主人，晚號山水勞人，福建長樂人，生于錢塘（今浙江杭州）。萬曆二十年（1592）進士，除湖州推官。累遷工部郎中，熟諳河工水利，官至廣西左布政使。博學，能詩文，其詩清朗圓潤，爲當時閩派作家代表。所撰《五雜組》十六卷，多記風物掌故。著有《小草齋集》（詩集）三十卷，《小草齊文集》二十八卷。

經　獻　縣①

雲裹荒城閉夕陽，寒烟疏樹遠蒼蒼。五陵無主山河改，猶有行人拜獻王。

胡震亨（1569—1642），原字君卺，後改字孝轅，浙江海鹽人。萬曆二十五年（1597）舉人，初知合肥縣，薦補定州知州，擢兵部員外郎。著有《唐詩統簽》《海鹽圖經》《續文選》《靖康咨鑒録》。

獻縣道中題逆旅主人壁②

漳河橋畔主人家，粉壁紗窗静不嘩。自道生平偏佞佛，滿庭種遍鉢羅花。

① ［明］謝肇淛：《小草齋集》，卷二十九七言絶句三，明萬曆刻本。

② ［乾隆］《獻縣志》，卷十七。

楊德周（1572—1647），字南仲，一字孚先，號齊莊，學者稱齊莊先生，鄞縣（今浙江鄞縣）人。萬曆四十年（1612）舉人，官金華教授。崇禎間爲古田知縣，遷高唐州知州，致仕。南明隆武二年（1646），魯王監國以尚寶卿召，不赴，次年卒。工詩，爲“汐社三老”之一。著有《銅馬編》《澹圃芋紀》《金華雜識》《杜詩解》《與識隨筆》等。

過日華宮①

賢王千古溯高風，祇説燕臺市駿空。野草茫茫斜照裏，停車還指日華宮。

李若訥（1572—?），字季重，山東臨邑人。萬曆三十二年（1604）進士，官至四川右參政。著有《四品稿》《五品稿》《犁丘賦》《二清堂詩集》及《楊花詩》二百首。

河間郵舍和瓊英壁上句，或疑非瓊英作者②

其　一

自古才難情亦難，郵亭春老夢應殘。青鸞留得神仙字，想

---

① ［明］楊德周：《銅馬編》，卷上，四明叢書本（民國刻）。

② ［明］李若訥：《四品稿》，卷四，四庫禁毁書影印明天啓二年（1622）刻本。

像春纖半掠鬟。

其　二

風流真贋辨應難，花雨天涯六月殘。不信蛾眉工染翰，壁間浮渲似雙鬟。

曹學佺（1574—1647），字能始，號澤雁，又號石倉居士、西峰居士，福建福州府侯官縣洪塘鄉人。萬曆二十三年（1595）進士，閩中十子之首。清兵入閩，自縊殉節。著有《石倉詩文集》一百卷。

建安王見訪賦贈①

周室分封始剪桐，漢家磐石著深功。親賢自是優明主，詞賦居然屬大風。羽扇獨過雲毋輦，豫章新作日華宮。名藩已道西江勝，豈必前朝擅兩東。

高出（1574—1655），字孩之，號懸圃，又號無無居士，海陽縣徽村人。萬曆二十六年（1598）進士。歷任曲周、高陽、盧氏縣令及户部主事、江南布政使司參議、山西按察使、按察副使、遼東監軍道等職。後因軍事失利，被捕係獄十二年，死于獄。不畏權貴，廉潔奉公，民獻“德澤篷門”匾。與焦竑、鍾惺等有交往。著有《高孩之集》《盧隱集》《郎潛集》《鏡山庵集》。

---

①［明］曹學佺：《曹大理集》，卷二豫章游稿，明萬曆刻本。

獻縣道中①

一

陵墓前朝毁，山河异代迷。靈禽咒朽木，陽草吐□荑。鹵澤橋通棧，冰途柳卧堤。帝京瞻孔邇，翹草五雲低。

二

饑年哀野乞，永日答途歌。興盡寧簪紱，緣深本芰荷。城荒登市減，土雜倚門多。南北殊方路，喧塵過六騾。

三

市囂雲氣出，樓堞日陰偏。朱買臣晚達，河間王昔賢。十年官不利，千里客誰憐。莫怪時人賤，男兒貴有錢。

由獻縣南行遣興②

一

重霧孤城秋不禁，露根官樹嚙波深。居人新就魚蟹住，行子猶聞蛩蚓吟。霜雪盈盈浮淺葦，胭脂片片落疏林。經過十載

① ［明］高出：《鏡山庵集》，卷十盧隱稿，卷一，明天啓刻本。

② 《鏡山庵集》，卷二十郎潛稿。

悲歡地，漸老那勝歲月心。

二

陸行終日驚鷺鳧，土墻遺堵人烟無。空皮路柳立猶活，照面野棠紅欲扶。青海戍寒沙月静，白溝河淺壘雲孤。書生半世太平日，何限憂天狂腐儒。

張鼐（？—1629），字世調，號侗初，松江華亭（今上海松江）人。萬曆三十二年（1604）進士。改庶吉士，授檢討，遷司業。天啓時擢南京禮部右侍郎，爲閹黨所劾，削籍歸。崇禎初平反，任南京吏部右侍郎。有《寶日堂初集》《吴淞甲乙倭變志》《餽堂考故》等。

耿藍陽築悦親臺，臺像如故，而藍陽逝矣，傷哉①

風高林母廟，日麗耿公臺。芳草人何在，白雲夢幾迴。畫題仍夾柳，玉洞久封苔。惆悵瞻遺像，叫人慕老萊。

村烟籠四野，突兀起孤臺。孝子情何極，幽人招不迴。心交憐抔土，古道寄莓苔。却憶徐公樹，狂歌慟草萊。

① ［明］張鼐：《寶日堂初集》，卷三十二，明崇禎二年（1629）刻本。

劉重慶（1579—1632），字幼孫，號耳枝，東萊掖城人。萬曆三十八年（1610）中進士，萬曆四十八年（1620）至天啓元年（1621）有記録在獻縣知縣任上，後由獻縣令升爲御史，官至户部右侍郎。

麒麟冢銘[①]

麟之來，章皇德，舞百獸，和萬國。麟之麓，光迴回，陵終古，麟不没。吁嗟麟兮！

倪元璐（1593—1644），字玉汝，號鴻寶、園客，浙江上虞（今屬浙江省）人。天啓二年（1622）進士，授翰林編修。歷官户、禮兩部尚書。李自成入京，自縊死。工書畫。有《鴻寶應本》《兒易内外儀》《倪文貞集》。

丁卯春三月道經河間有感[②]

不覺泣沾衣，徘徊百事非。滹河沈麥飯，獻邸播珠璣。赤子終當弄，婦人恐不歸。民情與士氣，智者必知微。

蒲秉權（1594—1644），字平若。永明城東（今湖南永州）人。萬曆四十一年（1613）進士，四十二年（1614）知建昌縣，

---

① ［康熙］《獻縣志》，卷七。

② ［明］倪元璐：《倪文貞詩集》，卷上古體五言律，清文淵閣四庫全書本。

升吏科給事中。授建昌令。天啓中擢吏科給事中。時魏忠賢竊國柄，會有襲封之命，蒲秉權力疏争之，得罷。以親喪歸。魏閹敗，蒲秉權起爲西寧兵備，歷肅州副使。俺答入寇，購死士夜襲其巢，斬首七百級，後以病歸。崇禎十七年（1644），李自成攻破北京，明朝滅亡。蒲秉權悲痛萬分。絶食身亡。著有《掖垣奏議》十卷、《碩邁園集》十卷。

宿獻縣旅舍，時九月十日，次壁間韵[①]

征途横駟馬，壯志愜題橋。歸興因秋劇，詩思被月挑。霜侵紈扇冷，風揚酒旗摇。昨負茱萸會，花神應見嘲。

孫永祚（1597—?），字子長，號雪屋，常熟人。崇禎貢生，崇禎二年（1629）入復社，八年（1635）以選貢授推官，不赴，隱居教授。其詩古文詞爲董其昌、鍾惺等所稱，皆稱小友，與同邑楊彝齊名。入清隱居不出。私謚“文節”。著有《雪屋集》《雪屋二集》等。

單　家　橋[②]

斷橋流水馬騑騑，白鷺看人静不飛。一路平沙塵土面，忽

① ［明］蒲秉權：《碩邁園集》，卷二，清光緒元年（1875）蒲蔭枚手拙齋刻本。

② ［明］孫永祚：《雪屋二集》，卷四，清順治十七年（1660）古嘯堂刻本。

令人憶釣魚磯。

王猷定（1598—1662），字于一，號軫石，江西南昌人，貢生。少以豪俠稱，曾入史可法幕爲記室。明亡不仕，日以詩文自娱，與歸莊等人交往。晚寓浙中西湖僧舍。猷定工詩古文，鬱勃多奇氣，其行書楷法，亦名重一時。著有《四照堂集》。

宿　獻　縣[①]

滹沱戎輅色，偏與旅心違。荒闉儐秋草，寒光趁鐵衣。驎盤千夢碎，鴻過一星微。望望華陽月，何嘗别故扉。

姚孫棐（1598—1663），字純甫，號戊生、瑞隱，安徽桐城人。爲姚鼐十一世祖。崇禎十三年（1640）進士。歷任浙江蘭溪、東陽知縣，遷兵部主事。弘光朝遭馬士英陷害被逮。入清不仕，自號樗道人。著有《亦園詩集》六卷，《戊生詩集》數卷。

宿商家林次壁上韵[②]

逢人不敢説求官，久客長途且自寬。過眼空知花信息，到

① ［清］王猷定：《四照堂詩文集》，詩集，卷一，清康熙二十二年（1683）刻本。

② ［明］姚孫棐：《亦園全集》，二集，清初刻本。

家好問竹平安。琴書未際三春暖，衣履猶然去臘寒。最喜檐前新月影，清光照酒兩相看。

瓊英，見自注，其他不詳。此詩自産生之日起頗有影響，後代和作甚多。

商家林旅館題壁①

帶月衝寒行路難，霜華凋盡緑雲鬟。五更鼓角催行急，一枕思鄉夢未殘。

王調鼎，字伯和，號我劬，潞城人。崇禎四年（1631）進士，歷官直隸河間府獻縣知縣、吏科給事中、浙江金衢嚴道右參議。

獻陵八景詩②

獻陵春曉

帝子遺弓不記年，獻陵春樹曉垂烟。漢官一代威儀古，吾道千秋日月懸。山遶龍盤瞻御氣，雲停松蓋護高阡。淮南虚號

① ［乾隆］《獻縣志》，卷二十。後有注：兒本燕人，歸于越客，悲故鄉之漸遠，嘆于役之方艱。聊賦短章，題志驛壁。瓊英書。

② ［康熙］《獻縣志》，卷七。

聞鶏犬，何似毛生三百篇。

封臺清望

緑樹陰陰覆短墻，路回别墅散幽芳。千秋高節封臺古，一幅輕綃北海棠。清境别開虞夏界，野花静帶蕨薇香。山川自古因人重，何必樂城非首陽。

文昌高眺

高閣岧嶢凌紫霞，登臨極目翠無遮。天圍萬國烟含翠，水漲雙帆星下槎。佳氣蟬聯通魯壁，重門虎踞擁皇家。原將玉管翔鸞影，散作群英筆炫花。

野寺鐘聲

百八鐘聲出梵宫，悠揚爽籟自西東。音和城柳敲殘月，韵轉叢林散曉風。心到静時喧亦寂，耳當順處響還空。世間僅有盧生夢，爲唤迷人一覺中。

滹沱漲渡

桑田波泛接天流，廓外垂楊攬渡舟。溪抱孤村疑是島，沙平驛路即成洲。澤鄉半作魚蝦市，傲吏偏從鷗鷺游。一石水沉泥五斗，相傳來歲麥宜秋。

西陽霽雪

日戰嚴威生晚凉，黛光映雪到虚堂。氣分葱嶺寒猶濕，影入羅浮幽且香。冷貌不因人作熱，清滋可味衹孤享。奚兒慚對無佳句，一片冰心好貯囊。

月明秋濤

霽空白露下城樓，月印寒汀别樣秋。政作當年説渤海，人傳此地號瀛洲。一泓清影浸冰魄，萬頃空華漾碧流。欲濯塵纓何處是，擬來晚棹狎眠鷗。

望春烟靄

遲日飛晴曉望新，輕風送暖麗芳辰。關榆破甲青猶淺，岸柳拖絲緑欲勻。水瀉林光空不染，天融雲影淡相親。春和歲有仁民詔，何處茅檐尚結鶉。

初永清，寧海州牟平縣人，萬曆十三年（1585）獻縣縣丞。

恭遇志成賦此慶也[①]

千年曠典一時載，共慶風流平子才。不是君候能作賦，三都誰繼左思來。

① ［康熙］《獻縣志》，卷七。

白若水，南宫人，萬曆十三年（1585）獻縣儒學訓導。

喜新志告成①

張堪爲政樂便便，纂得新書追馬遷。何幸一時觀盛典，相隨國史萬年傳。

丁耀亢（1599—1669），字西生，號野鶴，别署紫陽道人，又號木鷄道人、漆園游鷃、華表人等，祖居藏馬山下（今山東省膠南市大村鎮駐地）。是明末清初的著名詩人、文學家、劇作家和小説大師。

戒　途②

客程不可計，車馬戒前途。白日城先閉，青林鳥亂呼。倒囊書刺剩，隱袖劍光孤。博士詩名久，能來索句無？

獻縣道中二首③

梨葉含霜赤，啼鳥怨野田。平房乾古碓，廢井起荒烟。賊去民方盡，兵屯户屢遷。道旁逢獷騎，似欲勒燕然。

---

① ［康熙］《獻縣志》，卷七。

② 李增坡主編：《丁耀亢全集》上集，第 75 頁，中州古籍出版社，1999 年。

③ 《丁耀亢全集》上集，第 75 頁。

野哭人將盡，貧嫗老獨留。村空難覓火，農散不知秋。饑虎無聲伏，寒鴉何處投。夜來炊脱粟，客夢叫鵂鶹。

野　市①

野市民猶聚，蚩氓荷蕢過。乘駝驚弁客，載瓮雜羌婆。粔米分糕賤，蒸餳帶棗多。孑遺安土少，況復擾兵戈。

逢鄉人②

久客聞鄉語，大東抒軸空。春饑因起亂，秋雨久妨農。傾果連根盡，蒼鷹刷翅雄。故山墟莽在，籬菊幾寒叢。

出　屯③

王畿屯牧馬，此地始民家。蜜雪蒸蕎麥，油香剥宓麻。天高聞響杵，地遠隔嗚笳。風土臨齊境，秋雲望鵲華。

愁④

七日河乾卧，前途未可行。林深鵙叫樹，日落虎臨城。酒

① 《丁耀亢全集》上集，第75頁。
② 《丁耀亢全集》上集，第75頁。
③ 《丁耀亢全集》上集，第75頁。
④ 《丁耀亢全集》上集，第76頁。

薄悲長夜，人稀慮遠程。同床唯病僕，哀怨泪縱横。

單家橋滹沱河[①]

野蔓牽林莽，晨光應遠坰。荒村宿霧白，古渡亂流青。草遠愁游騎，塵高暗驛亭。前途少行侣，離思日冥冥。

李民宬，明末時期的朝鮮人。曾作貢使入中國。著有《敬亭先生集》。

過河間府[②]

畿輔風烟古，津樓景物新。斷碑亡歲月，高冢卧麒麟。西漢賢王子，河間亂婦人。流芳與遺臭，過此一傷神。

過河間府[③]

畿南形勝冠三輔，往事皆徵太史書。漢代賢王聲大雅，河洲淑女咏關雎。峥嶸粉堞縈雲霧，爛漫紅桃擁郭墟。細雨青簾頻唤客，此間恨不有吾廬（大雅不群，用獻王贊語。國朝皇后，多出河間府）。

---

① 《丁耀亢全集》上集，第 76 頁。

② ［朝］李民宬：《敬亭先生集》，卷之六·詩·燕槎唱酬集·上。

③ 《敬亭先生集》，卷之六·詩·燕槎唱酬集·上。

過獻縣[1]

獻王城在古瀛東，西漢賢藩此剪桐。没世流名由懿德，至今好禮有遺風。滹沱天佑興王業，河朔人收撥亂功。往事悠悠何處問，眇然雲末一飛鴻（“滹沱上游”“河朔麗境”兩牌門在縣南二十里單家橋）。

邊大綬（1600—1656），字素一，號長白，任丘人。崇禎十二年（1639）舉人，官米脂知縣，發李自成祖墓。入清，補河南修武知縣，勸農興學，著有勞績，升山東青州府海防同知。順治八年（1651），擢山西太原府知府，曾爲傅山開脱。順治十三年（1656），以病辭歸。著有《虎口餘生記》。

戊子除夕，宿商家林，不寐，作畫，因紀以詩

酒薄難成醉，衾寒易警眠。似聞僕夫語，明日是新年。

郭之奇（1607—1662），字仲常，别字菽子，號正夫，别號若菽、玉溪，自號三士道人，廣東揭陽人。崇禎元年（1628）進士，歷任福建提學參議，詹事府詹事，南明時追隨桂王跋涉于粤桂南交一帶，抵抗清廷，累官至禮、兵二部尚書，太子太保，武英殿大學士。于順治十八年（1661）被交趾韋永福所俘，

① 《敬亭先生集》，卷之六・詩・燕槎唱酬集・上。

押送清廷，翌年殉國。乾隆四十一年（1776）追謚忠節。著有《宛在堂文集》三十八卷、《宛在堂詩集》六卷等。

十一晚將至商家林漫望①

野日荒荒向夕斜，昏塵未肯厭疲車。春同北至還遲鈍，月自東浮尚遠遐。燕草微絲看易没，商林晚色望難賒。欲知客舍隨新柳，獨數烟條第幾家。

李雯（1608—1647），字舒章，號蓼齋，江南青浦（今上海）人。崇禎十五年（1642）舉人。早年爲復社主盟，與陳子龍、宋徵輿并稱“雲間三子”。清軍入關時，李雯正在京城，因而被清朝政府羈留，并被推薦授官爲内閣中書舍人。順治三年（1646），南歸葬父，第二年在返京途中染病，後不治而亡。著有《蓼齋集》《蓼齋後集》《仿佛樓草》《蓼齋詞》，又與宋征輿合撰《幽蘭草》。

河間懷古②

獻王招客處，亦在日華宫。雅樂今終闋，荒臺自昔空。黄鸝交北樹，白馬驟南風。去國憐游子，含凄古道中。

---

① ［明］郭之奇：《宛在堂文集》，卷十，明崇禎刻本。

② ［清］李雯：《蓼齋集》，卷二十，清順治十四年（1657）石維崑刻本。

仕吾程公還姬詩①

程公在楚，一姬購來，江右知爲名家裔少年。艾公憐之，置别室。閲數日，痛長沙經歷徐君乏裔，厚其奩妝而完璧贈之。此癸亥年事也。

馮雲驤（雁門），山右

大江風雨晝蕭森，俠客相逢義氣深。一笑還能全白璧，蛾眉何用贖黄金。移來珠彩應征夢，欲别鶯啼謾好音。奇節詩篇留照耀，爲頃郫酒夜更吟。

許維升（旭奄），東吴

凌波漳水布珊珊，應得文簫駕彩鸞。懷玉轉疑徐氏種，掌珠不信白公艱。綿延一念栽瓜瓞，慷慨千秋笑綺紈。安得浣花詩史筆，詞成金石與同看。

冬世雍（熙臣），三韓

湘水遥聞唱竹枝，錦江初纈美人思。大都兒女忘情處，正是將軍峻節時。自有程門傳道氣，非關蜀客竟新詞。他年史筆維風化，三百遺篇一補之。

古來誰不惜紅顔，獨有賢豪衹等閑。共信佳人難再得，誰

① 録自《程氏家譜》。

知璧玉竟全還。千金特贈于歸室，一諾可煩撮合山。寄語風流漁色者，當盧換馬盡堪删。

范維典（微五），三韓

荆布生來各有緣，如何吹上載花船。芳情衹似初相識，俠氣全非我見憐。難得掌珠歸合浦，好完趙璧種蘭田。湘南盛事傳今古，豈屬蕪蘪芍藥篇。

陳五典（藥巷），皖城

蓮幕風華事事奇，至今名著硯山碑。身留一劍酬明主，笑擲千金放艷姬。秋月襟期高并照，晴雲韵度別來思。烈侯揖客今誰是，爲奏南飛玉笛詞。

李斯全（松客），山右

天都俠氣早知名，不惜蛾眉贈友生。卓牽已傳湘水上，豪華復著錦官城。家聲舊有花磚譽，隱士能忘翠黛情。休羡季倫金谷好，高風自足邁前英。

蔡一品，三韓

將軍俠氣自天成，不惜千金放俊英。遥思舟扁歸去日，江南方草盡知情。盈盈十五學新妝，初畫峨眉別故鄉。何幸將軍恩義重，玉臺仍舊續鴛鴦。

黄昱，温凌

青娥絶世重黄金，一見天姿拂素心。千里秋風開錦瑟，片時烟雨罷瑶琴。香羅漫繞清宵夢，銀燭空教永夜吟。歸去諸姑相借問，君恩莫比海門深。

趙文寶 (彬我)，歷城

家聲瀛海屬新安，握掌星沙意藹然。世眼從來迷艷色，俠腸偏自惜芳年。還將白鏹捐清夜，仍使明珠返故淵。今識將軍儲德望，好同懋績著凌烟。

劉俊生，西陵

芳名久播楚潭州，慷慨如君第一儔。買笑維揚金屋寵，含情羞整玉搔頭。巫山空鎖襄王夢，蒸水還姬歸畫樓。俠氣已成青史事，風流不讓古人留。

楊錫桐 (晋叔)，漳州

誰把驪珠十斛傾，多情何事若無情。惜花偏向連枝護，憐玉翻從返璧行。東野歸姬仍處女，襄陽愛妾付蕭生。湘江不作巫山夢，落鷹秋空月自明。

趙廷標 (雲嶺)，錢塘

美色人争羨，獨居動隱情。浩然豪俠氣，嚴矣聖賢風。還帶尤爲易，分奩差可同。娉婷千里去，詞賦一堂烘。慷慨憐金屋，聲名控玉驄。家傳真學道，流頌自無窮。

趙　廷　林

別有剛腸出世塵，色空勘破本非真。殘更重秉閣中燭，暮雨空勞夢裏人。腰細柳枝從怯午，花香豆蔻仍含春。千金不惜渾閑事，笑看當年换馬人。

陳軒（修六），江南

還姬贈妾著長沙，雙美連篇永自遐。爲憶紅樓辭柳色，多慚青絡换桃花。何當遇合韓司馬，不待經營古押衙。季布重來然諾重，千金仍坐七香車。

繆禹九（中實），山陰

司馬江淮歸有聞，人從困外識將軍。十年實劍騰龍氣，半臂周弓刻虎文。粉黛不隨桃花渡，香奩還繞竹西雲。清秋霜鶴推高潔，麟閣風流自軼群。

瑞麥呈祥集

盧點，字學曾，號與吾，曾在山西絳州任直隸知州，任職多年，後又升爲大同府知府渾源州知州，當時在絳州作知州時，治理有方，百事俱興，路不拾遺，夜不閉户，處處歌舞升平，人民安居樂業。傳説，由于麥子長得特别好，一株麥杆上長出兩個穗，故稱“麥秀雙岐”，同僚們紛紛寫詩，對盧與吾歌功頌德，并把這些詩刻在石碑上，共約叁佰多首，今僅存手抄詩十七首。

生員段桂

五馬齊乘下晋陽，黎元翹首望循良。仁敷四野沛時雨，麥秀雙岐獻上祥。謾訝南陽歌召杜，欲看汾曲有龔黄。從今大布甘霖澤，豐稔還應遍八荒。

陳紹龍，郡庠門生

農家憂旱正堪憐，誰望而今慶有年。漫説九龍能沛雨，還憑五馬善迴天。麥岐地秀張公德，安作人歌廉牧賢。堯甸謳吟達帝闕，徵書御墨更鮮妍。

生員李日茂

麥秀雙岐戴所天，萬家烟樹滿晴川。負租辦却公家事，鼓腹含脯一粲然。

生員王弘猷

一莖蘢葱兩穗成，蒸黎從此樂升平。擊壤到處歡聲湊，部使觀風達帝京。

生員王九旺

春來滿地甘霖足，麥萎萎芒吐。一川銀浪，兩岐金楷，千年奇遇。　今時絳郡循良見，舊日漁陽注。厝下歌于民，上達于帝，恐留不住。

陳紹蛟，郡庠門生

撫字心勞衆所依，精誠照格天不違。龍行靈雨回湯旱，鶯囀黄雲鳴舜暉。四野嘉禾呈秀氣，滿郊岐穗發祥輝。循良會見登台閣，廣布仁風壯帝畿。

陶九韶，郡庠門生

愛國仁民德澤宏，精誠昭假動神明。龍行靈雨千村潤，麥秀藍田雙穗成。汗簡永堪傳瑞應，金甌其羡覆香名。調和台鼎禎符闓，萬國雍熙慶太平。

明朝生員張全

和風甘雨度連宵，民物熙熙樂歲饒。田野勸耕人賣劍，荒村無警喜成謡。曾聞九穗成秋稼，今見雙岐瑞夏苗。蚤晚烏臺收拾去，經綸大展佐明朝。

生員王聯科

大郡須良牧，君恩廣若河。石翁遺德澤，杜母揚仁波。已協三刀夢，又聞五褲歌。麥岐成兩穗，徵應許誰過。

生員張問明

兩載勞倈惠澤深，嘉禾并穗蔭參參。穎粟倉箱無旱寇，漁陽太守見于今。

生員王聯魁

洽氣潛通秀兩岐，遍氓從此免枝離。比蒼鞠念蒸黎困，惠我仁侯樂不支。

生員杜行仁

山城臨福曜，坐鎮有仁人。渤海傳芳遠，漁陽現瑞頻。風清三邑肅，日暖萬家春。此地知難借，征車入五雲。

生員杜沛仁

山右推良牧，禎祥間代聞。兩岐粦麥秀，四境口碑新。事業龔黄并，文章盧駱倫。河東留不住，廊廟沛霄霖。

生員馬斯才

八載漁陽瑞麥生，如公兩歲即培成。盈時嘉種張芳稼，半地雙岐吐艷英。今古經年纔再見，乾坤許大總高聲。莫將此瑞登場畔，第恐徵書取内廷。

生員王之幹

刺史元中秘，文章津後生。匣看銅虎出，道喜竹驄迎。身外留孤劍，公餘覓短檠。兩岐看麥秀，异政慊輿情。

生員靳懋中

晋絳福星臨，瑞秧沛澤深。旗飄雙瀲翠，芒吐兩摇金。牛酒千村社，弦歌萬户音。報廉應最注，漢牧作商霖。

生員靳守德

瑞麥當年出寶雞，赤城今日有雙岐。芃芃壟上真堪羡，薿薿郊前最可題。欺野鵲壓靈芝厚，養斯民豐國資。應是我侯仁政感，愚生爲此獻荒詞。

清　代

盧紘（1610—?），字元度，號澹岩，湖廣蘄州（今湖北黄州）人。明崇禎九年（1636）舉人，清順治六年（1649）進士，康熙初累官江南布政司左參政，管理蘇松常鎮糧道。詩詞力摹吴偉業。歷任桂林同知、東昌府知府、蘇松糧儲參議、長蘆鹽運使等職。著有《四照堂文集》《四照堂詩集》《樂府》《別集》等。

渡漳水（獻縣）①

昔年曾記渡漳河，銅雀荒臺嘆息過。此去鄴城方漸遠，恨消流水已無多。

---

① ［清］盧紘：《四照堂樂府詩集》，卷十，清康熙汲古閣刻本。

蔣薰（1610—1693），字聞大，號丹崖，後自號南村退叟，浙江海寧人。明崇禎九年（1636）舉人。清順治十二年（1655），任縉雲縣（今屬浙江麗水）儒學教諭。康熙二年（1663）十月，遷伏羌縣（今甘肅甘谷縣）知縣。在任時因私自革除濫征銀10472兩，遭人誣陷，被上司罷職，並罰賠償私免錢糧，不得返鄉回家。經過六年的顛沛流離，康熙十年（1671）七月二日，蔣薰昭雪并啓程返回故鄉。蔣薰工于詩文，作詩逾萬，删之猶存其半。著有《留素堂文集》《留素堂詩删》。

重宿單橋[①]

春寒古道滿緇塵，季子飄零十上秦。野戍前朝烽堠地，村翁候館白頭人。繩床葦蓆土風舊，塞曲邊笳客夢新。五夜一燈沈曉月，滹沱冰泮落天津。

周斯，字二庵，江南溧陽人，明遺民，有《悲歌集》。

燕山三老[②]

圓冠方領漢衣裳，地逼燕山倍感傷。三老何如商四皓，不

① ［清］蔣薰：《留素堂詩删》，卷三《天際草》，四庫未收書輯刊影清康熙刻本。

② ［清］卓爾堪輯：《遺民詩》，卷十，清康熙刻本。楊鍾羲《雪橋詩話續集》卷一中自注：三老，一居良鄉縣南五里，一居商家林，一居單家橋，惜不詳其姓字。他日得歸丙舍，當訪之土人，不知能有言之者否？

從太子似差强。

顧炎武（1613—1682），初名絳，字寧人，自署蔣山傭，江蘇昆山人。明諸生。清末從祀孔廟。著有《日知録》《天下郡國利病書》《肇域志》《音學五書》《顧亭林詩文集》等。

常熟縣耿侯橘水利書①

神廟之中年，天下方全盛。其時多賢侯，精心在農政。耿侯天才高，尤辨水土性。縣北枕大江，東下滄溟勁。水利久不修，累歲煩雩禜。疏鑿賴侯勤，指顧川原定。百室滿倉箱，子女時昏聘。洋洋河渠議，欲垂來者聽。三季饒凶荒，庶徵頻隔并。誰能念遺黎，百里嗟懸磬。况多鋒鏑驚，早夜常奔迸。上帝哀煢嫠，天行當反正。必有康食年，河洛待明聖。自非經界明，民業安得静？願作勸農官，巡行比陳靖。畎澮遍中原，粒食詒百姓。

彭孫貽（1615—1673），字仲謀，一字羿仁，號茗齋，自稱管葛山人，浙江海鹽人。彭孫遹從兄。明末清初學者。明末以明經首拔于兩浙。與同邑吴蕃昌創瞻社，爲名流所重，時稱“武原二仲”。豪于飲，人有“長鯨”之目。痛父殉國難，蔬食布衣二十餘年，尚氣節，終身不仕清。工詩，爲王士禛所賞。

① ［清］顧炎武：《亭林詩集五卷文集六卷》，卷一，續修四庫全書影印湖北省圖書館藏清刻本。

卒後門人私謚“孝介先生”。著有《茗齋集》《五言妙境》《明朝紀事本末補編》《彭氏舊聞録》《海鹽縣志》等。

單　家　橋[1]

愁人不寐怯宵長，夜盡荒鷄報早凉。欲識天涯羈思苦，單家橋下月如霜。

欒陵道上經滹沱河[2]

中水城南策騎過，亂流何處渡滹沱。烟生野店雲横嶺，秋近炎天雁渡河。燕趙佳人彈瑟去，漁陽豪俠引弓多。衹今三輔英流盡，大澤深林半馲駝。

河間行九河故道[3]

神禹河荒古迹存，亂流踏月犯黄昏。殘星没水低平野，苦霧开林出遠村。碣石山川青兖合，鈎盤沙磧白溝渾。衹今瓠子年年决，沉璧何時動至尊。

① ［清］彭孫貽：《茗齋集》，卷十四，四部叢刊續編景寫本。

② 《茗齋集》，卷十四。

③ 《茗齋集》，卷十四。

野飯商家林①

敲石深林中，取火古槐畔。道是白雲生，炊烟亭午斷。

山棚倚深樾，岸幘當風處。坐看紅日中，車馬東西去。

吴懋謙（1615—1687），字六益，號華蘋山人，江蘇華亭人。布衣。著有《苧庵遺集》《苧庵二集》《華蘋山人詩集》等。

河間懷古②

雅樂終零亂，凄其向北風。昔年招客地，何處日華宫。沙白飛梁燕，天清落塞鴻。獻王空想像，憑吊古城中。

陳僖，字藹公，號餘庵，又號想園，直隸清苑人。拔貢生。康熙十八年（1679）舉博學鴻儒。著有《燕山草堂集》《陳藹公文鈔》。

瀛州懷古③

東陽舊國枕滹沱，古道人傳故九河。直指下交名未朽，布

① 《茗齋集》，卷十四。

② ［清］吴懋謙：《苧庵二集》，卷六五言律，四庫全書存目叢書影印清順治十三年（1656）梅花書屋刻本。

③ ［清］陳僖：《燕山草堂集》，卷五，清康熙刻本。

衣上坐事無多。日華宫廢啼烏鵲，燕友臺荒長薜蘿。渤海誰爲龔太守，水衡丞在亦消磨。

劉謙吉（1623—1709），字訒庵，一字六皆，號雪作老人，江蘇山陽人。康熙三年（1664）進士，初官中書，後入補刑部主事，又出任思南府知府，三十二年（1693）官山東提學使。著有《雪作鬚眉詩鈔》。

丙午冬重上燕臺，拟改官外博，意復不果，興盡遂返，時丁未正月。途中即事三十首（選一）

八　齊①

獻王曾愛客，同在日華栖（獻縣）。雅樂思魚藻，荒臺駐馬蹄。文章從古重，館閣至今迷。飄泊憐游子，含情落日低。

趙吉士（1628—1706），字天羽，又字漸岸，號恒夫，安徽休寧人，入籍錢塘。順治八年（1651）中舉。歷任交城知縣，户部山西清吏司主事，河南司、四川司主事，通州中南倉主管，户科給事中，國子監學正。著有《續表忠記》《寄園寄所寄》《楊忠公列傳》《牧愛堂編》，詩作有《萬青閣全集》。曾主持編纂《交城縣志》《徽州府志》。

---

① ［清］劉謙吉：《雪作鬚眉詩鈔》，卷四近體，清康熙刻本。

早發商家林[1]

月伴清霜斗柄横，殘更破曉向南征。人離燕闕剛三日，氣近龍文止一程（駕駐卧佛堂，相隔九十里）。老馬行來空識路，寒蟬化去竟無聲。兩河庶士方遮道，猶説羈臣舊姓名（時有爲河事叩閽歸者，叩予，予不受也）。

過獻縣單家橋[2]

經時苦積雨，康莊殫爲河。籬落罥荇藻，蚱艋走叢柯。蛟龍出木末，馬牛没碾渦。漁師收網罟，乘軸拾蛤螺。老農荷鋤泣，織婦夜停梭。冬寒且勿顧，近秋已無禾。縣吏持符至，寧肯緩催科。傷心江南客，揮涕渡滹沱。

蔣楛（1628—1694後），字荆民（一作荆名），號天涯布衣，江南長洲（今江蘇蘇州）人。明遺民。明末喪亂，流寓江淮三十餘年，與山陽丘如升友善。曾名列朱鶴齡《杜工部詩集輯注》參校者之一。著有《天涯詩鈔》四卷、《讀史》一卷、《詩餘鈔》一卷。

① ［清］趙吉士：《萬青閣全集》，萬青閣歸隱詩，四庫全書存目叢書影印清康熙間趙繼抃等刻本。

② 《萬青閣全集》，卷三。

獻　縣①

却望虚無細柳營，日華宫館浪傳名。舊時禮樂衣冠地，一片風沙敗土城。（舊時改漢朝）

陳石麟，字及陵，崇仁（今江西崇仁縣）人。順治十八（1661）年辛丑進士。康熙八年（1669）任獻縣知縣。後補任陝西澄城縣、浙江鄞縣、四川眉縣知縣，“愛民造士”，俱以善政聞。康熙二十五年（1686），擢升户部山西司主事，吏部考功司郎中。嘗言貪酷惰荒驕奢縱徇褻吝爲官箴玷，作“十勿戒”，自號勿齋。年六十九歲致仕。

獻陵八景②

獻陵春曉

賢王去後幾何年，壟樹春晴帶晚烟。星聚漢封冠劍盛，經傳秦焰鼓鐘懸。千秋神氣依陵寢，百里熏風度陌阡。雅樂莫嗟今絶響，三雍對策問遺篇。

---

① ［清］蔣楛：《天涯詩鈔》，卷三，清康熙三十三年（1694）丘如升刻本。

② ［康熙］《獻縣志》，卷七。

封臺清望

西山落日照東墻，空谷幽蘭氣自芳。卧地幾人奇夢竹，流風千載昪歌棠。鷹揚不屑封侯賞，馬叩惟留義士香。虞夏商周今已矣，衹傳鳴鳳在朝陽。

文昌高眺

閣上仙風卷碧霞，憑欄極目翠屏遮。匣中劍氣衝牛斗，杖下藜光耀月槎。奎壁遥連雙鳳闕，烟雲近擁萬人家。文章秘購傳西漢，定有朱衣點筆花。

野寺鐘聲

暮雲何處鎖花宫，隱隱疏鐘過院東。天籟響沉千滴水，梵音敲透五更風。聞來有覺真仍幻，聽到無聲色即空。入耳塵緣渾不染，悠然起悟月明中。

滹沱漲渡

戲山奔泛阻洪流，柳岸瀠洄夜係舟。露布金牌通驛路，星槎銀漢接瀛洲。六龍攬轡奇冰合，雙鯉函書趁月游。萬里不須驚破浪，水天一色碧潭秋。

夕陽霽雪

嚴威初霽朔風凉，玉砌斜暉濯晚堂。光動瓊瑶凝柳絮，味調鼎鼐凍梅香。須知映讀寒窗暖，却嘆餐旃苦節嘗。一曲郢歌知和寡，好將孤調貯書囊。

月明秋濤

誰家玉笛動高樓，月冷波濤響素秋。銀漢昭回澄島嶼，金風肅爽漾汀洲。驚寒雁陣留清影，唱晚漁舟溯碧流。一片冰心懸皓魄，忘機自可對閑鷗。

望春烟靄

氣轉鴻鈞萬象新，烟光曙色綴芳辰。雲霞散彩天顔近，草木含春帝澤勻。解愠絲弦風自古，化機魚鳥日相親。樂郊一望陽和遍，衣被蒼生起結鶉。

謁獻王陵有感①

獻陵南面蟄龍蟠，遺廟猶然樹講壇。秦漢圖書藏琬琰，春秋俎豆拜衣冠。荒郊夜月瀛洲暮，古樹陰風滹水寒。回首丘原悲往代，金枝玉葉久凋殘。

過陳簡肅公墓②

中丞劍履瘞丹丘，曲徑重陰恣勝游。三帝股肱垂竹帛，兩臺官秩寄蜉蝣。豐碑濕雨蒼苔古，石馬嘶風蔓草秋。祠宇幾年環拱木，鵓鴣飛上不勝愁。

---

① ［康熙］《獻縣志》，卷七。
② ［康熙］《獻縣志》，卷七。

單橋五節二首[①]

其　一

五節何年事，長橋我復過。神黿浮岸土，哀雁叫滹沱。烈魄三秋月，貞心萬古波。芳名傳少婦，男子愧偏多。[②]

其　二

千群飲馬日，五女駕鯨時。碧水沉香骨，黄沙印畫眉。殘碑今古泪，青冢雨風悲。總爲綱常重，雙雙殉難奇。

徐乾學（1631—1694），字原一、幼慧，號健庵，江南蘇州府昆山（今江蘇昆山）人。清代大臣、學者、藏書家。明末清初著名學者顧炎武的外甥。探花徐秉義、狀元徐元文之兄長，兄弟三人號稱“昆山三徐”。康熙九年（1670）進士（探花），授編修。歷官内閣學士、左都御史、刑部尚書。康熙前期，結黨與權臣明珠相傾軋，屢被參劾。康熙二十九年（1690）罷官歸鄉。曾主持編修《明史》《大清一統志》《讀禮通考》等書籍，另有《憺園文集》三十六卷。家有藏書樓“傳是樓”，乃中國藏書史上著名的藏書樓。

---

① ［康熙］《獻縣志》，卷七。

② 後有注：橋岸有石黿成怪，鄉人每壘土掩之，輒浮出土上。

獻縣商家林哭同年黄愛九[①]

寂莫金塘蕙草枯，故人三徑滿榛蕪。可憐風雨埋蒿裏，却憶鶯花别帝都。橋似斷虹無過馬，門餘衰柳但啼烏。那堪倦客游京洛，更過黄公舊酒壚。

袁佑（1633—1699年），字杜少，號霽軒，東明人。康熙二十年（1681）拔貢，授内閣中書舍人。由詹事府詹事沈荃、監察御史鞠珣薦舉博學鴻儒，試列一等，授翰林院編修，歷官中允，康熙三十五年（1696）典浙江鄉試。著有《霽軒詩鈔》《雪軒集》《袁杜少詩》《甌鉢羅室書畫過目考》等。

三十日宿獻縣[②]

天半霞飛接彩虹，獻王何處日華宫。岸菰溪蓼垂垂滿，疑有秋香落桂風。

---

① ［清］徐乾學：《憺園文集》，卷三，清康熙刻冠山堂印本。

② ［清］袁佑：《霽軒詩鈔》，卷五歸田集，清康熙五十六年（1717）陸師等刻本。

趙文煚，字玉藻，號鐵源，山東膠州人。康熙九年（1670）進士，改庶吉士，授編修，官侍講。著有《粤游草》。

獻縣道中①

建成山下路，微雨送人行。烟淡村方曙，雲低樹盡平。衣冠辭北闕，戎馬憶南征。爲羡耦耕者，桑麻老此生。

王士禛（1634—1711），小名豫孫，字貽上，號阮亭，別號漁洋山人，人稱王漁洋，賜名士禎，謚文簡，山東新城（今山東桓台）人。進士出身，康熙年間官至刑部尚書。工詩文，勤著述。著有《漁洋山人精華録》《池北偶談》等五百餘種。

寄汪苕文兼懷梁曰緝二首・其一②

迢遥秣陵樹，繾綣淮南酌。何意獻王宫，對面成離索。田園在東吴，夙志甘丘壑。遥夜夢尋君，吴江楓葉落。③

① ［乾隆］《獻縣志》，卷十七。

② ［清］王士禛：《王士禛全集（一）詩文集》，第697頁，齊魯書社，2007年。

③ 自注：庚戌冬，予入都。苕文、予告南歸，相遇河間道上。

懷　　人①

日華宫址蔓寒烟，雅樂銷沈絶可憐。今日李郎行部去，風流家世大秦川。②

河間懷古同澹心山公③

獻王招士地，亦在日華宫。一代風流盡，千年雅樂空。層冰淇水曲，枯柳謁城東。即次聊沽酒，猶聞姹女工。

丁耆（1634—1698），字及庵，一字憶慈，號鈍齋，日照人。康熙六年（1667）丁未科聯捷進士，授内閣中書。因厭倦官場，五年後返鄉家居，自稱“野叟”，曾與知縣楊士雄主修《日照縣志》。工詩古文詞，著有詩文集《半奎樓集》。

---

① ［清］王士禛：《帶經堂集》，卷十二漁洋詩十二，清康熙五十年（1711）程哲七略書堂刻本。

② 雪橋詩話：“屺瞻：李念慈，一名念兹，字屺瞻，號劬庵，陝西涇陽人。順治十五年（一六五八）戊戌科進士，授河間推官。詩絞而婉綽，有弦外之音。初官河間司李，漁洋懷人絶句云。”

③ 《帶經堂集》，卷五十六蠶尾續詩二。

送舅氏厲瞻之任獻縣[①]

冷落空慚説渭陽，我送我舅城西岡。一石之才升斗禄，天公吝嗇幾時償。古有大隱在廟廊，此心行藏寧兩妨。試看哦松祭竈人，鴻鵠何天不可翔。驅車恰趁柳稍黄，文章禮樂滿縹囊。搜奇探异儒者事，好携風雅拜獻王。蓋公清净治有方，曾令曹參避正堂。一民尺土皆經濟，帝畿正需植甘棠。大猷晚定不尋常，呼吸直通御座傍。甸服孔邇名易達，彩茶伫見錫循良。海上多陰四月凉，呼童亟進酴醽觴。檢點床頭無玉佩，慷當以慨歌短章。歌殘酒盡泪沾裳，風生馬耳走羊腸。羡殺白雲片片起，千里相隨不裹糧。

過獻縣吊舅氏厲瞻[②]

一場夢幻九層原，灑酒何從到鬼門。七世明經皆不第，六旬有子尚無孫。瑰才應赴天神召，痛哭難招薄命魂。陌路漫疑多感悼，文章知己渭陽恩。

① ［清］楊士雄修，［清］丁旹纂：［康熙］《日照縣志》，卷十二，清康熙十二年（1673）刻本。

② ［康熙］《日照縣志》，卷十二。

徐元文（1634—1691），字公肅，號立齋，江蘇昆山人。徐乾學、徐秉義之弟。齋號“集義居”。順治十六年（1659）進士第一，授翰林院修撰。康熙十八年（1679），出任修《明史》總裁，薦萬斯同入史局。升國子監祭酒，充經筵講官。後任左都御史，官至文華殿大學士兼翰林院掌院學士。著有《含經堂集》《得樹園詩集》。

獻縣道中①

北指獻陽路，垂虹石綫通。舳艫村樹外，睥睨野烟中。地迥頻移日，林疏易得風。不知前路遠，貰酒一停驄。

途中絶句三十六首（選一）②

孤城睥睨頹皆盡，匹馬嘶風意若何。前去葡萄河上過，更無人道是滹沱。（獻縣北滹沱，俗稱葡萄河。）

曹申吉（1635—1680），字錫餘，號澹餘，又號逸庵，山東安丘人。天資穎异，八歲即能下筆成文，十七歲中舉。順治十二年（1655）進士，選内翰林院庶吉士，順治十四年（1657）授國史院編修。歷官貴州巡撫、副都御史。吴三桂反，被執，或云降敵，不知所終，或云被害殉難。與其兄貞吉得舅祖劉正

① ［清］徐元文：《含經堂集》，卷一詩一，清刻本。

② 《含經堂集》，卷六詩六，清刻本。

宗指授詩法，王士禛稱其詩“深思老筆，摎以清蒼”（鄧漢儀《詩觀三集》引）。著有《又何軒詩集》《南行日記》《黔行集》《黔寄集》等。

出獻縣復登小舟行二十里作①

荒城南北水連空，三載重過嘆轉蓬。高下波光茅屋外，廷來帆影荻花中。雲聯瀛海千層浪，日淡滹沱兩岸風。多少輕鷗隨小艇，何如江畔問漁翁。

田雯（1635—1704），字子綸，一字綸霞，又字紫綸，號漪亭、山薑子，晚號蒙齋，山東德州人。康熙三年（1664）進士，任內閣中書，官至户部侍郎。其詩才力高邁，縱横跌宕，善作鍛煉刻苦語，于王士禛“神韵”外，自樹一幟。著有《古歡堂集》。

過　獻　縣②

小縣人烟少，曾傳漢獻王。秋清經此地，雨過豆花香。斷碣尋遺迹，停車大道傍。滹沱漲寒水，一雁下斜陽。

---

① ［清］魏憲輯《百名家詩選》，卷十一曹申吉，清康熙魏氏枕江堂刻本。
② ［清］田雯：《古歡堂集》，卷九五言律詩，清文淵閣四庫全書本。

徐釚（1636—1708），字電發，號虹亭、鞠莊、菊莊、拙存，晚號楓江漁父，吴江（今屬江蘇蘇州）人。康熙十八年（1679）召試博學鴻詞，授翰林院檢討，入史館纂修《明史》。因忤權貴，二十五年（1686）歸里後，東入浙閩，歷江右，三至南粤，一至中州。游歷所至，與名流雅士相題咏。康熙皇帝南巡，兩次賜御書，詔原官起用，不肯就。在吴淞之西、澉浦之東建“南州草堂”，有藏書數千卷，并編有《菊莊藏書目録》。著有《南州草堂集》《南州草堂續集》《詞苑叢談》《南州草堂詞話》《楓江漁父圖咏》等。

過河間獻縣有感①

河間當日舊風流，碧瓦今餘鼯鼠秋。最憶日華宫畔路，寒燈一片瘞荒丘。

李嶟瑞，字蒼存，江蘇盱眙人。拔貢，康熙四十四年（1705）副榜，任唐縣知縣，升安州知州。嗜吟咏，著有《後圃編年稿》。

① ［清］徐釚：《南州草堂集》，卷五，清康熙三十四年（1695）刻本。

毛 公 祠①

火後經荒少學徒，漢人崛起用功夫。君看小序非無見，却把便宜送宋儒。

河間懷古②

畿南衝要郡，敗缺古城墻。夕照顛紅杏，春風軟緑楊。髻螺山矗矗，襟帶水泱泱。禮樂今何在，人猶説獻王。

馬銓，原名肇基，字澄園，一字遵素，號意軒，錢塘人。康熙二十九年（1690）年將五十方中舉，官内閣中書。著《澄園集》《儷語擷華》《意軒隨筆》《卷石山房詩鈔》。

元旦早發商家林③

旅邸蕭然夢未成，寒星幾點踏霜行。誰憐此日車中客，獨聽人家爆竹聲。

---

① ［清］李嶟瑞：《後圃編年稿》，卷八北游稿，四庫全書存目叢書影印清康熙間刻本。

② 《後圃編年稿》，卷八北游稿。

③ ［清］阮元輯《兩浙輶軒録》，卷十三，清嘉慶刻本。

張篤慶（1642—1720），字歷友，號厚齋，山東淄川人。康熙二十五年（1686）拔貢，隱于昆侖山。著有《昆侖山房集》。

滹沱河放歌①

河在單家橋下，其迤北即文皇與盛大戰處，文皇以大風轉敗爲勝也。按光武渡河在真定上流，此在獻縣。

滹沱之水來雁門，勢合徒駭聲崩奔。父老猶傳夾河戰，寒沙日暮飛雲屯。東郡還師淬鋒鍔，勝敗反覆如六博。蒲騷自狃歷城侯，兵氣遂殲獻陽郭。橋頭倒折天王旗，橋下積骸令人悲。彭城龍跃吾乃似，黄塵捲地相追隨。古來天子百靈擁，穿營鳴角神氣竦。乘風滅敵自天心，人謀豈必皆智勇。君不見雲花鐵騎渡堅冰，白水真人信有徵。滹沱河上千秋事，漫向斜陽感廢興。

獻縣懷古長歌（漢河間獻王封國）②

漢室侯王誰令名，前有河間後東平。兔園詞賦不足數，淮南鴻烈終何成？獻王被服矜儒者，况當六藝灰秦嬴。漢庭雖除挾書律，遺文殘缺猶縱横。日華宫裏衣冠集，煌煌别館招群英。好奇不惜千金寶，習禮新成五壘城。一朝雅樂獻天子，人傳謁

① ［清］張篤慶：《昆侖山房集》，壬申草七言古體詩，四庫存目補編影印中國科學院圖書館藏清鈔本。

② 《昆侖山房集》，壬申草七言古體詩。

帝登承明。辟雍靈臺好製作，人間又復歌磬詼。粤自賢王來此闕，即看文物推西京。博士初聞毛氏傳，傳書不愧濟南生。孝武皇帝崇文雅，屬籍冠絶稱弟兄。内庭自講家人禮，中朝文采傳公卿。詔王對策天顔喜，彬彬經術爲世程。後來虎觀石渠彦，賴兹緒論開先聲。太乙藜燃校天禄，七略既出何峥嶸。當年弟子窮經處，念此徘徊千載情。

單家橋遇禁旅自蜀中班師①

滹沱河北凱歌唱，單家橋上軍容壯。高牙大纛如挾纊，鐃歌朱鷺神氣旺。橐駝逐隊來氈帳，争先驅馬誰能讓。陸離雕弓五花韔，連錢玉勒青泥障。手揮蠻奴負甲仗，陌頭少婦應惆悵，蜀錦携來笑相餉。

三月三日商家林遇大風短歌②

無賴東風何太惡，連朝送我入河朔。驚沙撲面天欲昏，五尺柴車卷秋籜。六年曾此駐征鞍，遥從日下望長安。紅塵憔悴亦良苦，始信人間行路難。

王鴻緒（1645—1723），初名度心，中進士後改名鴻緒，字季友，號儼齋，又號横雲山人，江南華亭（今上海松江）人。

① 《昆侖山房集》，壬申草七言古體詩。

② 《昆侖山房集》，壬申草七言古體詩。

康熙十二年（1673）進士（榜眼），歷任翰林院侍講侍讀學士銜、《明史》總裁官、户部侍郎、會試總裁官、左都御史。與修《明史》《佩文韵府》。著有《横雲山人集》二十七卷、《賜金園文集》六十卷等。

獻　　縣①

客久驅馳慣，凌晨獻縣過。黄雲連鉅鹿，紅日散滹沱。地勢迎關壯，山形入冀多。無邊臨眺意，俯仰一高歌。

高士奇（1645—1703），字澹人，號瓶廬，又號江村，浙江錢塘（今杭州市）人。初以諸生受知康熙，入内廷供奉，曾任詹事府少詹事，爲御史郭琇所劾。後復召至京修書，授詹事府詹事，官至禮部侍郎。卒謚文恪。他學識淵博，能詩文，善書法，精鑒賞，通醫道，爲人詼諧幽默，所藏書畫甚富。有《左傳紀事本末》《春秋地名考略》《清吟堂全集》《江村銷夏録》《扈從西巡日録》等。

宿商家林聞隔垣琵琶②

寒月霜天夜氣清，繁弦淒切隔垣聲。傷心應有白司馬，忽動關山無限情。

---

① ［清］王鴻緒：《横雲山人集》，卷四山暉集，清康熙刻增修本。

② ［清］高士奇：《歸田集》，卷一古今體詩共六十首，清康熙刻本。

洪昇（1645—1704），字昉思，號稗畦（一作稗村），又號南屏樵者，浙江錢塘人。康熙七年（1668）曾赴國子監，肄業，未得官職。十二年（1673）再度赴京，以賣文爲生。著有《稗畦集》《嘯月樓集》及傳奇《長生殿》。

河　間　府[①]

客行歷數程，日在塵土中。征途宛如昨，聞見約略同。白月冷黄沙，蕭條千里空。野田噪飢鳥，枯樹鳴悲風。仲舒有遺迹，獻王無故宫。河間路已盡，行行入山東。

商　家　林[②]

前途問何處，日薄商家林。牛羊自歸去，閭巷寒烟深。解鞍歇野店，風露氣蕭森。壚頭且呼酒，一豁羈人心。

張棠，字吟樵，江蘇華亭人。康熙三十五年（1696）舉人，官至桂林府知府。告歸後，加銜爲太僕寺少卿。著有《賦清草堂詩鈔》。

---

① ［清］洪昇撰，［清］朱溶等選：《稗畦集》，卷六，清陸香圃三間草堂抄本。
② 《稗畦集》，卷六。

商林遇雪①

同雲冪冪商林道，冒雪衝寒一襆輕。野樹蒼茫迷古驛，酒旗摇揚近孤城。馬頭風急同鋩利，河面冰横似練明。到此不堪迴首處，故園迢遞起離情。

王戩，字孟穀，湖北漢陽人。康熙四十七年（1708）副貢，游王士禛之門。著有《突星閣詩鈔》十五卷。

河間懷古②

車馬去班班，行人不暫閑。數錢聞姹女，古樂憶河間。往事空餘恨，雄風邈莫攀。日華宫畔路，村落幾灣環。

查慎行（1650—1727），初名嗣璉，字夏重，號查田，後改名慎行，字悔餘，號他山，賜號烟波釣徒，晚年居于初白庵，所以又稱查初白，浙江海寧人。康熙四十二年（1703）進士，授翰林院編修，入直内廷。五十二年（1713）乞休歸里，家居十餘年。雍正四年（1726），因弟查嗣庭訕謗案，以家長失教獲罪，被逮入京，次年放歸，不久去世。曾從黄宗羲、錢澄之問

---

① ［清］張棠：《賦清草堂詩鈔》，卷四，四庫全書存目叢書影印清乾隆間張卿雲刻本。

② ［清］王戩：《突星閣詩鈔》，卷八，四庫全書存目叢書影印清康熙間刻本。

學。其詩多紀行旅，善用白描手法。查慎行詩學東坡、放翁，嘗注蘇詩。自朱彝尊去世後，爲東南詩壇領袖。著有《敬業堂詩集》《敬業堂詩續集》《他山詩鈔》等。

河間道中①

沙路條條似，前行曉易迷。牛鳴新店火，月上阜城鷄。古堠烽烟静，遥天樹木低。數錢工姹女，詩橐笑空携。

自獻縣至景德，二州久旱無雨，官司方事祈禱，流民載路，率成二首②

其　一

燕齊封壤接，極目際平蕪。舊井泥猶汲，新楊秭并枯。吁嗟勤致禱，潤澤冀均濡。爲問西京吏，隨軒雨有無？

其　二

去京六百里，依舊有流移（在都時聞五坊驅逐流民出境）。忍作逐貧賦，曾傳乞食詩。一錢施豈靳，百族計誰私。自揣還相謂，吾非拯爾時。

---

① ［清］查慎行：《敬業堂詩集》，卷十，清康熙刻本。

② ［清］查慎行：《敬業堂詩續集》，卷六，清乾隆查學等刻本。

商家林早發[1]

村店荒荒殺漏遲，唤回殘夢眼迷離。曉星一個明如月，及取朝陽未吐時。

大風商家林待渡[2]

波濤動我前，朔野何汪洋。行行忽迷路，欲渡川無梁。老馬徘徊鳴，北風寒且僵。輕冰拆沮洳，淡日沉輝光。平生湖海游，汗漫殊未央。禦窮不有命，試以一葦杭。隔河見人家，烟火靄漁莊。苦辛脱彼岸，樂逾還故鄉。問途倉卒間，夷險豈有常。明朝難逆料，聊復索酒嘗。

商家林買草笠[3]

頭輕宜戴笠，野服换商林。雨庇全身濕，晴邀片席陰。下車寧望揖，上馬憶曾吟（往年隨駕清暑，奉旨從官俱戴草帽，余曾有詩紀之）。青箬平生夢，蹉跎直至今。（余又有謝賜魚詩云："緑蓑青箬平生夢，臣本烟波一釣徒。"）

---

① 《敬業堂詩集》，卷十一。

② 《敬業堂詩集》，卷二十七。

③ 《敬業堂詩集》，卷四十二。

先著，字渭求、遷夫，又字染庵，號蠲齋，別號盍旦子、之溪老生，四川瀘州人。順治二年（1645）流寓金陵，與顧友星、程丹問、周斯盛及石濤等交游，酬唱無虚日。學問博洽，善書畫，花卉人物極有法度，書得晋人遺意，尤工詩詞。著有《之溪老生集》八卷，有《勸影堂詞》三卷。

單家橋①

一日一緑色，眼看春竟歸。雨多苔自厚，風定絮還飛。原上徘徊遍，客中還往稀。過橋仍騁望，高樹夕陽微。

查嗣瑮（1652—1733），字德尹，又字郎山，號查浦，又號晚晴，益睡翁，晚號清軒主人，浙江海寧袁花人。室名“查浦書屋”“半緣庵”“梓樹堂”。查慎行二弟。康熙三十九年（1700）進士，散館授編修，官至侍講。自幼機敏，數歲即解切韵諧音，隨兄學詩。生平游迹遍天下，其詩精妙與兄齊名，時人比作宋代“二蘇”。後因受三弟查嗣庭案株連，謫遣西北，卒于戍所。著有《查浦詩鈔》《查浦輯聞》《南北史實小録》《音韵通考》《唐人萬首長律》等。

① ［清］先著：《之溪老生集》，卷五蘗裹後集上，清刻本。

商家林題壁①

自出山來客興枯，元規塵裏眼模糊。負他幾垛旗亭壁，五日題詩一字無。

自獻縣至阜城途中口占②

紛紛竊據祇尋常，指點金宫接御莊。名迹祇緣名德重，華陽臺與義門鄉（竇建德金城宫在樂陵劉豫御莊在昌國）。

沈季友（1652—1698），字客子，號南疑，浙江平湖人。康熙二十六年（1687）副榜貢生。與汪琬、毛奇齡以詩相唱和。著有《學古堂詩集》六卷。

河　　間③

北走交河便入燕，濛濛古堞點疏烟。賢王不復知留客，姹女猶能工數錢。白項老鵶争曉樹，紅鈴細犬没秋田。冰髭斷盡詩名賤，錯被人呼作浪仙（時有許予詩似賈島者）。

---

① ［清］查嗣瑮：《查浦詩鈔》，卷四，清刻本。

② 《查浦詩鈔》，卷十。

③ ［清］沈季友：《學古堂詩集》，卷六，四庫全書存目叢書影印清乾隆間刻本。

陳元龍（1652—1736），字廣陵，號乾齋，浙江海寧人。康熙二十四年（1685）進士，官至文淵閣大學士、禮部尚書。卒謚文簡。著有《愛日堂詩集》。

商家林早行[1]

催行頻問夜，欹枕未成眠。野渡迷朝霧，荒村逗曉烟。荷鋤群趁早，策蹇漫争先。咫尺蓬瀛近，紅霞隔九天。

田霢（1652—1729），字子益，號樂園，又號香城居士，山東德州人。田雯之弟。與兄雯、需并能詩。嘗從王士禛游。康熙二十五年（1686）拔貢生。授堂邑縣教諭，以病未赴。著有《鬲津草堂詩集》，王士禛爲之評序，《四庫總目》收録。

獻　縣[2]

高漉中分二水斜，興懷往事正堪嗟。日華宫下人經過，止有尋常賣酒家。[3]

---

① ［清］陳元龍：《愛日堂詩集》，卷一敝帚集一，四庫全書存目叢書影印清乾隆間刻本。

② ［清］田霢：《鬲津草堂詩集》，絶句詩，清乾隆間刻德州田氏叢書。

③ 後有注：日華宫，漢河間王所築，置客館二十餘區，以延文學之士。

陳瑸（1656—1718），字文焕，號眉川，海康人。康熙三十三年（1694）進士。

商家林元夕賦呈諸同年[1]

上元佳節溥天同，珍重千金一夜中。火樹光含新柳緑，燈花焰襯碧桃紅。鳳樓景物雲争麗，燕市笙歌氣并雄。還喜星橋開鐵鎖，共瞻明月出蟾宫。

曹寅（1658—1712），字子清，號楝亭。隸正白旗。祖籍直隸豐潤縣（今河北省唐山市豐潤區），一説遼陽（今遼寧省遼陽市）。康熙四十四年（1705），奉旨刊刻《全唐詩》共九百卷，收録兩千兩百餘家詩人、四萬八千九百首作品。晚年撰詩集《楝亭詩鈔》，後人輯有《楝亭詩别集》《楝亭詞鈔》。

南轅雜詩

阜城題壁屜長一尺高允事[2]

龍頟弓高莽聚灰，房淵百里變蒿萊。華陽夜半傳琴去，頭白高生跨馬來。

---

① 沈雲龍主編，丁宗洛編：近代中國史料叢刊第九十二輯：《陳清端公（瑸）詩集》，第160頁，文海出版社，1973年。

② ［清］曹寅：《楝亭詩文鈔》，詩鈔，卷八南轅雜詩，清康熙刻本。

顧嗣立（1665—1722），字俠君，又字閭丘，江蘇長洲（今江蘇吴縣）人。康熙五十一年（1712）進士，改翰林院庶吉士，後以散館改授知縣，移疾而歸。著有《秀野草堂詩集》《閭丘詩集》《味蔗詩集》等。

商　家　林[①]

雀翎滿眼碧鬖髿，箬帽簪來恰似花。結隊商家林外過，春風驢背一條斜。

獻 縣 道 中[②]

天清野曠走踆踆，赤日燒空滚亂塵。自笑素衣無可化，黄沙莫更撲行人。

獻縣道中自遣八叠前韵[③]

曉霧微籠卵色天，野花對客笑嫣然。自娱欲著先生傳，長嘆愁聽美女篇。司馬賦才猶滌器，元龍豪氣亦求田。此身合傍淞江住，細雨斜風一葉船。

---

① ［清］顧嗣立：《閭丘詩集六十卷味蔗詩集三卷》，小秀野詩集，卷一，清康熙間刻本。

② 《閭丘詩集六十卷味蔗詩集三卷》，大小雅堂詩集，卷二。

③ 《閭丘詩集六十卷味蔗詩集三卷》，梧語軒集，卷上。

程瑞祊（1666—1719），字姬田，安徽休寧人。康熙三十年（1691）歲貢生，官内閣中書。文有奇氣，詩情渾雅。有《槐江詩鈔》。

商家林道中①

風卷黄塵起，泥沙撲面飛。林深催倦鳥，雨久濕征衣。驢背琴囊重，鞭稍好句稀。辛夷花又謝，客裏送春歸。

獻　　縣②

暑雨炎風過獻陽，居民蟻聚亦荒凉。蕭條門巷鷄豚社，冷落官衙薜荔墻。小圃一籬瓜蔓在，空城幾樹棗花香。邦畿迥與江南异，豈獨凋殘是此鄉。

次　垛　莊③

匹馬辭京邑，連旬逆旅中。山程沂水路，草榻故鄉風。柳自經春碧，花如爲客紅。桑麻農圃在，把酒問村翁。

---

① ［清］程瑞祊：《槐江詩鈔》，卷一，清乾隆二年（1737）刻本。

② 《槐江詩鈔》，卷三。

③ 《槐江詩鈔》，卷三。

朱緗（1670—1707），字子青，號橡村居士，山東歷城人。諸生，官候補主事。著《橡村集》五卷。《棣華書屋近刻》四卷，爲朱緗、朱絳、朱綱兄弟三人之合集。

過　獻　縣①

十里圍村盡水鄉，蟬聲咶咶酒旗揚。炎風暑雨紅塵外，我又騎驢過獻陽。

吴銘道（1671—1738），字復古，貴池（今安徽貴池）人。吴應箕之孫，吴孟堅之子。吴銘道堅守祖訓，明亡後不仕，游迹半天下。又工于詩，多爲山水詩。潘稼堂稱："復古示余《滇海》詩，山川形勝，摹寫如繪，才識志趣，卓犖不群。"著有《復古詩集》《滇海集》。

單家橋聞雁②

彎彎月子兩頭纖，影入遥峰數點尖。永夜思家休過雁，好容殘夢到江南。

---

① ［清］朱緗：《雪根清壑山房詩一卷觀稼樓詩二卷吴船書屋詩一卷楓香集一卷》，楓香集，四庫全書存目叢書影印清道光間刻濟南朱氏詩文彙編本。

② ［清］吴銘道：《古雪山民詩後八卷》，卷八，清乾隆刻本。

張廷玉（1672—1755），字衡臣，號研齋，安徽桐城人。康熙三十九年（1700）進士，改庶吉士，授檢討，入值南書房。康熙時任刑部左侍郎，雍正時曾任禮部尚書、户部尚書、吏部尚書、保和殿大學士（内閣首輔）、首席軍機大臣等職。康熙末年，整治松弛的吏治，後又完善軍機制度。先後任《親征平定朔北方略》纂修官，《省方盛典》《清聖祖實録》副總裁官，《明史》《四朝國史》《大清會典》《世宗實録》總裁官。卒後謚號文和，配享太廟。

獻縣道中即事（有序）①

獻縣北二十里一水澄泓，頗具烟波之趣，中有漁人挾網操舟，隨流上下。僕夫顧而樂之。余曰："此積潦未消，農人改業謀生，非得已也。"爰賦斯篇。

頗具烟波趣，扁舟寄水濱。那知驅犢客，權作捕魚人。失業身飄泊，浮家意辛苦。休將中澤土，錯認武陵春。

錢元昌（1676—?），字朝采，號野堂，又號一翁（一作益翁），浙江嘉興府海鹽縣人。康熙四十一年（1702）副榜，曾任廣西柳州、桂林知府，官至貴州糧道。善詩、書、畫，少即以"三絶"名京師。乾隆十年（1745）尚在貴州糧道任上。有《益翁文稿》一卷。

---

① ［清］張廷玉撰，江小角、楊懷志點校：《張廷玉全集》下册，第348頁，安徽大學出版社，2015年。

獻縣道中曉行①

白露侵人面，涼風散馬蹄。路迂三岔雜，水蓄一窪低。地廣稀禾黍，林荒瘦棗梨。城中有官長，何以慰窮黎。

梁機（1678—?），字仙來，江蘇泰和人。康熙六十年（1721）進士，改庶吉士，授文水知縣，又改教授。著有《三華集》《北游草》《趙游日記》等。

晚渡滹沱河②

河水濁與桑乾等，《寰宇記》滹沱出代州繁峙縣東南孤阜山，至真定南河廣一里，其下流經河間、獻縣北十五里較狹。今按其水道，皆衝嚙所成，天將雨，則波泛溢，流沫成輪，若神物處其中。

濁流暗無姿，驚浪亂崩渚。暮風四野空，匹馬向何處？汩汩堤沉陰，索索沙飛雨。泥行上危沓，遠色渺如許。天黑水底雲，樹明野岸炬。一身犯烟波，局步絶高舉。遲迴楫欹斜，浩蕩情延佇。目眩沸涌泉，心孤泣徒旅。吾欲起鴻蒙，轉移蛟龍所。驅之東海濱，叠以屏山阻。恐此復虛無，臨流默無語。

---

① ［清］阮元輯：《兩浙輶軒録》，卷二十八，清嘉慶刻本。

② ［清］梁機：《三華集五卷附豫章書院唱和詩一卷》，入洛紀勝，四庫全書存目補編影印江西省圖書館藏清刻本。

河間感事[①]

分封唐叔舊，企踵獻王同。禮樂沿周室，經書啓漢風。殘編河内女，博士日華宫（王延文學士館名）。不似淮南客，金丹事八公。

漢武東巡日，麻姑祀海滄。旋聞雲氣望，竟發女兒祥。鈎戈夫人貴（夫人，河間趙氏女），堯門母氏良。如何數錢姹，衹解作金堂（古謡“河間姹女工數錢，以錢爲室金爲堂”）。

胡浚（1678—?），字希張，號竹岩，浙江會稽人。康熙五十九年（1720）舉人，乾隆初舉博學鴻詞，不中。官洧川知縣。著有《緑蘿山房詩集》。

自商家林趨河間[②]

幾驛高陽路，迢遥指上京。九河神禹迹，五壘漢王城。馬係斜蒲短，烏啼卧柳横。僕夫憔悴甚，隔歲尚泥行。

① 《三華集五卷附豫章書院唱和詩一卷》，還草，卷下。

② ［清］胡浚：《緑蘿山房詩集三十二卷文集二十四卷》，卷五，四庫全書存目叢書影印清乾隆間刻本。

李予望（1681—1733），字岵瞻，號怡村，蔚州人。康熙五十年（1711）舉人。著有《宫岩詩集》。

河間道中有懷獻王①

嬴氏亂天紀，酷虐難具陳。苦欲愚黔首，《詩》《書》遭坑焚。群籍付烈焰，六藝已灰塵。孤危念吾道，一髪引千鈞。漢祖起豐沛，馬上誅暴秦。未暇求遺書，絳灌衹武人。遷延及文景，此事遂因循。雖除挾書律，大義惜未伸。卓哉河間王，所好匪世珍。日華啓高館，文采照河濱。雅樂獻天子，儒術被厥身。茫茫尋墜緒，獨悲古籍湮。千金購善本，傳寫留其真。因之得書多，在漢無等倫。《周官》《毛公詩》，響絶忽復聞。《春秋》《左氏傳》，一一皆古文。聚殘補其缺，説記本先民。煌煌前聖典，呵護信有神。譬猶長夜暗，杲日出大昕。祖龍雖已厄，于今輝千春。朅來歷舊邦，遺躅尚未淪。停驂訪耆老，經完道亦振。陋彼《淮南子》，八公徒紛紜。篋中《鴻寶》書，荒唐何足論。

葛祖亮（約1683—?），字弢仁、超人，號聞橋，一號雨亭，江寧府上元縣（今南京）人。乾隆元年（1736）進士。乾隆二十二年（1757）尚在世。曾官禮部主事、户部員外郎。著有《花妥樓詩》二十卷。

① ［清］李予望：《宫岩詩集》，卷四，清乾隆三十五年（1770）李翬等刻本。

過獻縣吊河間獻王二首[①]

漢代賢王地，于今未替名。從容過聖主，造次想儒生。雅樂如遺韵，傳書載古情。荒荒留故冢，誰與刈榛荆。

俎豆千秋事，吾曾爲力争。搜羅資博雅，毛血禁魚牲（有條奏宜陪祀聖廡，議下禮部予詳議，準稿，宗伯駁不允）。學古皆心得，持身亦獨行。罣然奮高望，浩蕩繞雲城。

梨　花　園[②]

一株兩株見梨花，或傍桃林或傍棗。棗花未發枝將緑，桃花汛爛穠春曉。自從景州至獻縣，一路此景殊不少。頃從獻縣過河間，三十里外一村小。忽見梨花開滿園，周遭曾無雜樹繞。高低疏密枝縱横，依稀闖入梅花島。香風不及梅花遠，清姿堪與梅同調。豈是林逋手自栽，豈曾浩然騎驢到。歸家種梅兼種梨，梅花梨花供坐嘯。春探梅子秋摘梨，酸甜香脆俱味好。

---

① ［清］葛祖亮：《花妥樓詩》，卷十三，清乾隆刻本。

② 《花妥樓詩》，卷十三。

沈起元（1685—1763），字子大，號敬亭，江蘇太倉人。康熙六十年（1721）進士，任吏部主事、員外郎，出知福建興化府，後任江西驛鹽道副使。乾隆二年（1737），擢河南按察使。有《敬亭詩文》存世。

恭和御製河間道中①

鑾輿東幸尼山近，爲感遺經重此邦。自有賢王三禮備，遂傳詩注二毛雙。日華宫館斜陽冷，繁露園村春水淙。聖學緝熙儒道大，化成還復念芸窗。

錢陳群（1686—1774），字主敬，號香樹，一號柘南居士，浙江嘉興（今屬浙江嘉興市）人。康熙六十年（1721）進士，選庶吉士，散館授翰林院編修。雍正時，因赴陝西等地宣諭講經，安撫百姓，被世宗稱贊，五升其官。乾隆時，任順天府學政、刑部侍郎等職。因病致仕，高宗賜詩餞行。後居家鄉二十多年，仍與皇帝保持密切關係。乾隆二十二年（1757）南巡，命加尚書銜，在家食俸。二十七年（1762）南巡，錢陳群和沈德潜在常州迎駕，高宗賜詩中稱他倆爲“江南大老”。乾隆三十年（1765）南巡，已八十歲高齡的錢陳群又去迎駕，加封太子太傅銜。乾隆三十九年（1774）卒，享年八十九歲。謚文端。著有《香樹齋文集》《香樹齋續集》。

---

① ［清］沈起元：《敬亭詩文》，詩草，卷七，清乾隆刻增修本。

恭和御製河間道中元韵①

輦下輕程四百里，瀛城自昔號名邦。招賢北館誰能近，樂善東平或可雙。雅樂遺音猶裊裊，鬲津故道想淙淙。言尋古迹斜陽裏，特地巾車上小窗。

紅杏園再叠前韵②

又是方行日，春郊駐華輦。園標紅杏名，芳意仍嘉館。即事紀前勲，天策褒誅顯。鑒轍罰既申，追亡幟重展。賢王夙效順，深入應候遣。執訊自有期，剿撫後須善。

瀛海舟次，寄懷邊徵君（連寶）、劉太守（炳）、戈編修（岱）、李編修（中簡）、邊檢討（繼祖）、戈庶常（濤）、紀孝廉（昀）（七人皆河間郡人）③

七載衡文地，星旌指近畿。非予樹桃李，此郡本芳菲。諸子驤皇路，邊生隱少微。偶然成出處，終見受恩暉。聖主憐衰病，勞人暫息歸。一從叨祖席，且自賦初衣。鏡識吟詩瘦，心

① ［清］錢陳群：《香樹齋詩文集》，詩集，卷十三，清乾隆刻本。

② 《香樹齋詩文集》，詩續集，卷八。

③ 《香樹齋詩文集》，詩續集，卷三。

知得道肥。有時成獨賞，握手已先違。大雅誰當繼，由來見者希。相期各努力，聊以答依依。

李鱓（1686—1762），字宗揚，號復堂，别號懊道人，江蘇興化人。清代畫家，爲“揚州八怪”之一。康熙五十年（1711）中舉，五十三年（1714）以繪畫召爲内廷供奉，因不願受“正統派”畫風束縛而被排擠出來。乾隆三年（1738），以檢選出任山東滕縣知縣，爲政清簡，頗得民心，因得罪上司而被罷官。在“兩革科名一貶官”之後，至揚州賣畫爲生，工詩文書畫。與鄭燮關係最爲密切，故鄭有“賣畫揚州，與李同老”之説。

題《花卉册》六開·其一①

京師南北逿來踪，古道蕭蕭禾忝風。買得商家林草帽，騾綱頭頂叫哥籠。

毛振翧（1686—?），字翥蒼，號半野居士，四川成都人。康熙四十七年（1708）舉人，曾任阿迷（開遠）州、易州知州，古州廳同知，河間府同知，保定府鹽捕同知。著有《半野居士集》。

① 遼寧省博物館藏。

毛萇宅[①]

注詩人去世茫然，風雅于今孰後先。廢宅尚傳博士學（毛萇宅，在河間，有毛精壘），孤墳猶指獻王賢（漢獻王墓在獻縣）。枉教一系承千古，空許三巴賦百篇。最笑苦吟經廿載，賡歌未達聖明前。

河間獻王墓（在獻縣）[②]

人代升沉感劫灰，賢王鶴馭不重來。墓前泪剩桃千樹，長墮殘紅點緑苔。

題獻縣楊明府山水畫幅[③]

勝水佳山處處留，賢侯揮染遍瀛洲。胸中丘壑塗難盡，紙上烟雲看欲流。蒼莽峰巒晴亦雨，迷離竹樹夏還秋。相逢頓起登扳興，錯認峨嵋天際頭。

---

① ［清］毛振翧：《半野居士集十二卷半野居士焚餘集一卷附西征記一卷》，烟臺集，卷十二，清乾隆錦江毛振翧刻本。

② 《半野居士集十二卷半野居士焚餘集一卷附西征記一卷》，烟臺集，卷十二。

③ 《半野居士集十二卷半野居士焚餘集一卷附西征記一卷》，烟臺集，卷十二。

防獻邑秋汛堤上作①

河干風色轉凄清，走馬長堤兩眼明。新漲纔添帆影疾，流沙初過水痕平。將歸海燕愁秋雨，半熟田禾重晚晴。伫立烟波時序改，早驚衣上薄寒生。

潘鍾麟，字霄客，號層峰，江蘇華亭（今上海松江）人。以典史升縣丞。工詩，所居曰“留詩草堂”，刻小像于堂壁，而自以杜甫句“詩卷長留天地同”題其上。著有《深秀亭詩集》《深秀堂近草》等。

飲陳仁庵大令獻署同家如齡主簿②

静夜冰霜潔，紅爐簾幕重。潁川原令長，漢室舊藩封。漏鼓何須促，醇醪不厭濃。空囊誰拭劍，駑鈍敢稱龍。

五　節　祠③

憐絶田家婦，黄巾縛單村。一時沈白水，千載共貞魂。明月清環佩，寒香長杜蓀。客行恐唐突，酸楚遠祠門。

---

① 《半野居士集十二卷半野居士焚餘集一卷附西征記一卷》，烟臺集，卷十二。

② ［清］潘鍾麟：《深秀亭詩集》，卷四，四庫全書存目叢書影印清康熙間深秀亭刻本。

③ 《深秀亭詩集》，卷四。

過河間獻王墓[①]

失鹿無餘燼，乃公馬上來。藩封敦好善，文獻獨徵才。漢臘山丘古，蒙陰鐘鼎開。至今推禮樂，過客拜蒿萊。

汪由敦（1692—1758），初名汪良金，字師茗，號謹堂，又號松泉居士，安徽休寧人。雍正二年（1724）進士，改庶吉士，散館，授編修。乾隆時累遷工部尚書、刑部尚書、吏部尚書、協辦大學士等，并充《平定金川方略》副總裁、《平定准格爾方略》總裁。其學問淵深，文辭雅正，兼工詩法。著有《松泉詩文集》。

恭和御製燕九日觀燈元韵[②]

落燈時節晚烟濃，轉覺青郊氣象融。喜報麥秋盈尺雪，早催花信幾番風。火蓮競吐千枝焰，仙杏虛傳十里紅。（地名紅杏園）行殿初開逢勝賞，從知佳節上林同。到處迎鑾樂意濃，太平有象發春融。行宮仍見溶溶月，高燭猶燒裊裊風。仙迹尚傳雲滃白（燕九京師舊俗也。相傳以爲長春真人邱處機得道日，白雲觀游人最盛），農祥應喜粟陳紅。瞻雲豈獨應酬節，望幸歡心遠近同。

---

① 《深秀亭詩集》，卷四。

② ［清］汪由敦：《松泉集》，詩集，卷十八，清文淵閣四庫全書本。

恭和御製曉行元韵①

樹綴瓊枝路界銀，曙光遥映雪光新。竈薪殘火猶含濕，岸柳柔條未放春。早晚農功占物候，盈寧民氣愜時巡。玉鞭不避衝寒出，端爲村郊鼓腹人。

園中暮歸示兒②

去年此日紅杏園，氈廬雪埋烟霧昏。高朋惠言傾緑尊，氍毹促膝爐火温。櫪間倦馬齕乾草，鐘漏深沈人語悄。夢中一晌兒女歡，帳外荒鷄已催曉。今朝相對一燈前，且免離愁千里牽。斜日重城車馬道，老來長自惜流年。

厲鶚（1692—1752），字太鴻，又字雄飛，號樊榭、南湖花隱等，錢塘（今浙江杭州）人。康熙五十九年（1720）舉人，屢試進士不第。乾隆初舉鴻博，報罷。博學，工詩詞。論詞推崇姜夔、張炎，是繼朱彝尊之後浙西詞派的代表作家。其詩取法王、孟及江西宋詩，自成一家。有《樊榭山房集》《宋詩紀事》等。

---

① 《松泉集》，詩集，卷十八。

② 《松泉集》，詩集，卷十九。

河間懷古[①]

瀛海盤迴地勢雄，古情客思共無窮。錢工數處囊偏澀，鈎欲藏時酒易空。三日開年歌吹寂，一城飛轍往來通。獨憐大雅今銷歇，誰向苔花問故宮？

嚴遂成（1694—?），字崧瞻，號海珊，浙江烏程人。雍正二年（1724）進士，歷山西臨縣、直隸阜城知縣，官至雲南鎮雄州知州。著有《海珊詩鈔》十二卷。

瀛洲懷古五首（選一）[②]

獻　縣

日華宫畔草，到眼有餘青。河勢如鈎曲，鹽生亦印形。雁堂龍聽鼓（見沈佺期詩），鶴寺馬馱經。高隱（劉淑、王勸）何人繼，花飄滿澤亭。

---

① ［清］厲鶚：《樊榭山房集》，卷二詩乙，四部叢刊景清振綺堂本。

② ［清］嚴遂成：《海珊詩鈔十一卷補遺二卷》，卷二，清乾隆二十二年（1757）驥溪世綸堂刻本。

吴龍見（1694—1778），字恂士，一字惺士，又字薜帷，原名倜立，江蘇武進人。乾隆元年（1736）丙辰科進士。曾任武强縣知縣，十一年（1746）任獻縣知縣。十五年（1750）四月，升刑部湖廣司主事，刑部陝西司郎中，山西道監察御史，陝西布政使。著有《薜帷文鈔》二十五卷、《續鈔》三卷。

河間獻王陵懷古①

禹迹茫茫九河徙，漢室藩封直千里。獻王此地昔爲都，宫闕秋高陵殿起。秦燼詩書恨未休，山岩屋壁渺難求。耄翁姹女各有守，漢廷禮樂師王侯。在昔三雍親奏對，闡經翼聖光前代。日華賓館莽蒿萊，于今毛貫功臣在。哲人徂謝土風微，河朔縱横盛業違。醇儒孰嗣西京響，太息名城文獻非。我來展拜一搔首，牲醴初陳薦芹韭。棟宇傾欹松柏摧，冢荒日落狐狸走。爲陳古義感邦人，抔土隆然廟貌新。雲臺左峙龍港右，園寢犧象輝千春。

沈大成（1700—1771），字學子，號沃田，江蘇華亭（今上海松江）人。清朝經學家。康熙間諸生。初以詩古文名于江左，旁通百家之書，兼及天文、地理、六書、九章算學、樂律等，藏書萬卷。游幕粤、閩、浙、皖四十年，晚游揚州客運使盧見曾所，與惠棟、戴震、王鳴盛等人交往，以學業相砥礪。曾校定《十三經注疏》《史記》《南北史》《五代史》《通典》《文獻通

① ［清］吴龍見：《薜帷文鈔》，卷八，清乾隆頤慶堂刻本。

考》《昭明文選》《説文》《玉篇》《廣韵》《顧氏音學五書》《梅氏曆算叢書》等。工詩文，著有《學福齋集》《學福齋詩集》。

商家林感賦①

人烟何冪䍥，首路指滄瀛。莫角尊前動，寒雲林外平。枯魚驚昔夢，烏鳥感孤生。暗壁猶題句，重看泪滿纓（商家林村口，即青縣大路。成痛遭先君之故，攝赴臺鞫，嘗往來于此）。

馬長淑，生卒年不詳，字漢荀，號蓼亭，安丘人。雍正庚戌（1730）進士，歷官磁州知州。曾輯明清時期安丘人或官安丘者之詩，編纂爲《渠風集略》七卷，收入《四庫全書》。著有《括齋詩集》。

獻縣題壁②

曉起辭逆旅，匆匆馬首東。草枯看地闊，木落覺天空。客路憐裘敝，民居望歲豐。十年慚作吏，頭白已成翁。

---

① ［清］沈大成：《學福齋集》，詩集，卷二脩門詩鈔，清乾隆三十九年（1774）刻本。

② 徐世昌編：《晚晴簃詩匯》，卷六十七，民國退耕堂刻本。

張賓鶴，字仲謀，號堯峰，又號雲汀居士，浙江錢塘人。著有《雲汀詩鈔》四卷。

題戈侍御（濤）《觀我圖》①

公心炳丹青，耿耿莫可狀。興來托豪素，設作鏡中像。坐觀得天全，慮淡神自王。鬚髯戟而張，眸子清以朗。虛明本無迹，照澈成有象。于我相周旋，于物忘得喪。緊予識公久，多聞兼直諒。文章翻水成，忠信契天獎。致身在岩廊，補衮出貞讜。烏府鐵作肝，勁節莫與抗。風霜逼眉棱，冰鑒自摩蕩。偉哉天骨奇，繪事生跌宕。梧竹戛清音，風神會超曠。何當圖麒麟，快睹雲臺上。

甲申獻縣除夕次侯二孝廉（學詩）韵②

紅牙綠酒鬥喧闐，守歲琴堂列炬然。客半江鄉多舊雨，春回瀛海餞殘年。壯心欲共花披萼，往事真成箭脫弦。沉醉不知官漏永，起看星斗已横天。

---

① ［清］張賓鶴：《雲汀詩鈔》，卷首，清代詩文集彙編影印清乾隆五十六年（1791）怡府刻本。

② 《雲汀詩鈔》，卷三。

題朱大令（瀾）《望雲圖》[1]

曾過瞿唐灧滪堆，逍遥更上鬱孤臺。路經南北東西折，歷盡風霜冰雪來。匹馬長征心獨瘁，白雲無際首重迴。梁公事業君知否，台鼎原非百里才。

題朱大令（瀾）《夢游圖》[2]

天風沁骨夢凝香，樓畔橋頭出靚妝。一笑莊生化蝴蝶，温柔不解問仙鄉。

九竅香生絶妙詞，好圍紅袖寫烏絲。請君更築藏春塢，笑倚東風列十眉。

鮑梓，字臒亭，又字敔亭，直隸南宫（今屬河北）人。康熙四十七年（1708）舉人。雍正元年（1723）進士，授安徽霍山知縣。後又任福建漳平知縣。雍正十三年（1735）改授獻縣教諭，在任達二十年之久。鮑梓“爲人古直質訥，通經訓，工詩及書，尤精制藝，律法高而不泥于古。時制藝方崇尚駢儷，公力斥之，以淪發性靈迪後進，一時翕然響往。翰林紀昀、御史戈濤、進士中書紀昭、舉人鮑自清、陳之珍、張傳晅、崔方

---

① 《雲汀詩鈔》，卷三。

② 《雲汀詩鈔》，卷四。

韓、戈濟、孔廣譜、常繩愆諸人，皆出其門……”①

乾隆三年以城工代賑畢紀詩二首②

宵旰恤民瘼，陽春布太和。千陴砧杵動，萬户竈烟多。聳峙雄三輔，歡呼徹兩河。黍苗膏雨潤，紀盛譜弦歌。

縱目層樓上，憑高眺大荒。星羅新斥壘，月偃跨津梁（時南北塘汛、通濟橋皆新修）。已見鳩鴻雁，何知畏雪霜。烝黎咸鼓腹，寧止壯金湯。

陳兆崙（1700—1771），字星齋，號句山，浙江錢塘縣（今屬杭州市）人。清經學家。雍正八年（1730）進士，授知縣。乾隆元年（1736），舉博學鴻詞，授檢討，官至太僕寺卿。工詩善畫，在京師有文名，曾任《續文獻通考》纂修官總裁，精六書之學，尤長經義，于《易》《書》《禮》均有論述。工詩文，淡泊清遠。擅行書，論書法有卓識，嘗自言書法第一，文次之。著有《紫竹山房詩文集》。

① 薛鳳鳴修，張鼎彝纂：［民國］《獻縣志》，卷九文獻志，民國十四年（1925）刻本。

② ［乾隆］《獻縣志》，卷十七。

早發獻縣道中即目[①]

餘雪栖茅作細塵，霏霏馬首恐行人。不晴不雨雙岐路，時暖時寒半澀春。村婦裹綿肩接市，酒胡滌器口留賓。誰云此地田中下（在京時有客言此一帶村鎮近年多歉收），物力猶饒氣候新。

牛龍文（1700年尚在世），太康人。康熙年間拔貢生。康熙二十五年（1686），任商城縣訓導。康熙三十四年（1695），任光山縣教諭。康熙三十九年（1700）二月内，任磁州學正。

咏獻王陵[②]

漢代賢王孰與儔，斜陽衰草剩高丘。書遭回禄千編盡，本寫留真萬卷搜。文備古今推博雅，毛分大小仰前修。當年實事惟求是，酒奠椒漿祀典酬。

咏成趣園[③]

樂成東望悵蒹葭，所謂伊人足仰瞻。隱士争傳梁子直，名園欲效晋陶潛。詩酬黨氏佳章和，石置張公故趾淹。間口遺踪

① ［清］陳兆侖：《紫竹山房詩文集》，詩集，卷十二，清嘉慶刻本。

② ［民國］《獻縣志・詩文要録》，卷一。

③ ［民國］《獻縣志・詩文要録》，卷一。

尋軼事，至今猶有鳥聲添。

咏萬春山①

獻王陵北樂城東，遥望名山一徑通。游客杖黎新雨後，牧童吹笛夕陽中。雖非蓮蕚千峰翠，却有桃花萬樹紅。最好深林行不盡，仙源仿佛醉春風。

訪日華宫②

當年高築日華宫，招致英才典亦隆。光啓人文瞻北斗，禮崇學士仰升東。百株紅杏名園廢，滿徑蒼苔故址封。今日偶來尋舊事，殘碑猶卧夕陽中。

邊連寶（1700—1773），字趙珍，晚改肇畛，號隨園、茾仙、茗禪居士，任丘人。雍正十三年（1735）拔貢，乾隆元年（1736）應博學鴻詞科，不中選。十四年（1749）復薦經學，辭不就。自是無意進取，益肆力于古學。父汝元工詩，連寶世其家學，而才識邃衍，氣力宏放，其爲詩直達胸臆，才力縱恣，出入昌黎、東野、香山、玉川之間，以文辭聲雄北方。著有《隨園詩集》《隨園文集》《病餘長語》《杜律啓蒙》等。

---

① ［民國］《獻縣志・詩文要録》，卷一。

② ［民國］《獻縣志・詩文要録》，卷一。

哭方儕鶴兼呈晴嵐①

憶昔雍正歲丙午，余與儕鶴初識時。乃在燕京西市之逆旅，當時作之合者誰？余之性命友張五。二人并長我一歲，二人爲兄我爲弟。當時意氣薄雲霄，狂來沽酒共酕醄。醉後笑把青萍劍，相期頃刻騰龍蛟。自此以後不復知，一别遂如霄與泥。一年兩年暫相見，乃至三四五年不復一見之。昨者初夏曾入郡，不見二子驚相問。乃知晴嵐方讀《禮》，儕鶴抱病將不起。我時聞之悲且詫，雙泪乍零如雨下。八月入都再相詢，儕鶴遂已捐館舍。吁嗟而已反其真，我與晴嵐尚爲人。可憐生死俱碌碌，我無人籍爾鬼籙。安得南去携晴嵐，素車白馬向君哭。哭罷幽明還共笑，弃置弃置無復道。

憶昔行，寄景州戈傳齋、劉綺文、李西崖、象雷、吴橋方儕鶴、夔典、滄州王希陶、庭素、獻縣張晴嵐②

憶昔策蹇瀛臺道，盍簪共踏瀛臺草。瀛臺草，無灑掃，把杯坐卧恣傾倒。舊來好事猶在目，衹今念之縈懷抱。儕鶴方子温如玉，捲舌默默四氣足。令弟夔典乃獨不，華岳峰尖恣瞻矚。

---

① ［清］邊連寶：《隨園詩草八卷禪家公案頌一卷》，卷一，四庫全書存目叢書影印清乾隆四十年（1775）任丘邊氏家刻本。

② ［清］邊連寶：《隨園詩集》，卷二，中国人民大學圖書館藏稿本。

晴嵐談辯一何雄，氣概翻與夔典同。劉子綺文紫髯翁，掀髯一嘯座生風。就中傳齋年差大，潔清直是不容唾。因以清事名厥軒，倩我爲銘銘右座（余爲傳齋作《清事軒銘》）。二難擅美不獨方，廣川之李滄江王。李家兄弟不可當，阿兄温克弟昂藏。二王孿生渾莫辨（兄弟雙生，貌酷似），揮毫并擅摩詰長（俱工畫）。希陶贈我扇一柄，上寫醉客顛且狂。題云“醉狂疑邊子”（《題畫》詩云“風清松韵幽，人迹不到此。携酒避塵囂，對山談知己。持箸畫青天，醉狂疑邊子”），至今什襲藏巾箱。當時豪興真罕侶，至今鑿枘嘆齟齬。二子戰勝歌凱旋（夔典、西涯俱售），其餘敗北空破釜。壁上之觀更可憐，門掩蓬蒿困張五（晴嵐未赴秋闈）。南望瀛臺憶舊游，寒雲四塞蔽榛莽。

得張晴嵐書[①]

北鯉曾相問，南鴻有報音。開緘孤子泪，贈遠故人心。屺岵情何極，金蘭愧轉深。生芻還莫奠，坐負爾南金。

何事貧兼病，經年動未痊。無錢供藥物，有命托皇天。與我真同患，因君轉自憐。十章并八咏，兩地黯相聯。（晴嵐寄《病起詩》十首，余今亦有《病起咏懷》八首。）

千言何懇惻，一語倍凄凉。羡我高堂健，知君五内傷。慘慘悲風樹，哀哀悼雁行。（余今歲有先長兄之變。）何當携故友，灑泪共相將。

---

① 《隨園詩集》，卷五。

灤陽好兄弟（謂儕鶴），墓草已芊芊。絶筆勞君寄，佳詩任我傳（來書并寄儕鶴《絶筆楊柳枝》八首，托余序而傳之）。黃泉饒憾恨，塵世苦迍邅。何自幽光發，尋思一惘然。

爲張晴嵐題王希陶畫扇[①]

我于此道如作夢，不但手拙目亦懵。縱復妄爲評品之，下語都不着癢痛。吾友希陶擅此長，曾爲指點開愚懵。其言河漢不可知，蠡游滄海鷄在瓮。乃遇希陶之所作，此心每覺怦然動。不解畫法解畫情，無弦古琴時一弄。張子晴嵐具癖人，歲在乙卯夏在仲。瀛洲客邸邂逅間，手持畫箑索予頌。孤亭偃蹇水之湄，天涯帆影目相送。幾株老樹亞秋風，山氣溟涬水澒洞。構思造境淡且孤，遠致不容俗手共。繪畫雖爲技之微，我于此事有所慟。楊素王維李伯時，畫家輻輳隋唐宋。自是升堂更入室，盛名或以官增重。我友何必讓古人，牢落名不出里閧。被褐懷瑾空復絶，低昂高下難折衷。吁嗟乎！游藝原求自悦怡，俗口歡呶何所用。

寄晴嵐五十韵[②]

賤子聊粗述，先生試静聽。攄吾闗膈憤，贏爾廓輪青。鸞鷟不甘鼠，蠅蚊自逐腥。出山清亦濁，溷俗謂同徑。恍惚磻溪夢，低迷楚澤醒。依然悲落莫，徒爾悔伶娉。向有黃麻詔，曾來紫禁扃。梗楠征鄧野，騆騋索沙駉。短翮思衝漢，鉛刀欲發

---

① 《隨園詩草八卷禪家公案頌一卷》，卷二。

② 《隨園詩集》，卷八。

硎。捉襟殊寡籍，炙手尚饒靈。貢禹還留野，王陽不在廷。彈冠嗟齟齬，推轂恨伶仃。攀挽憐錢李（香樹臨川二先生），游揚足刻銘。不辭車輔倦，頓使姓名馨。曾人捉刀幕，還登聽事廳。刮膜除障礙，鑄器示模型。疲馬聽鷄唱，朱門叩曉星。比肩隨皂隸，拱手雜優伶。冥冥雖相對，怦怦不自寧。已虧七尺骼，奚事五侯鯖。斷養能相傲，要津遂自屏。有心甘屈蠖，無力致滄溟。瑞靄明鳷鵲，彤墀履蓂莢。依稀聞晝漏，窈窕動懸鈴。題目天邊落，絲綸陛下聆。龍賓光瀲瀲，赫虢色晶熒。構想渾游刃，拈毫已建瓴。光芒欺黝堊，藻彩動丹庭。選義淘渣滓，修詞去螣螟。毛錐應脱穎，卞玉竟嬰刑。蠡小難窺海，鐘洪不受莛。至尊同覆幬，當路有畦町。藜火勞三載，籯金愧一經。捲書愁漠漠，携襆泪泠泠。望闕思鴛鷺，還家賴鶺鴒。馬卿惟立壁，盧氏未添丁。定遠仍傭筆，東陵學種瓠。風塵甘撩倒，出人少顔形。無術驅窮鬼，空知買醁醽。張星何所似，别後見秋螢。皂棧思千里，樊籠惜短翎。孔融雖豁達，王粲尚飄零。憶昔登蘭若，憑高望野坰。希陶風矯矯，儕鶴玉亭亭。談劍窺清漢，説詩傍綺櫺。徵歌頻入肆，沽酒屢盈瓶。滄海音多隔（希陶），瀾陽目已瞑（儕鶴）。百年嗟逝水，十載惜流萍。小院風初落，孤村日欲暝。獻陵何處所，驤首望雲停。

馮 道 墓[1]

長樂老墓墓已荒，可憐長樂樂不長。香魂久斷夫人里，臭

① 《隨園詩集》，卷十。

迹猶存相國莊。狐兔跳梁穿古邃，麒麟傾側卧斜陽。單橋五節何如者，巾幗能令沱水香。

寄張晴嵐兼呈方夔典兄弟（并序）①

余客獻邑之周村，距晴嵐家三十里，而晴嵐時客于夔典家，故有此作。

情人不見動經年，近住張星東北偏。客館尚留徐稚榻，柴門誰候子猷船。微黄染柳鵝離殻，淡墨浮空雁破烟。方氏二難如見問，春愁盡付數行箋。

戲寄晴嵐②

昨晤晴嵐門人某，知近日并力于詩，不治帖括業。余以秋闈在邇，因寄一語規之，然無何而余亦破詩戒矣。因此自嘲，并寄晴嵐，用資笑柄。

土偶相逢笑木偶，裸裎同浴譏人醜。齇鼻老子口銜卮，朗誦賓筵戒耽酒。昨過西村安氏家，安家席上遇侯芭。爲問揚雄近何作，但攻寄字不及他（叶）。我時聞之笑且憫，可惜光陰擲虚牝。何异身游百粤鄉，章甫縫掖坐自窘。言出我口何曾忘，忽被詩魔纏不放。麾之不去去仍來，曉徹黄昏天又亮。吾家亦有康成婦（叶下），頗知七字爲詩句。見我頻爲七字吟，吟不終

① 《隨園詩集》，卷十。

② 《隨園詩集》，卷十二。

篇攫將去。斂袖殷勤前致詞，君今唔咿欲何爲。抛君雅事親俗事，省却年年榜後啼。横被詼嘲殊懊惱，須臾翻轉成絶倒。仰天大笑冠絶纓，中臣要害語頗好。此事真堪捧腹笑，我誚人還被人誚。笑煞燈檠長丈餘，但把照人不自照。口號一篇寄張五，煩君載筆續笑府。開緘慎莫近食案，讀時防爾口中飯。

送張晴嵐入都①

既云不可已，夫子且行行。吾道豈終梗，人心恐未平。亂雲飄薄暮，行李去孤城。于爾卜出處，吾將罷耦耕。

張　晴　嵐②

何日隨花縣，幾年别帝都。艱難仗執友，鹽米累妻孥。湖海君飄梗，乾坤我守株。翻憐金馬客，差可較侏儒。

寄　晴　嵐③

吾友張夫子，其人素不羈。夙抱經國術，窮餓無所施。本以不羈故，而得窮餓悲。及其既窮餓，不羈愈益奇。不羈何所似，請以次第推。憶昔歲壬戌，我客城西陲。窮冬十月暮，張

① 《隨園詩集》，卷十三。

② 《隨園詩草八卷禪家公案頌一卷》，卷二。

③ 《隨園詩草八卷禪家公案頌一卷》，卷二。

子造門時。君素不解飲，爲置柈中飴。君啜手中茗，我反持酒卮。問君何所往，答云赴京師。京師固云好，君往欲何爲。君謬作大語，我志君豈知。聞今相國某，解印金閨辭。是時正枚卜，我往取代之。不然今上谷，節鉞須人持。奮我三寸舌，當立把一麾。二者我取一，如摘頷下髭。我既騰踏去，君何憂窮卑。君時作此語，莊色無怍詞。我聞之大笑，仰天冠絶緌。君亦頗捧腹，一夜相諧嬉。天明遂别去，去矣如發機。自兹音問絶，各在天一涯。越明年癸亥，甲子秋試期。我以文戰暇，乃復問音徽。聞君别我後，皇皇造邦畿。孔席不暇暖，墨突不暇炊。朝叩門之富，夕隨馬之肥。腹貯賤冷炙，身着歷碌衣。歷盡羈旅苦，乃始獲所依。雖則獲所依，所願與心違。昔爲膠膝契，今爲雲雨睽。膠漆無時解，雲雨有乖離。雖不爲陳張，亦不爲任黎。我等好兄弟，所餘亦幾希。胡爲有凶隙，而一至于斯。至誠能動物，斯言不吾欺。嗚乎我晴嵐，此亦當思維。君時不得意，仍望都門歸。歸來還依舊，了不异昔時。越乙丑之冬，乃喪厥匹妃。一旦凶訃至，泪下如綆縻。既而作達觀，决絶不復疑。使者摽之去，誓不返柴扉。甘作薄幸郎，不顧糟糠妻。嗚乎子張子，此亦足歔欷。日者在燕市，到處訪羈栖。後于閙市口，乃一邂逅之。腰下跨青騾，鞍馬何巍巍。身上衣服鮮，顧盼生光輝。握手三四語，西山日已垂。忽忽遂别去，衷懷未暇披。竊疑君近况，不得遽若兹。後稔所由來，令我笑且悲。吾邑劉太史，緩頰曾嘘吹。侍郎某公宅，捉刀入其幃。朝索一壽文，暮索一挽詩。詩文不暇給，絶不償筆資。一日復一日，逋欠遂纍纍。甚至呼庚癸，腸作蚯蚓嘶。解衣供茗荈，脱帽質餅糍。搜括篋衍盡，波及于檠匜。主人稀會面，不得瞻光儀。偶爾到館舍，莊論坐皋比。謂君果儒者，當耐寒與饑。談者氣岩岩，聽者顔色低。大人請安置，小子奉蓍龜。智勇兩坐困，朝暮但嗟嘻。絶處生一策，所思誠匪夷。謂彼大人者，可動以艱危。婦本去年死，日月可推移。覓得一傖父，面目頗黑黧。手持凶帖子，來報夫君知。夫君佯悲詫，涕泗下漣洏。謁者報主人，主人果垂慈。遂悉償所負，不欠毫與厘。半作秋試費，其餘供擢揮。咄嗟當立盡，今已無立錐。此誠資話柄，無乃太滑稽。憶昔與君别，我曾有語規。不聽如充耳，謂我好諷譏。昨見李子敬，聞君有悔思。亡羊而補牢，于今未爲遲。與其爲牛從，毋寧爲鷄尸。張子兮歸來，與我同幽栖。或在山之巔，或在水之湄。嘲咏過晨夕，同樂皇與羲。决計應須早，無爲再噬臍。

懷張晴嵐①

龐眉皓首劇堪憐，破産揮金太放顛。短劍飄零常萬里，疲驢潦倒又三年。燕臺芳草催歸騎，易水春風憶别筵②。江北江南消息斷，平原彌望雪連天。

哭張晴嵐③

咄咄天難問，茫茫喪此人。生成應有爲，摧折果何因。偏

---

① 《隨園詩草八卷禪家公案頌一卷》，卷三。

② 自注：甲戌三月，晴嵐自京抵家，赴江左，過雄見訪。

③ 《隨園詩集》，卷二十六。

賦揮金性，争療次骨貧。空餘穗帷在，淅淅掩流塵。

嬰疾由來久，傷生别有緣。世情何足詫，戚屬未應然。忠厚翻成隙，監臨自有天。弃捐無復道，地下好安眠。

有志竟蹉跎，終天奈若何。堂留雙殯在，恨抱九泉多。五鼎成虚夢，百年等逝波。何如隨分例，早奉北邙阿。

著述紛紛是，惟君邁等儔。文瀾出歐柳，詩派衍錢劉。大業千秋在，浮生一瞬休。蓋棺應論定，衆口且停咻。

詩歌君讓我，碑版我輸君。群鹿同君逐，鴻溝與我分。老拳酬毒手，鸛陣對鵝軍。嘆息童烏死，憑誰覓舊文。

荼毒何其甚，青冥不可知。紅顔抛少婦（君繼室年甫三十），黄壤伴孤兒。奚以瞑君目，真堪動我悲。兩行垂老泪，那惜爲卿揮。

自結金蘭契，直教針芥投。争傳君卞急，獨遇我優柔。謬誤相攻錯，詩篇互唱酬。高山流水調，竊擬自今休。

百里逶遲道，十年老病身。坐慚磨鏡客，長負斵金人。剞劂焉能任，文章自有神。謾愁埋糞土，精魄日沉湮。

過獻縣有感馮瀛王作[①]

老名長樂太憨生，王號無端玷古瀛。須識千秋遺臭迹，正緣四姓被恩榮。野狐有穴含珠出，石馬無聲蔓草横。最是歐陽文妙遠，轉臚善行作譏評[②]。豈惟卓老號知音[③]，蘇富同聲贊大人[④]。不有廬陵歸雜傳，頓教奕世少純臣。何來健婦能拚死[⑤]，偏是名卿慣美新。更有張劉成鼎足[⑥]，秋風誰障帝王塵。

無雙譜樂府（選一）

長樂老馮道[⑦]

汝是何等老子？無德無才，但能長樂而已耳。四姓恩榮，樂不可紀，耻之爲人累大矣。臣雖無狀，羞與同里。吁其悲，將安歸。

① 《隨園詩草八卷禪家公案頌一卷》，卷八。
② 自注：《五代史・馮道傳》備録一生善行，望溪以爲妙遠不測也。
③ 自注：卓吾《焚書》，以道爲聖人。
④ 自注：富忠以道爲大人，蘇文忠以道爲佛。
⑤ 自注：指逆旅婦人斷臂事。
⑥ 自注：張邦昌東光人，劉豫阜城人，并屬吾郡。
⑦ 《隨園詩草八卷禪家公案頌一卷》，卷五

彭啓豐（1701—1784），字翰文，號芝庭，晚號香山老人，江南長洲（今江蘇蘇州）人。雍正五年（1727）狀元，初授翰林院修撰，歷左僉都御史、刑部侍郎、吏部侍郎、兵部侍郎，終官兵部尚書。休致後主講蘇州紫陽書院。卒謚文勤。著有《芝庭文稿》《芝庭詩稿》等。

過獻縣贈邑令①

治近河間第，牽絲抱古經。苗蘇六月雨，堤衛九河形。龍脚垂雲黑，蝗群食葉青。使君勤省斂，衝暑出郊坰。

題獻縣旅館②

地近九河淹故道，城環千室少高闉。令君省斂憂民瘠，過客停驂遠市塵。一榻清風凉似水，半窗濃蔭緑成陰。猶憐學子弦歌地，西漢傳经澤未泯（館即邑士書塾）。

張開東（1702—1781），字賓陽，别名白蒓，號青梅居士、海岳游人，茅山張家人。乾隆壬午（1762）歲貢，官湖北蘄水縣訓導。一生慷慨好義，打抱不平，是乾隆年間的一位傳奇式人物。曾坐獨輪車游遍五岳，湖廣總督畢沅題“海岳詩人”四字相贈。著作有《白蒓詩集》《海岳文集》等。

---

① ［清］彭啓豐：《芝庭詩文稿》，詩稿，卷三，清乾隆刻增修本。

② 《芝庭詩文稿》，詩稿，卷十二。

二月廿一日與胡牧亭宴曹光禄慕堂宅。是會爲紀學士曉嵐、錢宮詹坤一、翁太史覃溪、程吏部魚門，皆鴻才耆彦，雅論竟日，又江主羅兩峰（聘）善畫，爲余作《游五岳圖》，悉曹公主之。即席贈長歌一首（癸巳稿）①

曹公鼎相好文墨，朝朝鴻儒傾瑶席。滿座龍雯三萬斛，那許山人充上客。龐眉修髯楊春風，錢塘宮端老錢公。把我詩卷發長嘆，賞鑒亦與曹公同。紀公翁公兩學士，一如鶯吟一鶴峙（紀公善談書籍百物，翁公莊凝不多飲，故云）。腹藏武庫程中書，端坐微笑胡御史。忽來遠客爲改容，驚傳畫師羅兩峰。兩峰説鬼竦毛髮，紀公談禪開心胸。乃知天地無不有，搜奇都入曹公手。興酣但覺静者翁，朱顔不藉杯中酒。我游海岳老風塵，何緣都門得相親。羅師摹神真入妙，慨然欲貌五岳人。標題紀公歌首唱，同聲吹嘘青雲上（時紀公已贈詩爲倡，諸公并作，即擬彙寫于羅繪《遠游圖》）。却指泰岱望滄溟，臨別矯首獨惆悵。

答紀曉嵐先生三律并依原韵（選一）②

盛世容疏懶，高材任奮揚。鯤鵬從瀚渤，蘭芷在沅湘。老

① ［清］張開東：《白蒓詩集》，卷十一，四庫未收書輯刊影印清乾隆五十三年（1788）張兆騫刻本。

② 《白蒓詩集》，卷十一。

友還相集，春風好共翔。河間多古籍，何日寄衡陽（公河間人，時覓古書數種）。

途次寄紀學士曉嵐先生①

新詩一首付行囊（將之泰岱，曉嵐先生預札泰安郡守朱公，且書一絶于封皮上），萬里天開海日光。回指玉堂清不寐，青黎夜照校書郎（時奉敕特纂《永樂大典》，公總領其事）。

汪沆（1704—1784），字西灝，一字師李，號槐堂，浙江錢塘人。諸生。乾隆十二年（1747）舉博學鴻詞，報罷。客天津查氏水西莊，與修《天津府志》。著有《槐堂詩文集》。

河　間　縣②

河間姹女河間婦，輕薄爲文哂未休。誰吊日華宫畔路，獻王儒術擅風流。

錢載（1708—1793），字坤一，號籜石，又號匏尊，晚號萬松居士、百幅老人，秀水（今浙江嘉興）人。乾隆十七年（1752）進士，改庶吉士，散館授編修，後授内閣學士兼禮部侍郎，上書房行走，《四庫全書》總纂，山東學政。善水墨，尤工

① 《白蒓詩集》，卷十一。

② ［清］汪沆：《槐堂詩稿十六卷文稿四卷》，槐堂詩稿，卷七，乾隆刻本。

蘭竹。詩學黄庭堅，險入横出，嶄然成一家。同縣王又曾、萬光泰相與唱酬，號“秀水派”。又與厲鶚、嚴遂成、王又曾、袁枚、吴錫麒并稱爲“浙西六家”，極爲晚清同光體詩人所推崇。著有《蘀石齋詩文集》。

五月五日先孺人忌日，次商家林痛成①

是日首長延，頻年有父憐。倉皇胡作客，疾痛祇呼天。曠野麻衣影，幽堂角黍筵。應無人供得，苦語到游燕。

席　　帽②

麥秆儀容簡，村姑製作新。圓隨荷葉大，密較笋皮匀。也竊栖山號，能障踏省塵。商家林裹物，取用及行人。

黄鷟來（1710—?），字叔威，福建閩縣人。諸生。著有《友鷗堂集》。

河間早發③

客程貪早發，心急似懸旌。積雪前林重，寒雲古路平。河間空禮樂，易水歇歌聲。久絶神州感，村鷄任遠鳴。

---

① ［清］錢載：《蘀石齋詩集》，卷九，清乾隆刻本。

② 《蘀石齋詩集》，卷九。

③ ［清］黄鷟來：《友鷗堂集》，卷三，清康熙間刻本。

欽璉，一名漣，字寶先，號幼畹，浙江長興縣人。雍正元年（1723）進士，曾知南匯、上海、高淳、江浦、江寧等縣，所至皆有政聲。工詩，多紀民瘼、治績之作。年六十餘卒。著有《虛白齋詩集》八卷、《幼畹游草》六卷。

過獻邑①

河水繞城雉堞百，獻王當時舊封宅。日華宮中館二十，詩書坐論盛賓客。誰言儒術不可親，遠勝求仙事沙釋。立馬平橋吊夕陽，樂陵臺下春草碧。

愛新覺羅·弘曆（1711—1799），號長春居士、信天主人，晚號古稀天子、十全老人。世宗第四子。雍正十三年（1735）即位，年號乾隆，廟號高宗，謚純皇帝。

河間道中②

問風略先農桑候，覽古欣過禮樂邦。毛氏詮詩真詣獨，獻王得士果無雙。韶開村店春光靄，雪化溪橋野水淙。憶我書齋訂經義，幾多景仰在明窗。

---

① ［清］欽璉：《虛白齋詩集》，北上草，清乾隆刻本。

② 《御製詩》二集，卷二古今體九十八首（戊辰二）。

涵　雅　齋①

芸看四座芬，睡鴨不須焚。茹古常研秘，涵今永佩文。藻思惟乙乙，闊論敢云云。溯憶昔年志，河間喜不群。

御賜詩經傳説匯纂恭紀十韵②

學古初循壁，承恩尚面墻。二南風化首，六義咏歌長。邦國由閨閫，聲音葉紀綱。孔門傳卜氏，漢代著毛萇。考訂憑先哲，要歸守紫陽。膠庠遵注釋，藝苑藉翱翔。秉一先生訓，排諸博士場。群言難約達，萃美得微臧。纂定遵皇祖，裝潢出上方。趨庭慚寡昧，雒誦敢遺忘?

河間道中作③（五月初二日）

前朝修市雨淋纖，（四月晦日）獻縣北今五寸沾。尚見牛蹄涔積潤，不須蟻穴象重占。資蘇叢簇麥辮穗，改觀（去聲）菁葱禾黍尖。迤北未知澤何若，速教詳視騎程兼（河間道中于四月晦日得雨五寸，今日經行，尚見四野含潤，頗爲優渥，其迤北各處是否能一律普沾？仍深廑念，因令袁守侗馳騎探報）。

---

① 中國圓明園學術委員會主編：《圓明園第三集》，第 54 頁，中國建築工業出版社，1984 年。

② 《御製樂善堂全集》定本，卷二十四，清文淵閣四庫全書。

③ 《御製詩》四集，卷七十四古今體八十四首（庚子十）。

紅杏園[1]

渤海經古邑，芳園駐翠輦。徘徊尋故迹，云昔日華宫。三雍曾著稱，五經亦賴顯。崇構早傾頹，土階新拓展。池臺取略具，琴書供静遣。物力毋亟勞，容膝斯已善。

燕九日觀燈[2]

上元餘興覺猶濃，燈事重陳景物融。日紀邱仙沿俗例，地傳毛氏想遺風。繼離騰照千村朗，應節紛懸萬樹紅。真勝御園聽法曲，謳歌樂處與民同。

春雲釀雪曉來濃，六出難分半就融。更助景光媚佳節，便陳燈火閲民風。垂虹百道連天耀，結焰千葩徹夜紅。宴罷肩輿返行殿，青郊盛事昨宵同。

曉　行[3]

夜雪微飄畛叠銀，憑輿曉景助清新。漫辭旅况侵肌冷，且喜田功覛土匀。郊郭烟容低遠望，閭閻氣象騐前巡。獨憐萬騎

① 《御製詩》二集，卷二十二辛未。
② 《御製詩》二集，卷二十二辛未。
③ 《御製詩》二集，卷二十二辛未。

隨清蹕，應有衣單怯涷人。

紅　杏　園①

別館迴巡蹕，閑齋書史陶。偶然半刻逸，無乃衆人勞。紫燕營花棟，赬魚簇錦濤。新題成舊什，邈爾憶含毫。

過河間府②

重駐州鄉旆，言臻曲阜祠。民風隨處驗，幾務以時披。城郭而今整，閭閻較昔滋。人文勝他郡，猶是獻王遺。

寄題河間獻王墓③

見說來朝獻雅樂，更聞歸邸請遺書。春秋立左詩毛氏，求是端非漫取譽。

成趣園邊蔓草荒，居人猶自説賢王。漢家誰更齊芳者，祇有東平樂善蒼。

---

① 《御製詩》二集，卷二十二辛未。

② 《御製詩》二集，卷六十一古今體八十九首（丙子二）。

③ 《御製詩》二集，卷六十一古今體八十九首（丙子二）。

暖[①]

向南氣變暄，輕裘遞日換。韶光始醞釀，野趣堪品判。含胎花倚墻，放眼柳籠岸。造物本無心，寒暑互輪轉。迴暖率同欣，迫冷多增嘆。協時惟益欽，通政思以贊。

紅杏園疊前韵[②]

西極奠鴻功，東山臨鳳輦。郵程經古邑，憩所駐閑館。夜息奥室温，晝接明廷顯。所凛身無逸，所喜書堪展。今古既因省，絲竹一以遣。五經賴誰明，遐思獻王善。

見桃花始開[③]

紅杏園中桃始華，纔舒春色未蒸霞。底從名相分賓主，付與東風次第加。

夭夭灼灼碧溪隈，度索移將藍水栽。屈指花朝纔十日，果然來復一枝開。

---

① 《御製詩》二集，卷六十一古今體八十九首（丙子二）。

② 《御製詩》二集，卷六十一古今體八十九首（丙子二）。

③ 《御製詩》二集，卷六十一古今體八十九首（丙子二）。

紅 杏 園①

緇帷昨燦發錦穎，日華今吐英。南北暄寒殊，遲數百里程。各以驗氣候，均因賁文明。尼山信莫由，河間良足旌。一例芳春葩，較于他卉榮。駐節適在兹，睪然興遥情。

陰②

烟光芃麥鬚，千里均沾濡。輕陰將釀雨，伫望爲躊躇。預虞風劫遻，翹思澤沛輸。情知土含潤，春膏謝多乎。因悟幸恩心，吾民那能無?

日華舊迹坊③

好古求書禮賢者，典型想像尚貽斯。譬如蓦遇虎賁士，我亦因生北海思。

---

① 《御製詩》二集，卷六十二今體八十一首（丙子三）。

② 《御製詩》二集，卷六十二今體八十一首（丙子三）。

③ 《御製詩》二集，卷六十二今體八十一首（丙子三）。

河間道中雜咏①

日華坊

請書獻樂甚彬彬，華表千秋景行新。令史諸侯傳曾讀，最心許者是斯人。

紅杏園再叠前韵

練日巡江國，乘春發鳳輦。昨歲告武成，憶曾于斯館。豈知馳捷旌，詭計事後顯（去春以伊犁底定親告孔林，起鑾時，擒獲阿睦爾撒納之報適至，閱數日，乃知叛賊誑言以懈衆志。統軍者不審其謬，遂馳露布，久之，屢失機宜，迄未擒賊，因正軍帥之罪云）。三軍賴司命，一籌何莫展。選將更整旅，問罪王師遣（去歲，以阿睦爾撒納未就獲，故懷觀望如巴雅爾之類者，旋復構亂，因更命喀爾喀親王成衮札布爲定邊將軍，以今春統索倫察哈爾等兵進討諸逆）。佇待奏膚功，勘亂靖鄯善。

氈　廬②

瓦茨庸詎稱行移，惟有氈廬到處隨。卷合放開皆適可，今

---

① 《御製詩》二集，卷之六十六今體一百九首（丁丑一）。

② 《御製詩》二集，卷之六十六今體一百九首（丁丑一）。

來昔往衹如斯。紙窗日日披新畫，芸席行行就小詩。懸壁偶然試臨鏡，异前覺有幾莖絲。

暖①

春入已逾月，春氣益融盎。向南候遞暄，風日復和朗。漸欲換輕裘，相將揭行帳（業）。人鮮冱寒怨，馬盻新蕪長。或云率是道，鄧尉將全放（業）。笑謂此何慮，寧爲觀梅往。

河間道中再咏前題·其一②

日　華　坊

三雍獻雅迹真嘉，彰善而今有日華。比似黃耉白者，宏開兔苑底堪誇。

題毛公祠③

村尚以詩傳，心儀設教筵。淵源來子夏，訓詁逮延年。愛此儒祠古，兼臨行館便（地方官備數宇憩舍于祠旁，既樸且完，稱莅止焉）。展書樂清暇，妙契鄭家箋。

---

① 《御製詩》二集，卷之六十六今體一百九首（丁丑一）。

② 《御製詩》三集，卷十八古今體一百五首（壬午二）。

③ 《御製詩》三集，卷十八古今體一百五首（壬午二）。

于毛公祠旁行館作①

行館儒祠畔，春風特地臨。無邪蔽三百，有傳至而今。已喜書筵潔，那更石徑深。卷阿稍伴奐，可愜昔賢心。

紅杏園三疊前韻②

今杏仍昔園，三度曾駐輦。乘陽行時令，爰復停雲館。撫景驗貞元，晰理窮幽顯。更無軍務殷，喜有經書展。迴思此間夜，始籌王旅遣。掃逆兼靖回（丁丑駐此時，雖伊犁已定，而賊黨巴雅爾等乘阿逆之竄，觀望煽動，方命將士乘春進討，今厄魯回部悉平，爲憶爾時行在旁午，不禁喜惕倍增也），天恩錫盡善。

紅杏園夕景③

成趣非關日涉，怡情愛與古稽。夕景偏宜颯爾，春物未至昌兮。盆裏梅全吐萼，墻頭柳始生稊。遮莫銀蟾虛度，剪燈静賞堪題。

① 《御製詩》三集，卷十八古今體一百五首（壬午二）。

② 《御製詩》三集，卷十八古今體一百五首（壬午二）。

③ 《御製詩》三集，卷十八古今體一百五首（壬午二）。

河間道中咏古·其一[①]

獻　王　祠

班史諸王贊有云，宴安鴆毒述前聞。獻王好古事求是，大雅千秋祀不群。

題毛公祠[②]

博士始稱毛，獻王慶際遭。上承述卜子，下接逮徐敖。藉以觀虞夏，誰云衹粕糟。古祠旁駐罕，衍繹一焚膏。

河間道中憶獻王事有作[③]

帝子當年好經學，韓毛撰述闢紛哤。至今畿輔稱多士，必屬河間文物邦。

造次于儒儒好（去聲）醇，山東俊秀盍朋臻。兔園笑彼梁王武，徒致鄒枚詞賦人。

---

① 《御製詩》三集，卷四十四古今體七十八首（乙酉二）。
② 《御製詩》三集，卷四十四古今體七十八首（乙酉二）。
③ 《御製詩》三集，卷四十四古今體七十八首（乙酉二）。

三雍五策善尊聞，宜奬賢藩績學勤。何事艴然難孝武，勉之翻用舉湯文。

紅杏園四叠前韵[①]

獻王昔好學，竹簡論車輦。招致道術人，賢材率來館。得書獨稱多，儒學因之顯。古地闢今園，春風又席展。何事消清暇，摛詞興堪遣。五詩四叠韵，用以彰厥善。

河間道中咏古[②]

獻　王　祠

路過河間問古遺，村中云有獻王祠。漢唐帝祀廢者夥，公道斯民却見斯。

題 毛 公 祠[③]

故里祀毛公，傳詩正派通。亦看連樸館，誰弗曰行宫。砌草蘇輕緑，盆梅暈淺紅。不教烟火設（節間燈火，惟十二至元夕而止，又十九日爲燕九節，亦仍設之，其十六至十八三日則皆命停止，示有節也），長此恐安窮。

---

① 《御製詩》三集，卷四十四古今體七十八首（乙酉二）。

② 《御製詩》四集，卷六十六古今體七十四首（庚子二）。

③ 《御製詩》四集，卷六十六古今體七十四首（庚子二）。

紅杏園五叠前韵①

十六載重經，不殊前稅輦。平遠見樹籠，知爲紅杏館。紅杏紅猶未，物固因時顯。東風鼓昭蘇，蓓蕾仍遲展。即境懷其人，考古幾閑遣。厥後更稱誰，東平云樂善。

河間道中咏古·其一②

獻王祠

墓傍仍有叢祠在，千載枌榆共史青。尸以祝而廟以祀，得斯豈不在窮經。

題毛公祠③

野店籠喬樹，毛公故里云。其傍行館築，恰稱（去聲）駐車欣。設匪光斯價（孔穎達毛詩正義序毛氏光價于河間），于何尊所聞。

---

① 《御製詩》四集，卷六十七古今體九十三首（庚子三）。

② 《御製詩》五集，卷二古今體八十首（甲辰二）。

③ 《御製詩》五集，卷二古今體八十首（甲辰二）。

新安别立傳，得失半相分。①

日　日②

日日迎鑾億萬民，飽籌其腹暖籌身。思量實復（政）無他策，爲叩天庥綏屢頻。

紅杏園六叠前韵③

平楚有行宫，初春停御輦。考古疑信半，可果梁王館。善善欲其長，人固因境顯。木架羅詩書，玩味芸編展。設非此津梁，藉何資消遣。津梁在獻王，汲古以爲善。

---

① 後有自注：按，毛傳詩序，自漢相傳至唐宋諸儒俱無异詞，惟朱子作《詩經集傳》，以爲毛萇始引詩序入經，齊魯韓三家之傳絶而毛説孤行，讀者傳相尊信，無敢擬議。有所不通，則爲之委曲遷就云云。于是别立解説，如鄭風則自緇衣以下，惟六篇與舊説相仿。餘十五篇悉以淫奔斥之。蓋泥于鄭聲淫之一語，以致拘而過當，遂與漢唐諸儒歷傳舊説顯相抵牾，亦不得云有得無失也。向賦月令七十二候詩“虹始見”篇詩注折衷及此，因題毛公祠并識。

② 《御製詩》五集，卷二古今體八十首（甲辰二）。

③ 《御製詩》五集，卷二古今體八十首（甲辰二）。

河間道中咏古·其一[①]

獻王祠

相依祠墓梓和桑，秦火那灾經義長（謂天經地義也）。詩易至今傳正學，寧須奇秘詡三倉。

題毛公祠[②]

傳詩自是屬毛萇，宋代方知有紫陽（漢唐以來，于毛傳詩序俱無异詞，至宋朱子作集傳，于是後儒方宗紫陽之説）。幸得趙燕立博士，便云遷就亦中郎。（朱子謂毛萇始引詩序入經，自齊、魯、韓三家之傳絶而毛傳獨行，讀者有所不通，則爲之委曲遷就云云。然朱子雖别自立説，而亦有拘而過當之處。如鄭風自《緇衣》以下惟六篇與舊説相仿，餘十五篇泥于鄭聲淫一語，悉以淫奔斥之，而置實事于不問，殊失誦詩尚論之義。且所謂鄭聲淫者，以其聲近于淫靡，非謂詩之以人言者無不屬之淫奔也。如《風雨》之思君子，《子衿》之刺學校廢，《揚之水》之閔無臣，《將仲子》之刺莊公，《山有扶蘇》諸篇之刺忽，此皆有實事可稽，詎得概以淫奔目之乎？向題七十二候"虹始見"，詩觸類及此辯之頗詳。然自宋以後雖皆宗朱子，而毛傳行之已久，尚有典型，虎賁中郎之思，誰則無之？）二南原合不稱國，十什祇當獨號王（古有"二南"而無"國風"之名，其不應稱國，已見向所著《國風正訛》。至平王東遷以後，王

① 《御製詩》五集，卷五十四古今體七十五首（庚戌四）。

② 《御製詩》五集，卷五十四古今體七十五首（庚戌四）。

號猶存，孰從而降之爲國？以是知朱子集傳爲十五國之風者非是）。行館祠旁供一宿，餘閑考古遂成章。①

① 後有注：古有"二南"無"國風"之名，宋程大昌《詩議》首論之，天下豈有周南之國、召南之國，亦豈有王統天下而謂之國之理（如詩云"王國克生"，正謂文王尚未王天下，爲周一國之義耳）？至豳，乃追王之義，或稱其先王之國，尚可牽强，然《禮·表記》見"國風"之文，乃漢儒所作，其所引"我躬不閲"乃邶風，非周召王豳也。向曾爲《國風正訛》闢其妄，并詳稽古説，加以論斷矣。兹以東巡，道經毛萇故里，采風之餘，三復詩教，輒有所見不能已于言。夫《詩》，先《春秋》而删者也。《春秋》尊王，故于每年之春首揭以"王"。《公羊傳》云："何言乎'王正月'？大一統也。"《詩》之王，即《春秋》之王也。孔子作《春秋》尊王如此，而于删《詩》顧以王列于國且入于衛之後、鄭之前，有是理乎？孔子生于魯，父母之邦，故爲頌，魯非王之諸侯乎？孰謂孔子尊魯而反卑王乎？《詩》十餘國，編比後先，解經家多曲説，孔穎達謂："王爵仍存，不可過于後諸侯，故次于《衛》。"夫衛，王臣也，不可後他國，獨可後衛乎？名分所在，可少抑不可過抑，是五十步之笑百步耳。歐陽修謂："衛王以世爵比也。"王之爵受之天，衛之爵受之王，曷可比也？張載謂："若非以衛分之，則王無异于正風也。"風之正、變，讀其詩者自知之，何待分？且雅正、變之間，復以何者分之乎？曹粹中謂："天下無王而寄元于魯，故曰'王者之迹熄而詩亡。'"孔子魯人，春秋魯史，魯人修魯史，書魯元，理也，王詎可寄？若如所言，則是《春秋》繼《詩》，乃曹魏九錫之文、趙宋袖中之詔也。侮聖言滋甚。惟王應麟謂："襄二十九年，季札觀樂，爲之歌王。孔子至哀十一年，始自衛反魯，降王于國風，非孔子也。"差爲有據，蓋孔子之删《詩》，因其舊次耳。我皇祖《欽定詩經傳説彙纂》備引諸家之説，而以朱子所言十五國風次序，恐未必有意置于篇末，聖見超卓，已微示折衷，可以鑽仰窺測矣。其時李光地親承聖教，亦有"王號猶在，誰則降之"之説，韙矣。予以爲王宜列于二南之後、十一國之前，周之興而南也，格被遍于武夫女子；其遷而東也，憂思結于行役之大夫，盛衰之介如此。與《夏書》之由《甘誓》而《五子之歌》、《商書》由《高宗肜日》而《西伯戡黎》、《周書》由《君牙》《冏命》而《吕刑》《文侯之命》同一意，俾讀者憬然而悟，惕然而思。在上者，念政教之施，當端本善源。在下者，凛風俗之化，當則古稱先。一序次間，俯仰興廢，致此之由，兢兢慎守，始以見詩教之大也。《中庸》曰："非天子不考文。"予見及此，爲毛鄭以來説經家所未有，亦考文之一，不難移置篇第，頒諭學官，改而行之。顧經文傳習已久，不可更易。唐明皇躋《月令》爲《禮記》篇首，予素所深鄙，即曩時定"麈角"解改《時憲》而不改《戴記》之義也。然誦聖言、正大分，所關係非淺鮮，因于詩發其端而覼縷于後，以諗天下後世之説詩者。

河南布政使景安報雨，詩以志慰①

接境撫臣迎覲時，承宣報雨驛應馳。下旬澤已各屬遍，仲月膏欣四寸滋（前據撫臣梁肯堂奏河南省城于正月二十九日得雨四寸，兹梁肯堂前來迎覲，布政使景安奏稱該省復于二月十八日子時起至午時密雨廉纖，入土四寸，現在濃陰遠布，雲勢未止，沾被必廣，二麥既資透發，早穀秋糧亦可次第翻犁，糧價平減，農民歡悦）。麥欲浪翻苗潤普，禾當犁起種（上聲）生資。郊畿是日亦雲作（是日，陰而未雨），旋霽却非渴望期。

紅杏園七叠前韵②

吉行本不遥，午前便駐輦。門開舊熟路，室匪新築館。然而已覺奢，卑宫訓垂顯。相傳梁王居，舊迹非拓展。木架弆芸編，翻書餘暇遣。汲古以爲藩，是亦足嘉善。

日　日（六韵）③

日日覲光庶，歡呼夾路行。視今較昔篤，落後繞前迎（每日鑾輿經過之處，黄童白叟夾道跽迎，甚至有落後者復繞至前途，歡呼載道，覺愛戴之情更倍往年。蓋予壽躋八旬，康强如昔，猶舉時巡，令典稽

---

① 《御製詩》五集，卷五十四古今體七十五首（庚戌四）。

② 《御製詩》五集，卷五十四古今體七十五首（庚戌四）。

③ 《御製詩》五集，卷五十四古今體七十五首（庚戌四）。

之史册，實所罕聞，宜乎群黎瞻覲，益深慶幸。而予既仰邀昊眷，又何敢遴惜恩膏？是以直隸省叠次展賑之外，復免灾歉銀糧一百四五十萬，庶盡代天子民之職耳）。都爲（去聲）康寧計，不教呵叱驚。身衣鮮須捷，口食可充盈。所見誠堪幸，向隅猶切怦。殷殷憑顧處，即我寸田情。

于大鯤，生卒年不詳，字南溟，號復堂，河間人。乾隆六年（1741）拔貢。著有《復堂易貫》《左實》。

獻王陵①

景帝之子十有四，孝武以下皆提封。漢家制度雜王伯，伊獻王德醇而中。我生瓣香端在此，欲溯洄之悲無從。今年寄食來兹邑，卜居陵西城之東。爰思展拜薦萍藻，偕我齋中冠與童。是時正值清明節，寒氣消盡和風融。出門散步徐徐適，野塍麥秀青芃芃。行來未及百十武，巍然大阜凌虚空。陵前峨峨有祠廟，清虚開敞氣勢雄。大門肅穆饒古意，甬道長與綽楔通。傳經翼聖高題額，字如游龍兼驚鴻。殿前兩碣高且竦，左畔架木懸金鐘。登堂啓户拜木主，三千叩首伸吾恭。起來拱立儼若思，須臾萬感填心胸。憶昔祖龍肆狂暴，焚書烈焰通天紅。漢興未除挾書令，馬上不用詩書工。遂令古聖傳心法，千年架漏當其窮。嗚乎我王蹶而起，卓然獨立斯文宗。願接孔子孟子統，以成周禮周官功。捐金市書遍天下，石室金匱汗牛充。以此王家

① ［乾隆］《獻縣志》，卷十七。

積書富，直與天禄石渠同。旁招俊彦資講貫，窮一經者無不庸。大漢諸王盡龍種，黄屋左纛恣驕蠢。帝制自爲靡所戢，鼓鑄日采莊山銅。或則好佛重髡緇，不然求仙來八公。我王典學深好古，毛詩左國相磨礱。先秦古文資搜討，尚書曲禮折其衷。來朝射策對天子，雅樂獻上三雍宫。天子曰俞朕嘉爾，肄之太常功德崇。從此天下諸俊秀，挾策抱書來雍雍。仲舒首對天人策，龍門茂陵相追踪。厥後漢儒蒸而蔚，數之難以更僕終。肆今春秋隆兩祀，以爲後世膠庠風。嗟我嗜古抱遺册，矻矻二十周春冬。似覺所學粗有就，奈何世人嗤屠龍。嗚乎！一鑿一枘不相入，方底圓蓋難爲容。所學故自與人忤，何須遲暮傷飄蓬。思之思之涕泗横，滹沱河水流淙淙。

獻陵懷古四首①

滹河東繞萬春山，帝子遺陵傍漢關。古道有祠春寂寞，荒丘無樹鳥綿蠻。獨將風雅傳毛貫，誰把心思向孔顏。一自賢王凋落後，日華風月至今閑。

樂道高風未可逢，衹于祠廟想遺踪。門前尚有無趺碣，殿左猶懸係紐鐘。此日春秋隆兩祀，當年冠佩拜三雍。可知傳道非傳貴，滕閣梁園盡有封。

半生思拜獻王陵，今日瞻依萬感增。古殿了無游客至，荒

① ［乾隆］《獻縣志》，卷十七。

丘時見牧兒登。秦灰已斷千年脉，漢馬猶提三尺輿。聖學若非歸有道，斯文已久嘆無徵。

陵前陵後草芊芊，散步遐思倍黯然。梁孝車旗方擬帝，淮南鷄犬欲升天。傳經獨正千秋統，衍道旁招四國賢。惆悵風流今已杳，飄零書劍有誰憐。

邊睿，字智臨，任丘人。銘珣子，諸生，舉孝廉方正。有《土苴集》一卷。

題毛公祠①

祠建瀛州古，名從漢代崇。荒庭垂老樹，破壁灑秋風。遺像冠裳肅，傳經道誼隆。賢王同肸蠁，咫尺日華宫。

裘曰修（1712—1773），字叔度，一字漫士，江西新建人。直隸總督裘行簡之父。乾隆四年（1739）進士，庶吉士，散館授編修。歷任翰林院編修、吏部侍郎、軍機處行走、禮部尚書、刑部尚書、工部尚書。熟稔南北河渠水利，能治水。乾隆三十八年（1773）閏三月充《四庫全書》館總裁，不久卒。謚文達。工詩、文、書法，奉敕撰《熱河志》《太學志》《密殿珠林》《石渠寶笈》《錢録》等。有《裘文達公文集》《諾亭詩鈔》《諾亭文集》等。

① 《國朝畿輔詩傳》，卷三十一。

自商家林四更起行[①]

大道如繩我舊經，每于十里一郵亭。趁凉游子起常早，得路輿人歌可聽。拂地柳條橫礙馬，隔村燈火遠疑螢。商量明日陰晴事，但候東方有曙星。

正月六日行至河間，值雪，明日至獻縣，雪未止，作歌記之[②]

一冬少雪池不冰，農家望澤愁滿膺。蝗蝻入土暖難蟄，生意未盡猶瞢騰。今朝凛冽寒氣勁，朔風撼樹同雲興。攬衣急起歡動色，皚皚潑眼堆窗棱。屈指改歲纔五日，節候仍作春前評。以掌承之細可辨，花原六出霏瓊霙。肩輿兀兀出門去，平鋪大野無歉盈。高高下下眩銀海，人在白玉壺中行。明晨風定雪未止，披拂崖岸填溝塍。平時衡宇嫌逼仄，曠哉直覺見未曾。土膏微動地脉透，沾溉有迹聞無聲。青旗次第出東郭，百神司令先勾萌。伫待清和當夏首，坐收二麥豐年成。昨者蒙恩對宣室，清問所及心怦怦。畿南奉使行幾日，獲此良足誇初程。燈前呵凍擬草奏，用慰聖主祈年情。太平何象此真象，天聽天視惟精誠。

① ［清］裘曰修：《裘文達公詩集》，卷六古今體詩，清嘉慶刻本。

② 《裘文達公詩集》，卷七古今體詩。

李棠（1714—1786），字召林，號竹溪，河間人。乾隆七年（1742）進士，歷任如皋、元和、天長、合肥等縣知縣，後遷大理寺評事，官至惠州知府。與袁枚多唱和。與同縣王之鋭相勖以聖賢之學，時稱“王李”。著有《思樹軒詩稿》四卷。

戈侍御仙舟假滿回京以家信見遺[①]

連朝翹首盼南音，不見鴻飛旅思深。問信先傳驄馬過，開門喜得故人尋。東山暫托幽栖志，六月難隨久卧心。洛會宗風如有約，他年相待入山村。

德保，字定圃，滿洲正白旗人，索綽格氏。乾隆二年（1737）進士，官至禮部尚書。著有《督運草》《樂賢堂詩鈔》。

獻縣吊河間獻王[②]

漢家儒術重明經，好學賢王姓氏馨。一代風流歸大雅，千秋文獻樹芳型。曾留真本遺民守（《漢書》：王從民得善書，必好寫與之，留其真），似有書聲過客聽。太息餘徽今未泯，淡烟落日駐星軿。

---

① ［清］李棠撰，［清］李燧編：《思樹軒詩稿》，卷四，清道光十三年（1833）河南府署刻本。

② ［清］德保：《樂賢堂詩鈔》，卷中，清乾隆五十六年（1791）英和刻本。

劉墉（1719—1804），字崇如，號石庵，諸城縣逄戈莊人。乾隆年間中進士，乾隆、嘉慶兩朝重臣，官至體仁閣大學士，以奉公守法、清正廉潔、峭直敢諫聞名于世。劉墉兼工文翰，博通百家經史，精研古文考辨，工書善文，名盛一時。著有《石庵詩集》。

戈烈婦詩①

于歸喪所天，中腸痛難寫。偕老願已違，同穴志不捨。白日何昭昭，相從黃泉下。

鄰里共嗟悼，上言旌門閭。捨生誠决絶，就義良紆徐。玉潔與蘭芳，比之皆不如。

尊章如待養，子嗣倘嬰孩。寧以禮制情，豈曰女善懷。俯仰兩無責，斯宜聽所裁。

合葬尚非古，身殉義則那。摯性弗可回，是謂賢者過。絶弦音孔悲，可以勵庸懦。

萬廷蘭（1719—1807），字芝堂，又字梅泉，號梅皋，江西南昌人。乾隆十七年（1752）進士，翰林院庶吉士。散館後，改授直隸懷柔知縣。後歷任宛平知縣、順天府通判、獻縣知縣、

① ［乾隆］《獻縣志》，卷十七。

通州知府。著有《計樹園剩稿》。

庚辰四月二日雨後出城觀稼馬上喜而有作

三月愁懷一夜開，如珠如玉豈相猜。一犂雨足中田澤，雙穗祥徵麥隴催。柳暗曲藏鶯語滑，雲低疑傍馬頭來。對山更起登山興（縣治西門名對山），烟樹空濛首重回。

一騎泥滑踏秋田，慰我農人慶十千。比户昔曾歌大有，望雲今已遲三年（縣治三年未得春雨）。多慚衆母憂徒切，須識天心愛未偏。衙鼓不傳長晝静，從兹草緑訟庭前。

金兆燕（1719—1791），字鍾越，一字棕亭，安徽全椒人。乾隆三十一年（1766）進士，官國子監博士。幼稱“神童”，與張鵬翀齊名。性不耐静坐，多言笑，時目爲喜鵲。著有《棕亭古文鈔》十卷、《駢體文鈔》八卷、《詩鈔》十八卷、《詞鈔》七卷，總名《國子先生集》。

單　家　橋①

傾側單家橋，流水自東注。春草滿荒原，不見尚書墓。

---

① ［清］金兆燕：《棕亭詩鈔》，卷十，清嘉慶贈雲軒刻本。

孫士毅（1720—1796），字智治，一字致遠，别號補山，浙江仁和（今杭州）人。乾隆二十六年（1761）進士。歷官至兵部尚書兼軍機大臣、文淵閣大學士兼禮部尚書，先後出任兩廣、兩江、四川總督。六十年（1795）春湖南苗人起事，嘉慶元年（1796）白蓮教起事，均被孫士毅鎮壓。六月，卒于軍中，謚文靖。著有《百一山房詩集》等。

河間懷古①

樂陵臺迴散明駝，雉堞蒼茫入嘯歌。上郡寒原秦鉅鹿，大河秋色漢滹沱。賓僚不數梁園盛，絲竹何如孔壁多。日暮客愁遥集處，數錢姹女莫相過。

韋謙恒（1720—1796），字慎旃，又字慎占，號約軒、木翁，安徽蕪湖人。乾隆二十八年（1763）探花，授翰林院編修。曾任貴州布政使，署巡撫。復降爲編修。官至鴻臚寺少卿。詩專主性靈，其至情語動人心膈，與隨園、藏園詩派相近，而淺易之病亦同。著有《傳經堂文集》十四卷、《詩鈔》十卷、《瓦卮山房館課鈔》二卷、《古文輯要》八十卷、《傳經樓集》等。

---

① ［清］孫士毅：《百一山房詩集》，卷六，清嘉慶二十一年（1816）刻本。

獻　縣①

縣真如斗大，猶爲獻王名。劫火遺經在，寒烟古墓平。栖鵶生暝色，歸雁帶秋聲。衹有滹沱水，年年抱故城。

河間道中②

經術多由漢代昌，日華宫外送斜陽。不知尊福鄉何在，誰爲毛公一瓣香。

弘曉（1722—1778），字秀亭，號冰玉主人。怡賢親王允祥子，雍正八年（1730）襲爵。任乾清門侍衛。爲清朝著名藏書家、詩人。能詩、善文、精詞，長于書法。卒謚僖。著有《明善堂詩集》《明善堂文集》。

送張芑塘之獻縣③

蒓鱸豈必憶秋風，折柳三春望去鴻。酒入離懷斟欲滿，詩吟别緒苦難工。絮粘征袖鶯啼老，花拂珊鞭燕剪紅。聞道此鄉文物盛，好將健筆付郵筒。

---

① ［清］韋謙恒：《傳經堂詩鈔》，卷二，清乾隆刻本。

② 《傳經堂詩鈔》，卷八。

③ ［清］弘曉：《明善堂詩文集》，詩集，卷三十二，清乾隆四十二年（1777）刻本。

朱灛（1724—1796），字問源，一字待潮，號安齋，江蘇江寧人。乾隆二十九年（1764）七月，任獻縣知縣。三十三年（1768）七月，升署北運河務關同知。曾任直隸保定、天津同知，正定知府，清河道，署按察使。今存《待潮集》一卷，詩僅存二十餘首。

獻縣道中遇雨①

舊治重臨已十年，每慚製錦學難全。桑麻到眼濃如故，父老隨車樂滿前。僧磬遠敲林裹寺，農歌歡慶雨中田。行看馬首東來日，澤遍郊原草木鮮。

張郝元（1725—1806），字義扶，號子敬，晚號吾山，太倉人。乾隆三十年（1765）乙酉科舉人。選旌德教諭，以卓异保舉攝南陵縣事。幼奇穎，才思横溢，少承家學，淹貫經史，爲文深醇爾雅，力追先正。罷官後，游豫楚，主楚中黄州書院。晚歸里，稱鄉邦宿老。著有《吾山古文》《借緑軒詩集》《東山草》《梅花百咏》《望雲草》。

① ［清］朱灛：《待潮集》，卷一，清道光二十年（1840）朱緒曾刻金陵朱氏家集本。

過獻王陵呈吴薜帷明府[①]

驅車入花縣，春郊杏初坼。芳時草樹妍，縈紆度晴陌。瞻彼獻王陵，自昔名藩國。鬱葱氣殊佳，千載崇明德。祖龍揚惡氛，虐焰灰六籍。一朝齊魯生，遭此焚坑厄。炎漢握珠囊，老儒稍稍出。書禁猶未除，壁藏飽蠹蝕。淮南招八公，鴻賓多攈摭。雖有好士名，徒以濟凶逆。陽陵尚黄老，中朝謾儒術。魯恭廓其宫，乃壞孔子宅。維王好詩書，造次守繩尺。堂堂日華宫，諸儒共朝夕。引致毛貫徒，雍容備賓席。千金購殘編，補綴無餘力。人得見全經，卓哉功竹帛。至今瀛海間，文獻流芳澤。邑侯本經生，下車緬曩迹。葺新拓舊規，黝堊燦堂堿。俎豆光前王，于此安神魄。是用振儒風，比户化鄒嶧。我來聞弦歌，眷言訪遺迹。徘徊仰松楸，再拜三嘆息。

王昶（1725—1806），字德甫，號述庵，又號蘭泉，江蘇青浦（今屬上海）人。清代學者、金石學家。乾隆十九年（1754）進士，歷任内閣中書、鴻臚寺卿、大理寺卿、左副都御史，江西、直隸、陝西按察使，雲南、江西布政使，刑部右侍郎等。曾主教婁東書院和敷文書院。于經學、理學、聲音、訓詁、金石、古文、詩詞等皆有研究。時有南王（昶）北朱（筠河）之稱。工詩文，與王鳴盛、吴泰來、錢大昕、趙升之、曹仁虎、黄文蓮并稱“吴中七子”。尤嗜金石之學，搜羅商周銅器及歷代

① ［乾隆］《獻縣志》，卷十七。

碑刻拓本一千五百餘種，編撰《金石萃編》一百六十卷。著有《春融堂集》《琴畫樓詞》，輯有《湖海詩傳》《湖海文傳》《琴畫樓詞鈔》《國朝詞綜》《明詞綜》等。

獻　縣①

蕭颯東光驛，風塵跋馬過。地形蟠鉅鹿，水勢接滹沱。五壘遺墟盡，三關夕照多。荒原誰校獵，萬騎散明駝。

恭和御製紅杏園七叠前韵元韵②

園以紅杏名，花紅照雕輦。地當樂壽縣，境似華林館。同此藩邸開，獨爲傳經顯。迄今逾千秋，望古情彌展。堂階留古意，書册適閑遣。兼有緑楊風，泠泠晚尤善。

胡季堂（1729—1800），字升夫，號雲坡，光山人。胡煦之幼子。七歲喪母，由長嫂甘氏撫養長大。乾隆時以二品蔭生授順天通判，乾隆三十一年（1766）出任甘肅慶陽知府，不久升任甘肅按察使。四十四年（1779），升任刑部尚書，賜紫禁城騎馬。嘉慶三年（1798），授直隸總督，賜孔雀翎。次年，加太子太保，首劾和珅二十條大罪。五年（1800）十月，以病免官。贈太子太傅，謚莊敏。有《培蔭軒詩集》。

---

① ［清］王昶：《春融堂集》，卷五，清嘉慶十二年（1807）塾南書舍刻本。

② 《春融堂集》，卷二十。

庚戌出使濱州獻縣途中九日[1]

初秋經過又三秋，九日重來景色幽。野水已消前度漲（前次由獻縣乘舟至河間府八里鋪，今已消涸矣），驛程無藉舊來舟。閑雲斂凈霞天遠，百木飄零萬寶收。莫謂登高堪遣興，驅馳周道是奇游。

朱筠（1729—1781），字竹君，一字美叔，號笥河，順天大興（今屬北京）人。清代著名文獻學家、藏書家、學者。乾隆十九年（1754）進士，改庶吉士，後歷任翰林院編修、侍讀學士、安徽學政、福建學政。博聞宏覽，獎掖後進，任大椿、孫星衍、章學誠、洪亮吉、黄景行皆其弟子，時有朱門弟子之稱。戴震、邵晋涵、汪中、王念孫、黄景仁等先後受其指導。倡修《四庫全書》，後擔任《四庫全書》纂修官。藏書極富，曾先後收藏有王氏“青箱堂”、曹氏“楝亭”、富察氏“謙益堂”等舊藏，所居“淑花吟舫”，聚書三萬餘卷，抄本千餘種。編有《淑花吟舫書目》，著録有書千餘種。惜所著書多未就，著有《古詩十九首説》一卷、《笥河文集》十六卷、《笥河詩集》二十卷。

① ［清］胡季堂：《培蔭軒詩文集》，詩集，卷四，清道光二年（1822）胡鏻刻本。

聖駕南巡典禮慶成恭紀柏梁體詩二百韵（謹序）（節選）①

紫泉水沃赤縣媝，漭泱白溝戰壘嗤。趙北際又燕南垂，聖祖靈沼恒在斯。親人魚鳥波渺瀰，江南思幸澤先滋。毛公舊館引金錐，河間表彰古禮詩。宿宿思賢村獨歸，行幄丹黄四庫披。紅杏園花春酣荑，熊安生宅北學窺。太史陳風樂何疲，望望開福塔不欹。南北劉智社嬰嬰，恩泉梁濟黄河崖。

毛　萇　宅②

一家傳定後，三氏説分初。地僻毛精壘（地名），功高孔壁書。雪霏瀛廣外，禾納月良餘。群雅于焉酌，詩經村未墟。

張　署　墓③

三尺功曹古墓基，當年出入共昌黎。虎來驎去官終蹇，蛟没鼯號詩益奇。湘水行迷新謫地，李花卧落舊痁時。壙中銘字應完好，何處爲題絶妙詞。

---

① ［清］朱筠：《笥河文集》，卷二，清嘉慶二十年（1815）椒華吟舫刻本。

② ［清］朱筠：《笥河詩集》，卷七辛卯，清嘉慶九年（1804）朱珪椒華吟舫刻本。

③ 《笥河詩集》，卷七辛卯。

獻縣懷古[①]

齊國餘田宋戰場，風流漫數古賢王。自從樂壽更隋代，別有英雄當晋陽。術异項劉成漢業，生同瑜亮屈周郎。遺民夏主還能道，不把文皇愛字忘。

河間獻王陵[②]

河間獻王陵，縣東北八十。以賢名漢初，馬班傳兩入。修學古獨好，求是事有執。從民間求書，真秘自收拾。好寫仍與之，加以金帛給。四方極千里，走若蟲起蟄。各出先舊書，奏之包藻裛。以故得書多，鄴侯所拾及。况皆古文舊，藏者先秦笈。周官暨書禮，孟老百氏輯。又令設博士，左氏春秋立。徵趙人毛公，使訓詁古什。造次必儒者，山東儒畢集。勇哉耨以講，不顧何俋俋。來朝獻雅樂，三雍高拾級。詔三十餘事，對若注雨汁。以此登孔門，文學足拱揖。六藝遭秦裂，漢表章未急。高祖起酒人，通賈始我粒。文景好清静，黄老沸潗濇。孝武帝奮學，王爲翼之戢。被服古冠履，流風此焉襲。偉哉厥功懋，陵左麒麟蟄（明萬歷四十八年，縣東尹家屯忽報家牛産麒麟而斃，邑進士某買柩葬于陵左）。世世樵與蘇，敢近此原隰。望風謹肅拜，載歌告斯邑。

---

① 《笥河詩集》，卷七辛卯。

② 《笥河詩集》，卷七辛卯。

劉叔精舍

樂城一徑潦微幹，劉仲承鄉記漢桓。立舍名喧精講易，上疏身赴切詞難。通謀狀頗因君子，獲死稱仍藉宦官。解犢亭侯名偶類，東都觸諱禁猶寬。

單　　橋[①]

横橋幾空凌滹沱，去獻十里行人過。單姓作之名後改，五節婦伏流寇戈。明初燕師靖難至，盛庸夾河軍作勢。步卒左擊騎搗中，庸也一麾燕將墜。朱能張武再合奇，日暮酣戰偃皂旗。十餘騎來逼野宿，穿營吹角嫻威儀。明復請戰嚴部勒，庸軍西南燕東北。自辰入未天不風，飛廉擲沙發天剋。咫尺不辨成大奔，南風蕭蕭竟不振。金川門啓此有漸，諱殺叔父夫何人。宣德元年秋八月，親征高煦此致罰。由來兵法固有言，日中必彗操必割。于今反復局已多，當時戰處氣塞河。天教一市燕人貴，盛將軍勇爾奈何。

---

① 《笥河詩集》，卷七辛卯。

梁子直成趣園用党懷英韵[1]

其　一

一鳥游高空，或有忘巢懼。茫茫出門行，所觸盡岐路。道旁成趣園，對之發我悟。金源此高隱，空野想花樹。名流所往來，與党學士遇。田郭劉崔初，人人各分賦。地處定選佳，人來聞卜素。底須問柴桑，此間妙天趣。我欲一求索，六石邈何處（党懷英、田時秀、郭安民、劉仲杰、崔魏、初昌紹凡六人）。

其　二

獨立古有言，隨安故不懼。前頭水與山。引我清妙路。乘興何必極，昨夢亦已悟。昔人盛文宴，忽無一石樹。天外牛馬風，吹我陳迹遇。不聞梁高士，亦作陶家賦。未妨來送往，莫將緇化素。趣亦偶然成，涉者各得趣。聊爲達生説，請刻兹題處。

毛公舊館今爲道旁堠坊[2]

士不通經目欲瞠，毛公舊館堠邊迎。西河弟子人餘幾，北學淵源迹未更。傳佚名亨懷伯氏，功深箋鄭例酈生。吾行南去

---

① 《笥河詩集》，卷七辛卯。

② 《笥河詩集》，卷十六戊戌己亥。

鄉人告，一語還須宏漢京。

馬家橋即馬頰河入海故道也①

縣名以謚漢西初，記里城南迹未淤。代得麟尸依獻冢（縣志：萬歷十八年縣東尹官屯，尹振家牛産麟而斃，進士耿橘以石匣葬于獻王墓左，植柏爲識），地留馬頰補虞書。九河名近滹沱在，一姓都開樂壽餘。官柳蕭蕭橋半圮，古懷滿目暫躊躕。

商家林懷蔡予嘉，辛卯十月予嘉候余于途，宿此②

午影塵不光，孤村紆長坂。念我同心人，踪迹何偃蹇。十年下帷密，一别岐路遠。憶昨此館中，寒夜共寢飯。我從京師出，首路馳張幰。子聞輟書來，百里候日晚。相見轉無言，其意良繾綣。燭跋語始多，欲罷口不鍵。謂當千里南，三年或北返。我二年復此，子越太行巘。依依林木秀，若子立婉婉。生意苞寒冬，春行華實菀。子才信云美，我歸手不挽。空此古河間，徬徨以仰偃。人情愛所持，莫釋瓊與琬。子行來慰我，期子春晚晼。

---

① 《笥河詩集》，卷十六戊戌己亥。

② 《笥河詩集》，卷十一癸巳。

過河間示黄左田濮荆南①

漢家國據宋關乘，吾里燕陲最北稱。一夜高城瀛地月，九河古道塞天冰。賢王書在箴勤學，逆旅裯輕趣夙興。來日江南同載客，長堤誇爾兩輪升。

過交河紅杏園墩②

向北還知風物良，六千里外别閩疆。玉華洞可成仙夢，紅杏園墩傍故鄉。古道河痕暖尚濕，高林柳意淡餘凉。我來爛漫花開處，春半仍然藏妙香。

商家林旅店題壁③

佚　名

贈妓地栗兒

芳名未許近花叢，家住蓮塘東復東。應是前身鄭家婢，至今猶自辱泥中。

---

① 《笥河詩集》，卷十一癸巳。

② 《笥河詩集》，卷二十辛丑。

③ ［清］沈起鳳：《諧鐸》，卷十二，清乾隆五十七年（1792）刊本。

贈妓黑丫鬟

幾度妝成照墨池，烏衣巷口弄芳姿。梨花深處渾難覓，立到黄昏月上時。

朱黼（1729—1822），字與村，號畫亭，江蘇江陰人。乾隆三十年（1765）拔貢，官蘆山知縣。晚僑居沭陽。所爲詩沈酣温雅，宗法唐人。著有《畫亭詩草》《畫亭詞草》《墨香居畫識》《畫傳編韵》。

獻縣懷古①

昔年推大雅，此日踐遺封。古樂知誰聽，殘書喜更逢。蘚苔埋斷碣，林木出高墉。尚覺芳徽在，陵原佳氣濃。

吴蘭庭（1730—1801），一作蘭亭，字胥石，又字虚若，號鎮南，浙江歸安（今湖州）人。乾隆三十九年（1774）舉人。少以文名。尤熟于史。凡地理、職官、沿革、建置，鈎稽探索，盡得其條貫。尤精五代史，爲錢大昕、章學誠所推重。年六十餘，流寓京師，與吴長元齊名，時號“二吴”。嘉慶元年（1796），與千叟宴。著有《南霄草堂集》《讀通鑒筆記》《考訂宋大中祥符廣韵》《五代史記纂誤補》《五代史考异》。

---

① ［清］朱黼：《畫亭詩草》，卷五緇塵集一，清乾隆四十三年（1778）太岳山房刻增修本。

獻縣河間獻王祠[1]

帝子真儒者，河間有故封。善書求六藝，雅樂獻三雍。風雨摧朱綴，塵煤閟玉容。荒祠空吊古，禱賽屬村農。

吴省欽（1730—1803），字冲之，號白華，江蘇南匯人。乾隆二十八年（1763）進士，歷任禮、工、吏部侍郎，官至左都御史。著有《白華前稿》六十卷、《白華後稿》四十卷、《白華入蜀文抄》五卷。

河間道中[2]

河徙名猶在，分并郡國光。數錢歌姹女，獻樂表賢王。近輔雖衝要，連年及阜康。高低禾黍滿，絶勝水雲鄉。

朱休度（1732—1812），字介裴，號梓廬，又號小木子，嘉興府秀水（今浙江嘉興）人。明朱國祚裔孫。乾隆十八年（1753）舉人。官嵊縣訓導、江西新喻縣知縣、山西廣靈知縣，多善政。嘉慶初，因病辭官歸里，主講剡川書院。長于詩，以朱彝尊、錢載爲法。著有《小木子詩三刻》等。

① ［清］吴蘭庭：《胥石詩文存》，詩存，卷四，民國吴興叢書本。

② ［清］吴省欽：《白華前稿》，卷五十五，清乾隆刻本。

河間道中偶占二首・其一①

九河故道早湮平，剩有參差野水坑。聞道南河秋更溢，挂帆猶怨滯歸程（今年七月河决碭山）。幾包行李雨蕭蕭，帶水拖泥不用焦。添買商家林草帽，老夫歸去稱漁樵。

翁方綱（1733—1818），字正三，一字忠叙，號覃溪，晚號蘇齋，直隶大興（今屬北京）人。乾隆十七年（1752）壬申恩科進士，選庶吉士，散館授編修。歷督廣東、江西、山東三省學政，官至內閣學士。研究經學，擅長考證。論詩創肌理説。著有《復初齋文集》《復初齋詩集》《石洲詩話》等。

雨宿獻縣次東墅韵②

斗覺秋心颯瑟生，寒雲野渚蕩空明。忽飛急弩斜穿樹，驟響跳珠欲撼城。一榻新凉入蕉卷，四陂徹曉有蛙鳴。畿南麥稔魚蝦賤，不獨挑燈唱和情。

---

① ［清］朱休度：《小木子詩三刻》，壺山自吟稿，卷下，清嘉慶刻匯印本。

② ［清］翁方綱：《復初齋詩集》，卷十九秘閣集五，續修四庫全書影印清刻本。

恭和御製紅杏園七疊前韵元韵[①]

日華故宫址，光莅時巡輦。近撫紅杏株，遠追文學館。三雍奏對餘，六籍篇目顯。豈如聖典學，乙夜疇圖展。天毫一揮灑，萬象供驅遣。春卉環向榮，欣欣有餘善。

奉命祭毛公祠十六韵（二月廿二日）[②]

六義歸宸定，諸儒統折衷。臣愚叨扈蹕，敕遣謁毛公。昔聖言兼教，惟詩孝與忠。説家紛演繹，傳義獨昭融。逆志探原委，無邪貫始終。魯齊韓悉叶，風雅頌攸崇。詁備亨遺逸，箋該鄭异同。一經推著姓，千載表專功。往者河間聘，初從博士充。墓仍城北址，祠近獻王宫。仰止階墀肅，摳趨廟貌隆。碑銘稀古墨，棟宇焕皇風（重建碑立于順治十二年）。弦誦知仁里，興觀切學僮。即今髦士造，誰似長卿通（毛公詩學傳同郡貫長卿）。末學依桑梓，深期牖困蒙。循墻稽首去，策馬愧匆匆。

獻縣道中寄懷端林仲子敬堂蘭臺巽齋[③]

驅車獻王宫，改火及新麥。惓言汲古心，何以申在昔。憑

---

① ［清］翁方綱：《復初齋外集》，詩，卷二十一，民國嘉業堂叢書本。

② ［清］翁方綱：《復初齋詩集》，卷三十九谷園集七石墨書樓集一。

③ 《復初齋詩集》，卷三十九谷園集七石墨書樓集一。

眺值初陽，繾綣忝行役。原卉俱靡靡，館基猶歷歷。四禮意可稽，三雍面如覿。卓爾大雅人，艱哉補遺力。後來裒輯家，奚自經傳析。千年溯師承，前哲想多識。邇日同心友，幾得共函席。江干擷蘭芷，薊北竚晨夕。暮雲林堠轉，芳月烟景積。舊夢勞中宵，新知望三益。

二老比肩圖①（獻縣紀公容舒、戈公錦康熙癸巳鄉試同年也，圖成于乾隆己卯五月）

二老此會時，我病未趨謁。五十一年後，鬚眉栩猶活。子舍并街南，橋東岸舫闊。何減獻王宫，村樹倚鄰刹。白頭老同年，幾個共京闕。歡言户羅棨，即見床堆笏。荼星秋出使，汾晋車初牽。前度芥舟詩，題遍雲霧窟。是秋我快披，匡山眼如豁（己卯秋，予典試江西時讀芥舟游廬山諸什，蓋癸酉秋董文恪奉命寫匡廬全圖，故二主司皆得遍游廬山前後，典試者所無也）。仙舟復同年，萊衣續衣鉢（紀文達與戈仙舟同甲戌進士）。季也侍裝函，伯也代書跋。維時文達公，綠蔭筆交樾。顧謂沈郎笑，篆憑陳十渴。儼齋草隸下，樹石藁纔脱。目光宛注存，笑語深貽厥。兩家到孫曾，三世對門閥。近畿文獻留，幾夕燈燼撥。石閑童捧書，衣上膝摇月。是即家訓編，儼銘閣老碣。因之勖吾甥，豈獨手胝沫。

① 《復初齋詩集》，卷六十三石畫軒草六。

獻　縣①

景十三王王祚窮，中山乃以媱酱終。求書詔下漢五葉，獻王召對三雍宮。千金買字獻天子，六經大義昭發蒙。經禮三千官三百，收拾放逸先陳農。要以藜火待子政，肯比科斗逢魯恭。蕭相圖籍叔孫禮，制氏之樂寧言功。一事猶留後人隙，冬官竟補以考工。聖經如日旦復旦，世儒稽古同非同。千年此地盛文藻，王之遺澤亦已豐。我疑荒林斷碣裏，定有古字光摩空。

滹　沱　河②

兩涉河間獻縣河，路人指此即滹沱。前年亦問常山渡，何日還從下博過。白日微風如見底，平橋落日欲生波。俱非文叔經由處，懷古從來最易訛（光武渡滹沱河冰合處，在饒陽深州之間，深州即下博）。

李法顏（1733年前後在世），字愚山，號樂真，任丘人。康熙五十三年（1714）舉人。雍正三年（1725），選獻縣教諭，捐俸倡修學宮。後署廣川縣知縣，景州學正。訓士、辦賑、築堤有功，上官連牘薦，以疾乞歸，卒于家，祀獻縣名宦。學問篤實，文章雄渾博大。詩則規仿錢、劉。著有《棗柏西林詩集》。

---

① 《復初齋外集》，詩，卷一。

② 《復初齋外集》，詩，卷一。

獻王墓①

聖世宗儒宿，賢王故壟高。郡從封號古，謚以縣名褒。文啓東西漢，薪傳大小毛。鱣堂成底事，七載愧甄陶。

春日偕同人游萬春山二絶②

萬春山近獻王居，人士温如大雅餘。杖履不教春冷落，偕來童冠足相于。

融融烟景召花村，仙李穠桃帶露繁。造物豈曾私一物，化機流處只無言。

陸錫熊（1734—1792），字健男，號耳山，晚號淞南老人，江蘇上海（今上海市）人。乾隆二十六年（1761）進士。召試，授内閣中書。累遷刑部郎中。四庫全書館開，與紀昀同司總纂，旋并授翰林院侍讀。五遷左副都御史。旋以書有訛謬，令重爲校正，寫官所費，責錫熊與昀分任。又令詣奉天校正文溯閣藏書，卒于奉天。著有《篁村詩鈔》《寶奎堂文集》《補陳收禮志》《陵陽獻征録》。

① ［乾隆］《獻縣志》，卷十七。

② ［乾隆］《獻縣志》，卷十七。

毛萇故里[1]

名儒環堵此遺踪，想像弦歌老禿翁。訓詁早開孔鄭學，源流先廢魯齊風。馬肝畏食時方弃，驢券頻書説太訌。一樣傳經俱寂寞，草痕青遍日華宫。

萬廷藩（1734—1762），字介垣，江西南昌人。性穎敏，工詩。年二十舉于鄉，二十九卒。著有《南村詩草》。

河間獻王墓[2]

帝子高丘滹水灣，名城千載號河間。虚無碧殿空雲影，贔屓穹碑半蘚斑。力購詩書歸漢室，深憐灰燼滿秦關。當時毛貫功臣在，知有英靈伴往還。

漢家龍種事豪雄，獨被儒冠振雅風。六藝秪今傳海内，三雍伊昔對關中。旌旗梁苑文虚富，鷄犬淮南桂亦空。同是好賢誰得似，杏園遥指日華宫。

鬱鬱松楸護寢園，居人豚黍拜王孫。墟烟流水迷宫闕，浦

① ［清］陸錫熊：《篁村集》，卷五古今體詩五十一首，清道光二十九年（1849）陸成沅刻本。

② ［乾隆］《獻縣志》，卷十七。

雨飛花繞墓門。抱恨荒淫亡七國，傷心興廢在諸昆。官家有意膠東日，丞相何妨拜手言。

西征東禪盡荒唐，涑水遺文抱感傷。天位已非傳太子，帝心終不在賢王。應知身退歸藩服，始有經傳邁漢皇。二十四陵狐兔滿，樂城終古薦馨香。

曹文埴（1735—1798），字近薇，號竹虛，安徽歙縣人。乾隆二十五年（1760）二甲第一名進士，授編修。累遷侍讀學士、詹事府詹事。歷左副都御史，刑部、兵部、工部、户部侍郎，官至户部尚書。卒謚文敏。著有《石鼓硯齋文鈔》二十卷、《詩鈔》三十二卷、《直廬集》八卷。

河間懷古①

地臨瀛海重名區，一代賢王迹已徂。考樂未聞遺古韵，談經空憶集諸儒。驛亭寂歷壁將圮，官柳槎丫枝半枯。不是嘉名存郡縣，風流誰識昔年殊。

河間道上口占②

賢王文物舊封圻，理策頻經短髮稀。裊裊兩旁官道柳，幾

① ［清］曹文埴：《石鼓硯齋詩鈔》，卷六，清嘉慶五年（1800）刻本。
② 《石鼓硯齋詩鈔》，卷三十。

回看種幾成圍。

瀛州懷古①

東西城郭武垣周，漢代名藩第一州。董孝子猶存古冢，趙夫人亦有高樓。地鄰滄海田原潤，人熟詩書氣味柔。畢竟賢王遺澤遠，畿封文物此仍優。

謝啓昆（1737—1802），字藴山，號蘇潭，江西南康人。乾隆二十五年（1760）進士，歷官山西布政使、廣西巡撫。著有《樹經堂詩集》。

過河間贈鍾大尹②

賢王舊第數名封，大邑須才理要衝。教士徵詩先六義，采風應詔對三雍。譙樓晴擁中天麗，瀛海波連上苑濃。大吏于今厨傳減，循良勉繼漢廷龔。

錢維喬（1739—1806），字樹參、季木，小字阿逾，號曙川，又號竹初、半園、半竺道人、半園逸叟、林栖居士等。曾講學于如皋露香草堂，門前種竹，自號竹初居士。江蘇武進人。乾隆十年（1745）狀元錢維城三弟。乾隆二十七年（1762）舉

① 《石鼓硯齋詩鈔》，卷三十。

② ［清］謝啓昆：《樹經堂詩續集》，卷二就瞻草，清嘉慶刻本。

人。官鄞縣知縣。七年後引疾歸。他出身官宦世家，却無紈袴子弟習氣，博學多才，工詩文詞曲，擅長書法繪畫，又通曉音律，書畫與其兄齊名。喜與文人學士廣交，與袁枚、洪亮吉詩書往來甚密。著有《竹初文鈔》《竹初詩鈔》《竹初未定稿》等。

獻縣郭外晤莊上舍然乙①

不見莊生已四年，道旁執手乍凄然。一官蝸角嗟何晚，雙泪鴒原黯自憐（令兄殁于滇南）。別路寒隨衰草遠，吟懷愁與亂山連。此行後會知何所，各向斜陽懶着鞭。

易統元，南昌人。

次毛羅照懷古詩四章元韵②

高城官柳夾庭槐，不盡輪蹄滾滾來。路轄東南畿輔近，形連渤海（境東瀕滄海）畫圖開。滹沱終古迷冰雪，白壤何年闢草萊。底事游人多悵望，絶勝賓客住平臺。

蕭蕭郭外半松楸，天際衡漳水匯流。車馬三千王子國，孫曾六十漢家侯（獻王子嫡長襲封外，支庶侯者五十六人）。空餘風雨埋青冢，無復笙歌醉綺樓。最是獻祠烟渚近，閑庭相吊有沙鷗。

---

① ［清］錢維喬：《竹初詩文鈔》，詩鈔，卷十四，清嘉慶刻本。

② ［乾隆］《獻縣志》，卷十七。

百里清商奏土風，五雲樓閣舊離宫（紅杏園行在即獻王日華宫舊址）。山川幾處思毛貫，祠廟何因紀聖公。古寺烟霞平野外，夕陽舟楫亂流中。依稀未改先民意，永夜書聲徹碧空。

河橋清絶自無塵（單橋五節），鼎鑊如飴更幾人（明季高氏殉難一門百口）。勁氣故應鍾馬頰（河出境内），芳魂合共傍麒麟（城東瘞麟冢今存）。揭來似奕同收局，事去隨流孰問津。我寄清懷當十五，月明高滱水粼粼。

王汝璧（1741—1806），字鎮之，號銅梁山人，銅梁（今重慶銅梁縣）人。王恕次子，錢陳群婿。乾隆三十一年（1766）進士，授吏部主事，累遷郎中。此後歷官直隸順德知府、保定知府、山東按察使、江蘇布政使、江蘇巡撫、安徽巡撫、内閣學士、禮部侍郎、兵部侍郎、刑部侍郎等。嘉慶中，據實奏太湖績報成灾，得嘉慶帝嘉許。詩學韓愈，少時曾受沈德潜指點。著有《銅梁山人詩集》《銅梁山人詞》等。

商家林草笠①

村婦伊何利，家家麥草鮮。紉來纖手細，盤作叠華圓。笑我真冠鉢，因之欲寫天。小民生計薄，寸草戴恩全。

---

① ［清］王汝璧：《銅梁山人詩集》，卷二十二，清光緒二十年（1894）京師刻本。

鄒炳泰（1741—1820），字仲文，號曉屏，江蘇無錫人。清藏書家，收藏書畫甚富。乾隆三十七年（1772）進士，累官吏部尚書，加太子少保、協辦大學士。嘉慶間兼順天府尹。著有《紀聽松庵竹爐始末》《午風堂叢談》《午風堂詩集》等。

獻縣旅舍逢王丈[①]

秋晚驅車樂城道，獻王墓畔餘荒草。城頭落日逢故人，入門一笑松陵老。松陵王君初入秦，十年不見形難真。川原遼落音問絶，何期信宿還相親。興來邀我上酒樓，深杯夜酌思故丘。悲來舊事一時集，客中憶盡當時游。昔年結交游俠客，春流白舫朝復夕。鷫鸘典盡换春酒，長嘯高歌夜未歇。百花洲上春風和，起看珠露墮江波。吴姬壓酒發浩歌，明星爛爛當秋河。白月一半西江多，欲落不落奈愁何。此樂幾時已蕭索，關門一别離歌作。君過三峽下江湘，余渡黄河滯京洛。笑問春愁幾許深，一夜飛花春盡落。舊事茫茫時歲更，客中相對慰離情。來朝君更雁門北，愁聽陽關蘆笛聲。

毛上炱（1742? —1785?），字羅照，號宿亭，室名思補堂，江蘇太倉（今屬江蘇省）人。乾隆三十七年（1772）進士，官户部主事。工畫。著有《繪餘漫録》《思補堂集》。

---

① ［清］鄒炳泰：《午風堂集》，卷二，清嘉慶刻本。

春日偕萬孝廉南村過單橋①

縣南十里滹沱口，橋外千株萬株柳。吟鞭并指水西頭，無數落花停馬首。村墟寂歷炊烟分，行人滚滚如流奔。憑欄一弔五婦節，黄埃坌起横波渾。干戈滿地崇禎末，獐頭賊奴面如血。東家姊妹西家姝，馬上琵琶彈夜月。彼五女兮投湯湯，巾幗苦死留綱常。男兒何爲號長樂，我欲問訊馮瀛王。三年之前阻利涉，四更雨打芙蓉葉。枝頭碧血杜鵑啼，水底明珠老蛟泣。今春又過清明時，鵓鳩乳燕相對飛。一杯誰與奠芳魄，石龜乾死長鯨饑。天陰雨濕聞鬼哭，哭聲啾啾語蹙促。橋邊春草年年青，白骨到今吹不緑。磨笄山上生蒿萊，老烏啼過青陵臺。愁看明月照河水，一樹野棠花半開。

庚辰秋日謁河間獻王墓四章②

謁城疏柳歷亭槐，龍種無歸鶴不來。石碣豈隨秦火滅，桃花終傍漢春開。淮王鷄犬虚丹竈，武帝旌旗卧草萊。儻使陽陵早留意，郙看頭白悔輪臺。

城闉凉月照松楸，廟貌依然滹水流。北里衣冠扶大雅，東山賓客小諸侯。楚宫既醉先生醴，梁苑重開太子樓。二十四陵

① ［乾隆］《獻縣志》，卷十七。

② ［乾隆］《獻縣志》，卷十七。

何處所，况堪風雨葬凫鷗。

令辟居然儒者風，迷離烟樹日華宫。如何赤額收豪吏，一任科頭謁相公。臺榭未妨輸灞上，詩書原不王關中。祇今隴首秋雲白，木葉蕭蕭下遠空。

瘦陶歙盡刼灰塵，風雅登壇更幾人。十九禪中鳴鸑鷟，二千年後長麒麟。雲臺勢壓皇靈雨，渤海波連馬頰津。灑酒高歌重回首，洛平城外水粼粼。

祝德麟（1742—1798），字趾堂，號芷塘，海寧袁花（今屬浙江嘉興）人。乾隆二十八年（1763）進士。授翰林院庶吉士、編修，官至提督陝西學政，升湖廣道監察御史，掌禮科給事中。乾隆五十五年（1790），以言事不合黜歸，主講雲間書院。工詩，以性靈爲主。室名曰“悦親樓”。著有《悦親樓詩集》《賡雲初集》《離騷草木疏辨證》。

獻縣懷古①

孔壁書未出，漢廷詔頗殷。維王勤好古，大雅孰能群。傳可東平合，名仍赤縣分。余生文治世，猶自誦遺芬。

① ［清］祝德麟：《悦親樓詩集》，卷八，清嘉慶二年（1797）姑蘇刻本。

邵晋涵（1743—1796），字與桐，一字二雲，號南江，浙江餘姚人。乾隆三十六年（1771）進士，選庶吉士，授翰林編修。四庫全書館開，特詔晋涵入館纂修。乾隆四十五年（1780），充廣西鄉試正考官，大考後遷左中允，擢侍講學士，充文淵閣直閣事、日講起居注官。博聞强識，四部七略靡不研習，尤長于史。其詩攄志寫懷，却無堆垛學問之弊。詩以五言見長，其五古、五律“多古意，蘊蓄既深，發聲自遠”。著有《南都事略》《爾雅正義》《輔軒日記》《南江詩文鈔》等。

獻縣懷古①

綿蕞本秦制，唐山多楚聲。禮樂不師古，群説徒縱横。宗正好墳典，搜剔排榛艿。俄然雙璧合，爐火生光晶。士禮十七篇，遠愈高堂生。樂記述大義，啜哺存其精。三代瑚璉器，不隨秋落英。竹簡縱零落，横理猶庚庚。儒者歌河海，淵源重傳經。誰修儒林傳，續載賢王名。

沈赤然（1745—1817），初名玉暉，字韞山，號梅村，浙江仁和（今杭州）人。乾隆三十三年（1768）舉人，歷官直隸南宫、豐潤、大城知縣，有强項名。著有《五硯齋詩鈔》二十卷、《五硯齋文鈔》十一卷。

---

① ［清］邵晋涵：《南江詩文鈔》，詩鈔，卷二，清道光十二年（1832）胡敬刻本。

過河間府車中作①

日華宫殿久成灰，遺址憑誰指點來。衹有東南一抔土，輿人齊説是瀛臺。

張雲璈（1747—1829），字仲雅，浙江錢塘人。乾隆三十五年（1770）舉人，官湘潭知縣。著有《簡松草堂集》。

河　　間②

兩度城邊過，驅車斥堠長。九河無故道，六藝有賢王。老木風生虎，平沙石卧羊。當年暴公子，綉斧鎮岩疆。

趙懷玉（1747—1823），字億孫，號味辛，學者稱味辛先生，江蘇武進（今常州）人。尚書趙申喬四世孫。乾隆四十五年（1780），乾隆帝南巡，召試，賜舉人，授内閣中書。官至兖州府知府。工詩，與孫星衍、洪亮吉、黄景仁齊名，時稱“孫洪黄趙”。著有詩文集《亦有生齋集》。

① ［清］沈赤然：《五研齋詩文鈔》，詩鈔，卷二鴻爪集，清嘉慶刻增修本。
② ［清］張雲璈：《簡松草堂詩文集》，詩集，卷三，清道光刻三景閣叢書本。

元日獻縣①

百里賢王國，驅車日未晡。祀猶虛兩廡，功獨冠諸儒。歲改鄉心迴，春回物意蘇。誰登侍中席，懷古重踟蹰。

趙德懋，字荆園，山東蘭山人。乾隆五十四年（1789）拔貢，歷官大理知府。著有《妙香齋詩集》。

過河間府②

冠蓋臨周道，河間舊有名。高低泥作屋（多平房土屋），南北水環城。門啓登瀛（南門名）早，霞升亂堞明。千年懷雅樂，軼事最關情。

---

① ［清］趙懷玉：《亦有生齋集》，卷七古今體詩，清道光元年（1821）刻本。

② ［清］趙德懋：《妙香齋詩集》，卷一，清光緒十一年（1885）趙嘉肇三原縣署刻本。

黄景仁（1749—1783），字仲則，一字漢鏞，江蘇武進人。諸生。受安徽學政朱筠邀請入幕。詩負盛名。著有《兩當軒集》。

歙縣丞汪某坐中觀技①

主人憐客因行李，開觴命奏婆猴技。一人鋭頭頗有髯，唤到筵前屹山峙。鎖頤解奏偃師歌，斂氣忽噴尸羅水。吞刀吐火無不爲，運石轉丸惟所使。上客都忘葉作冠，寒天倏有蓮生指。坐令棐几湘簾旁，若有萬怪來回皇。人心狡詭何不有，爾爲此技真堂堂。此時四座群錯愕，主人勸醉客將作。忽然階下趨奚奴，瞥見庭中飛彩索。少焉有女顔如花，款闥循墻來綽約。結束腰軀瘦可憐，翻身便作緣竿樂。初凝微睇搴高絙（高絙，見《鄴中記》），欲上不上如未能。失勢一落似千丈，翩然復向空中騰。下有一髯撾畫鼓，棖棖節應竿頭舞。驀若驚鳶墮水來，輕疑飛燕從風舉。腹施跟挂態出奇，踏摇安息歌逾苦。吁嗟世路愁險艱，爾更履索何寬然？鼓聲一歇倏墮地，疾于投石輕于烟。依然娟好一女子，不聞蘭氣吁風前。我聞西京盛百戲，此雖雜樂猶古意。石虎休誇馬妓書，杜陵雅愛公孫器。螭鵠魚龍亦偶成，戲耳何須蕩心氣。狂來竟欲作拍張，我無一技争其長。十年挾瑟侯門下，竟日驅車官道旁。笑語主人更觴客，明朝此際孤燈驛。

---

① ［清］黄景仁：《兩當軒詩鈔十四卷悔存詞鈔二卷》，卷九，清道光十五年（1835）書帶草堂刻本。

顧宗泰（1749—?），一名景泰，字景岳，號星橋、曉堂，蘇州元和人。乾隆四十年（1775）二甲十三名進士，歷官吏部主事、高州知府。嘉慶十一年（1806）掌教婁東書院，十三年（1808）入浙主萬松書院。工詩文。家有月滿樓，文酒之會無虛日，海内知名之士無不交投。有《月滿樓詩集》四十卷、《月滿樓别集》五卷首二卷、《月滿樓文集》十四卷首二卷。

河間毛公祠[①]

故里毛精壘，雲深尚有祠。河間永光價，博士繫人思（毛萇漢博士，河間縣有宅、冢，人號其處爲毛精壘）。古序傳應舊，遺編未可疑。門前喬木老，遥夕動清飔。

瀛　海　樓[②]

野分箕尾倚高樓，千里神皋海上頭。五壘雲寒春樹擁，九河風闊曉峰浮。漢庭文學追遺彦（如獻王日華宫，董子廣川鎮），唐代詩歌紀勝流（如沈雲卿南樓）。翠輦省方勤展義，武垣風物重咨諏。

---

① ［清］顧宗泰：《月滿樓詩文集》，詩集，卷二十五扈隨江省集，清嘉慶八年（1803）刻本。

② 《月滿樓詩文集》，詩集，卷二十五扈隨江省集。

紅 杏 園[①]

傳聞舊是梁王館，勝地今爲紅杏樹。花柳村村迎翠輦，依然寒谷轉春暄。

黄鉞（1750—1841），字左田、左軍，一作左君，安徽當塗人。清畫家。乾隆五十五年（1790）中進士，授户部主事。任湖北、山東鄉試考官，山西、山東學政。官至禮部、兵部侍郎，禮部、户部尚書，軍機大臣，太子少保等職。謚勤敏。工書善畫，與董誥并稱“董黄”。又善詩，編有《蕭（雲從）湯（燕生）二老遺詩》。著有《左田詩鈔》《壹齋集》等。

曉發歙縣[②]

隻堠復雙堠，肩輿度石梁。炊烟晨店静，秋露曉衣凉。馬迹留新雨，苔花上壞墻。村翁閑負手，笑問客何忙。

徐書受（1751—1805），字尚之，江蘇陽湖（今常州）人。少貧，耽于著述，與同里趙翼、楊倫、黄仲則等七人號“毗陵七友”。乾隆四十五年（1780）副貢生。少年之作，“近體綿麗，

① 《月滿樓詩文集》，詩集，卷二十五扈隨江省集。

② ［清］黄鉞：《壹齋集》，卷十九古今體詩六十九首，清咸豐九年（1859）許文深刻本。

頗似漁洋，五古詼諧，不讓子才”。畢源評徐書受曰“性情純摯，内行可欽。其詩悱惻纏綿，意由心發”。著有《教經堂詩集》。

獻縣途遇馮大百史訊知西河客游長水①

常年揖别判東華，消息憑傳故里賒。不覺輕塵同駐馬，可憐高樹已藏鴉。賦成明水年尤少，榜盡孫山事可嗟。今世子雲愁入俗，傾脂河畔醉梟花。

張殿甲（1753—1813後），字碩亭，直隸景縣人。附貢生，揀發雲南同知。著有《一枝山房詩草》。

瀛州懷古四首·其一

河間獻王

祖龍火炬太縱横，未滅詩書早滅嬴。一綫灰燃炎帝子，千秋俎豆魯諸生。

唐仲冕（1753—1827），字枳六，一字露蟬，號陶山，自號尉繚了事，湖南善化（今屬長沙）人。乾隆五十八年（1793）進士，歷任江南荆溪、奉賢、吴江、吴縣知縣，海州同知，權

① ［清］王昶輯：《湖海詩傳》，卷三十八，清嘉慶刻本。

松江、蘇州知府，升福寧知府。以道員留兩江勘河灘地，浚修吴淞江。道光元年（1821），授福建按察使，調陝西護理巡撫。爲政以興利除害爲主，尤喜修治古迹，接禮賢士。後以年老辭官，僑居金陵。著有《周禮六官表》《儀禮蒙求》《陶山文録》《陶山詩録》等書。

自金陵赴都道中口占四十首·其一[①]

過　獻　縣

錢室金堂舊已荒，猶疑古屋秘文藏。茂陵不下求書詔，那有遺經獻獻王。

陳思讓（1753—?），江西弋陽縣人。乾隆丁酉（1777）拔貢生，曾任永寧縣教諭。嘉慶十六年（1811）六月任定興縣知縣，嘉慶十九年至二十四年（1814—1819）任邢臺縣知縣。

德政歌爲永寧邑侯馬梅亭先生作[②]（侯名廷燮，獻縣人）

山城僻小悍且愚，官斯土者輒齟齬。先生慈惠性與俱，心迹雙清古大儒。殷殷保赤誠意孚，愛民民愛不懸蒲。訟庭閑寂

---

① ［清］唐仲冕：《陶山詩録》，卷二十一琴月山房集，清嘉慶十六年（1811）刻道光增修本。

② ［民國］《獻縣志·詩文要録》，卷一。

校操觚，文章德義相涵濡。父老額慶走相呼，籲請借寇憲心愉①。婉轉輿情强縶駒，遲今五載易新符。兩袖清風書數厨，匹馬登程百一無。馬行不得人塞途，焚香執爵朝及晡。一揖上馬各躊躕，感深泣下長嗟吁。擬封棠樹蔭通衢，大書德政樹高趺。歲時百拜酒百壺，祝君茀禄誦碩膚。桐鄉愛我語非誣，敬告司民作楷模。

伊秉綬（1754—1815），字組似，號墨卿，晚號默庵，福建汀州府寧化縣人，人稱伊汀州。乾隆五十四年（1789）進士，授刑部主事，遷員外郎，曾任惠州知府、揚州知府等官，以廉吏善政稱。著有《留春草堂詩鈔》。

獻縣紀文達公②

獻縣大瀛海中仙，期期奉詔詞瀾翻。特開四庫手編纂，譬尋河到昆侖源。三年閲微草堂住，高文典册驅殘蠹。名香一炷供山齋，今日騎鯨渺何處。

---

① 原注：公至之明年，父老呈懇大憲題補實授，例格難允，因順輿情，遲留數載，始題補靖安。

② ［清］伊秉綬：《留春草堂詩鈔》，卷五，清嘉慶十九年（1814）秋水園刻本。

夢歙縣師紀文達公①

阮室傳經日，容臺散直時。引杯謀試酒，授簡欲題詩。寒食他鄉節，虚堂半榻帷。絮風階未掃，杏雨席頻移。量校三蕉葉，吟争一字師。异書横几供，宫漏短檠知。沈范初逢只，羊何共和之。疏狂還醉倒，清嘯與閑宜。當日情如昨，爲歡逝莫追。澄心真似水，閲世倏如棋。述著中朝冠，丰裁外國窺。九原寧可作，四庫若爲垂。葬近賢王冢，恩叨御製碑。已聞松是蓋，旋訝雪盈髭。悔甚攖塵網，愁惟灌漏巵。一辭青瑣闥，遂老碧梧枝。遺像曾馳驛（昔藏公行看子極似由揚州寄京師）。文孫亦把麾。誰云三十載，猶得夢中隨。

凌廷堪（約1755—1809），字次仲，又號仲子先生，安徽歙縣人。清代經學家、音律學家。乾隆五十四年（1789）中舉，來年又中進士，不願爲官，改教職，任寧國府學教授。著有《禮經釋例》《燕樂考原》《校禮堂文集》《元遺山先生年譜》。

次韵覃溪師歙縣道中見懷之作②

少小耕海濱，但知麻菽麥。治經力作暇，伊吾記疇昔。心虞無授受，慨焉事行役。齊魯既經過，燕趙復游歷。欣于絳帷

① 《留春草堂詩鈔》，卷六。

② ［清］凌廷堪：《校禮堂詩集》，卷六，清道光六年（1826）刻本。

下，山斗敬初覿。提撕勞精神，指畫費心力。三傳异文辯，五禮疑義析。著録群弟子，一一遞相識。暌離已三年，寤寐依几席。低徊古今情，繾綣風雨夕。誦讀所未安，胸腹久堆積。會當軒車來，展卷日請益。

過臧家橋①

漳水合滹沱，東趨直沽口。飛橋跨其上，疑有蛟龍負。檣帆遠近泊，車馬絡繹走。閱遍往來人，橋邊數株柳。

繆公恩（1756—1841），字立莊，號蘭皋，又號梅澥，隸漢軍正白旗，瀋陽人。繆公恩家世代爲官，曾隨父親宦游江南近二十年，飽受江南文化的濡染，喜交文人雅士。北歸盛京後，即以詩畫自娱。五十歲時出任盛京禮部右翼官學助教，後主講瀋陽萃升書院。善書法、詩文。有《夢鶴軒梅澥詩鈔》等。

臧　家　橋（水自保定府束鹿來，古滹沱河也。束鹿人訛呼爲蒲桃河）②

淡烟輕霧鎖長河，寒水流澌不起波。曉色離離鄉夢醒，風吹殘月過滹沱。

① 《校禮堂詩集》，卷八。

② 金毓绂輯：《遼海叢書》，第九集，夢鶴軒梅澥詩鈔，卷二。

焦和生（1756—1819），字琴齋，自號懷坡山人，遼寧蓋州人。乾隆四十九年（1784）連捷進士。授刑部主事，歷升員外郎，記名御史。壬子科充四川主考，旋授廣東瓊州知府，署雷瓊道。後官至湖北兵備道。著有《連雲書屋存稿》。

追挽紀文達公相國座師五首[①]

夫子真人杰，挺生第一流。胸中羅四庫，才氣貫千秋（公承修欽定四庫全書前後十數年蕆事，其書卷帙浩繁，汗牛充棟，公俱一一考據詳明，列序首簡，凡所著作，莫不膾炙人口）。班馬應同席，匡劉莫與儔。精靈歸列宿，炳朗耀皇州。

躬際文明代，賢良結主知。早年簪史筆，晚節掌綸絲。禮樂通今古，風裁峻羽儀（公由甲戌科會試，以名解元中進士，入詞林，歷官清要，至協辦大學士，中間于禮部尚書、都察院總憲兩任，歷年尤爲久遠）。公門桃李盛，幾輩茁孫枝（公屢掌内外文衡，桃李滿天下，自閣部封疆及翰詹科道等蓋不下數十百人矣）。

學篤文彌富，官高老愈貧。霜松覘節概，龍馬憶精神。寰海欽山斗，鴻儒領縉紳。踰公風度罕，獨步上星辰。

賤子登龍日，感深知己恩。校書追秘閣，議禮侍天門（余自甲辰科會試，蒙公知遇之恩，得官比部。丁未年，隨公詳校四庫全書于文

---

① ［清］焦和生：《連雲書屋存稿》，卷四，清嘉慶二十年（1815）刻本。

源閣。壬子春，復隨公赴熱河詳校全書于文津閣。迨乙卯歲，升授禮部郎中。時公爲大宗伯，復隨侍勷辦典禮，叠蒙保薦御史及坐糧廳差務四譯館卿并京察一等，蓋承師恩獨厚云）。小草嘘常植，春暉道自尊。絳帷風日冷，灑泪向黄昏。

大雅難重作，英魂不可招。三長留汗簡，一羽在雲霄。燕市虚堂冷，河間舊墓遥（歸葬河間府獻縣）。感懷空悵望，風雨暮蕭蕭。

黄湘南（1757—1785），字一吾，號石櫓，湖南寧鄉人。乾隆年間天津知府黄立隆子。子黄本騏、黄本驥均以文名、詩名著于湖湘，縣人將其父子比之“眉山三蘇”，女黄琬璚亦善詞。著有《大溈山房遺稿》《紅雪詞鈔》等。

商　家　林①

闌風伏雨萬家村，隴麥燕南節候温。緑栅半濃花盡老，人編席帽倚柴門。

河間感賦二首·其一②

古堞明朝旭，荒郊急客驄。春深毛氏里，草没獻王宫。穗

① ［清］黄湘南：《大溈山房遺稿》，卷一，清道光中湘陰蔣環刊。

② 《大溈山房遺稿》，卷九。

幡魂來寂，湘簾泪濺紅。靈萱當日萎，蕭索剩悲風（先慈卒于司馬署）。

商家林店題壁詞《金縷衣》①

佚　名

瞥眼黄沙撲，看公車、席篷圍住，小于塲屋。一角紅旗書會試，轅上壓將僮僕，車夫子、挨肩眠熟。早晚打尖還下店，待嚼完麵餅添稀粥。土炕裏，聊栖宿。　就中我亦同馳逐。笑年來京城灰土，飽吞幾斛。此道不荒安得中，中了算何名目！竟不中、豈非清福。若論大挑挑一等，這太爺滋味都嫌俗。挑二等，也拘束。

獻縣旅舍題壁②

佚　名

金　縷　曲

百事今宵且，衹匆匆、提壺覓飲，酒錢須假。千里平沙飛雁路，容易竹籬茅舍。更難得、紙窗瀟灑。圬就新泥剛半壁，趁蛛絲、牽網參差寫。銀燭度，似年夜。　彈箏莫問春人冶。

① ［清］凌揚藻：《蠡勺編》，卷二十四，清嶺南遺書本。

② ［清］丁紹儀：《聽秋聲館詞話》，卷六，清同治八年（1869）刻本。

儘樽前、一雙紅袖，艷歌俊雅。陸弟吴郎偏昵酒，蛺蝶狂蜂亂惹。偷捲幕、月光如瀉。老我風情隨歲減，嘆前生、曾是銷魂者。依約聽，玉釵卸。

浪淘沙

銀燭迥淒清，孤影伶俜。客途難得是新晴，孤負錦衾眠未穩，催賦宵征。　莫辨是前程，幾點晨星。黄沙直與曉雲平。見説一春無燕子，莫問流鶯。

李鑾宣（1758—1817），字伯宣，號石農，别署散花龕主，山西静樂人。乾隆五十五年（1790）進士，授刑部主事，官刑曹，充秋審處總辦。曾任温處兵備道、雲南按察使、廣東按察使、四川布政使、雲南巡撫等職。著有《堅白石齋詩集》十六卷。

馮瀛王吟詩臺二首①

高丘突兀古城東，蔓草荒烟滿眼中。四姓恩榮蠻觸戰，十朝卿相馬牛風。不才竟有庸沛福，吊古誰書咄咄空。莫上吟詩臺上望，碧天無際夕陽紅。

一瞬梁唐晋漢周，干戈滿地白雲流。詩材但取兔園册，筆

---

① ［清］李鑾宣：《堅白石齋詩集》，卷三甌東集，清嘉慶二十四年（1819）廉讓堂刻本。

陣不翻鸚鵡洲。亂世君臣朝改夕，百年富貴樂忘憂。我斟九曲昆侖水，來洗陀山萬古羞（元劉因詩：何當鏟疊嶂，一洗陀山羞）。

河間獻王里二首①

儒術從容德望長，千年被服識賢王。漢庭早定三雍樂，秦火難燔六籍光。誇士萬言何足用，經生百兩太荒唐。網羅絶學尼山後，傳注同功祇鄭鄉。

古木平原宿霧籠，行人猶説日華宫。儒冠嫚駡非前代，虎觀親臨尚下風。好古官增新博士，傳經詩授小毛公。淮南空自留鴻烈，秋雨蕭蕭嘆桂叢。

趙文楷（1760—1808），字介山，號逸書，别號司空山樵，安徽安慶府太湖縣人。京劇程派傳人趙榮琛和學者趙樸初的太高祖。嘉慶元年（1796）嘉慶帝登基特開恩科兼正科狀元，授翰林院修撰。嘉慶五年（1800）與編修李鼎元出使琉球，爲新國王行册封禮，史載其“廉潔之聲，著于海外”，歸來任山西雁平道，卒于任上。著有《石柏山房詩存》九卷（附《遂園詩鈔》十卷）及《槎上存稿》《獨秀草堂存稿》《楚游稿》等。

① 《堅白石齋詩集》，卷三甌東集。

宿商家林，宿店即前卧病之所，感嘆作此[1]

憶昨經過日，愁繁病亦繁。秋風孤榻冷，凉雨一燈昏。藥物從醫誤，扶持賴僕存。微軀今幸在，尊酒爲招魂（余前病此，爲庸醫投攻伐之劑，幾至不起）。

僕僕何曾慣，勞生不自由。風霜偕我老，離别使人愁。歸信先梁燕，行踪愧磨牛。莫興金盡嘆，猶有黑貂裘。

過河間府（選二）[2]

蔓草斜陽路，蕭蕭正朔風。行人回首望，愁絶日華宫。（宫在府城獻王所築）

僚從皆文學，遺經細討論。何如梁苑客，祇慣賦長門。

舒位（1765—1815），字立人，號鐵雲，小字犀禪。祖籍直隸大興（今屬北京市），生長于吴縣（今江蘇蘇州）。清代詩人、戲曲家。乾隆五十三年（1788）恩科舉人，屢試進士不第，貧困潦倒，游食四方，以館幕爲生。事母至孝。嘉慶二十年

---

① ［清］趙文楷：《石柏山房詩存》，卷五槎上存稿，清咸豐七年（1857）趙畇惠潮嘉道署刻本。

② 《石柏山房詩存》，卷五槎上存稿。

(1815)十月，母歿，悲痛過度成疾，同年除夕去世。舒位博學多聞、才氣俊逸，其詩華麗，善于運用成語典故。著有《瓶水齋詩集》十七卷、《瓶水齋詩別集》二卷，《乾嘉詩壇點將録》，戲曲《卓女當壚》《樊姬擁髻》《酉陽修月》《博望訪星》（以上四種合刻稱《瓶笙館修簫譜》）及《桃花人面》《琵琶賺》等。

暮抵商家林逆旅，識余是去年客復來[①]

馬首聽西風，遠此綿綿道。蒼然暮色來，暝樹受歸鳥。時將枚數闉，一宿此間好。逆旅具盤飧，願言供客飽。與客似相識，客行想不少。我聞心悠悠，此語令人老。試問故鄉人，還家誰最早。

崔旭（1767—1845），字曉林，號念堂，直隸慶雲（今河北鹽山縣慶雲鎮）人。嘉慶五年（1800）舉人，官山西蒲縣知縣，兼理大寧縣事。工爲詩，有名于時。鄉試出張問陶房，爲所賞拔，題其詩集有“直勝崔黄葉（崔華）”之許。與天津梅成棟齊名，時稱“燕南二俊”。著有《念堂詩鈔》一卷、《念堂詩話》四卷、《津門百咏》附《太原雜咏》（又名《念堂竹枝詞》）一卷、《燕南二俊詩鈔》二卷等。

---

① ［清］舒位：《瓶水齋詩集》，卷二疆圉協洽著雍涒灘，清光緒十二年（1886）邊保樞刻十七年（1891）增修本。

獻縣道中[①]

遠來輿馬正東行，紅杏花開風雨聲。計到故園三百里，又從客裏過清明。

朱琦（1769—1850），字玉存，一字蘭坡，號蘭友，安徽涇縣人。嘉慶七年（1802）進士，官至右春坊右贊善。後主講紫陽、鍾山書院三十年。著有《小萬卷齋詩稿》三十二卷、《小萬卷齋文稿》二十四卷等。

獻縣訪河間獻王墓[②]

停車訪古墓，漢代重賢王。築館延儒士，傳經購散亡。詩書真絶業，俎豆尚遺香。惟有東平傳，千秋共頡頏。

查揆（1770—1834），又名初揆，字伯揆，號梅史，浙江海寧人。查升之孫，查昌源之子，金庸八世祖。好讀書，有大志，受知于阮元，嘗稱爲“詁經精舍翹楚”。嘉慶九年（1804）舉人。謁選吏部，曾官安徽安慶、直隸饒陽，擢爲薊州知州，卒于任。善詩文，清綿宛麗，自成一家。其詩文集初刊成即盛傳

---

① ［清］崔旭：《念堂詩草》，卷三，清道光九年（1829）刻本。

② ［清］朱琦：《小萬卷齋诗稿》，卷三，清光緒十一年（1885）嘉樹山房刻本。

于都下，受到錢大昕、法式善等名流贊賞。著有《篔谷詩鈔》二十卷、《篔谷文鈔》十二卷、《菽原堂初集》十卷（其中詩八卷）。

商　家　林[①]

天際含豐澍，蛙鳴萬鼓催。冰從村外轉，人人雨中來。餅貴薄成紙，衣生濕上苔。怨咨多疾苦，我馬亦恢隤。

溝　中　車[②]

游手不耕田連阡，有田乃在溝水邊。溝亦非溝田非田，大路未奉官修填。溝中多水飢可憐，溝深水漫腹便便。男鋤女鍤風雨前，渾沌鑿死通黄泉。路初爲溝流濺濺，溝復爲坑坑爲淵。横行十步倒九步，唯恐牛馬能飛騫。側耳喜聽車闐闐，却從壁上觀迴旋。失勢一落水及肩，車如北斗翻朝天。援手十萬青銅錢，前推後挽曳且牽。行人俱恨轅駒顛，出險咄咤加以鞭。前車已過後復然，纍纍若若皆腰纏。獨不見東西南北人，如烟溝邊日日涕泗漣。

① ［清］查揆：《篔谷詩文鈔》，詩鈔，卷十八，清道光刻本。

② 《篔谷詩文鈔》，詩鈔，卷十八。

逆旅守雨①

落日争投賃宅錢，雨聲先到客車前。一燈黯淡無聲畫，六幂蒼茫大漏天。路黑電光能照乘，夜涼水氣欲披綿。愁來爲語稽山老，騎馬如今似坐船。

行李多抛五劇旁，誰言此老倦津梁。水寒尚饜魚蝦味，歲儉争聞餅餌香。點漆茶湯浮碗碗，拖泥衣被濕床床。儘容郭泰留經宿，縛帚無勞掃地忙。

行役嘆五首②

一母腹衆子，黽勉寒與飢。啼者一以笑，笑者忽復啼。而母豈有殊，啼笑恒難齊。此是天地心，日夕還栖栖。人生好觖望，恩怨多無幾。造物猶有病，乃以輕相詆。驅車且疾走，吾道多坦夷。

四月下吴門，五月過淮浦。風晴日杲杲，蕩往無所阻。驢夫算兼程，疾可賭造父。時亦雨霏微，纔足洗塵土。或先或後間，曾不沾徒旅。失喜拍車壁，天幸乃如許。兩驂若有知，起作胡旋舞。不然一横决，我行正洲渚。君看群雁翔，摇曳天

---

① 《篔谷詩文鈔》，詩鈔，卷十八。

② 《篔谷詩文鈔》，詩鈔，卷十八。

際櫓。

適然不足恃，徼幸良可悲。風雷非尹邢，相避夫何爲。日暮涉衛河，漸已溢九馗。河間況窪下，陰霾相蔽虧。雨工或稍懈，血肉遭棰笞。紛紛萬箭鏃，但見白羽麾。旱暵輒兩月，一雨旬日隨。豈煩滄海君，濯我閑鬚眉。坎深乃滅頂，次亦浮尻脽。百雉方在望，牛馬無津涯。回頭顧僕夫，瑟縮曳尾龜。昨暮何趯躍，今日何衰羸。所以古君子，當安思其危。

逼側復逼側，車小轉易蹶。首塗計利便，謂其勢超忽。筐篋本無多，僅足壓銜橛。唯有破爛書，束似防風骨。餘地苦無幾，況不任摇兀。從者鬥健步，初實過走卒。淋漓百里間，頗亦怪倉猝。陷淖臂引猿，涉水背負鼈。既無副衣存，并少坐具割。入門火亟烘，投床席互奪。嗟此同憂患，良宜小休息。何以慰勞之，蒸餅大于月。

飯亦不得啖，酒亦不得嘗。逡巡兩天人，引我觀扶桑。魚龍屏纖翳，回翔初見光。醒來頗疑似，孤燭熒其旁。鼾聲滿四壁，檐雨方浪浪。牧童得鼓吹，此豈云嘉祥。念兹觸熱行，所苦旱魃狂。炎官撑火傘，照我走且僵。江南多藥餌，投贈充巾箱。一潦袪炎歊，盛夏添衣裳。勿言道路難，差覺心地凉。于此復于彼，得失還相償。澄心觀止水，即事多樂方。

將至河間，橋圮不得過[①]

長路何漫漫，行愁復坐嘆。商家林下叱馭行，欲濟橋圮但扼腕。郡城萬堞竪旌麾，咫尺相看邈天半。橋汝聽我言，汝罪實無算。重土爲汝基，萬木爲汝幹。藉汝當大路，因汝達彼岸。原以資汲引，豈獨飾容觀。有橋乃與無橋同，橋不任恩專任怨。何時彩虹頹，何時白石爛。商販自回車，驛遞亦中斷。安用汝據要路津，坐使行人各悲惋。橋請以臆對，公言直河漢。此橋通京師，日夜達郵傳。庶幾歷落勞，或諒送迎善。旱潦异勢吾豈知，轍迹每隨夏秋换。即如橋下土，深淺亦各判。坑深極似趙長平，到此魚龍亦驚竄。橋雖横庚庚，有力不能援。公等議河渠，職宜司防捍。定使蟻垤夷，豈任鼠穴灌。竹頭木屑有時用，沙渡繩行向誰看。村奴牛鼻尚可浮，野老船唇亦可换。不然乘輿可濟人，偶爾何妨不必慣。曾不及此乃遷怒，何异苦冰轉詈炭。公今行矣毋多言，坐待天晴積雨散。

初晴，捨車由獻縣登舟[②]

倭遲周道水盤紆，始悔將車作計迂。日色曉含雙珥暈，河聲寒坼九頭圖。客程漸覺風塵倦，夏潦虚言草木蘇。不爲羈愁動鄉思，扁舟重上似東吴。

---

① 《賓谷詩文鈔》，詩鈔，卷十八。

② 《賓谷詩文鈔》，詩鈔，卷十八。

端木國瑚（1773—1837），字子彝，又字井伯，又鶴田，號太鶴山人，青田人。道光十三年（1833）進士，官内閣中書。著有《周易指》《周易葬説》《地理元文注》《太鶴山人詩集》。

獻　王　祠①

孝景分封尚儼然，漢家難得此親賢。名王造次稱儒者，天子荒唐事列仙。傳我遺經劉子政，壞人雅樂李延年。後來一聽斑車入，空記河間姹女錢。

吴榮光（1773—1843），原名燎光，字殿垣，一字伯榮，號荷屋、可庵，别署拜經老人、石雲山人，廣東南海（今屬佛山）人。嘉慶四年（1799）進士，歷任編修、監察御史、工科給事中、刑部郎中、軍機處章京、陝西按察使、湖廣總督等。精鑒金石，工書畫。著有《石雲山人集》，附《筠青館詩餘》一卷。

他鄉六首（山左道中作）·其一②

單家橋外夕陽時，親舍南天最繫思。問道崎嶇車幾殆，計程迢遞馬先疲。一身自惜征衣敝，半夕那堪旅榻支。還念故園人有弟，吹陔差解采蘭詩。

---

① 《晚晴簃詩匯》，卷一百三十七。

② ［清］吴榮光：《石雲山人集》，詩集，卷三木天詩存，清道光二十一年（1841）吴氏筠清館刻本。

胡承珙（1776—1832），字景孟，號墨莊，安徽涇縣人。清經學家。嘉慶十年（1805）進士，改庶吉士，散館授編修。遷御史，轉給事中，授福建分巡延建邵道。少工詞章，後究心經學，尤專意于《毛詩傳》。歸里後閉門著述，與長洲陳奐日相講習。著有《永是堂詩文集》三十卷、《毛詩後箋》三十卷、《小爾雅義證》十三卷、《儀禮古今文疏義》十七卷、《爾雅古義》二卷。

商家林即事①

長途幾日飽風沙，行盡燕南未見花。拚與三更燒緑蠟，暫迴雙頰看紅霞。么弦細撥聲聲脆，窄袖微開故故遮。坐到月明催上馬，依然清夢落天涯。

汪仲洋（1777—?），字少海，四川成都人。嘉慶六年（1801）舉人，歷任浙江桐廬、山陰、海鹽、餘姚等縣知縣。著有《海鹽縣新辦塘工成案》一卷、《心知堂詩稿》十八卷。

河　間②

雲冷日華宫，無人致寓公。朔天春有雪，瀛海晝多風。屋瓦寒沙外，城笳夕照中。最憐饑饉後，處處見飛鴻。

---

① ［清］胡承珙：《求是堂詩集》，卷五計偕集，清道光十三年（1833）刻本。

② ［清］汪仲洋：《心知堂詩稿》，卷三下峡集下，清道光七年（1827）刻本。

日 華 宫①

日華宫罩瀛海水，二千廣厦春風裏。獻王領袖漢家儒，賈董馬鄭從此起。旨哉班生修漢史，不與淮南吴楚比。劍俠殺人族滅爾，鷄犬上天身死矣，嗜好不端乃至此。

湯貽汾（1778—1853），字若儀，號雨生、琴隱道人、若翁，晚號粥翁，武進（今江蘇常州）人。清代著名畫家、詩人。以祖、父蔭襲雲騎尉，授揚州三江營守備。擢浙江撫標中軍參將、樂清協副將。與林則徐友契，與法式善、費丹旭等文人墨客多有交游。晚寓居南京，築琴隱園。太平軍攻破金陵時，投池以殉，謚忠愍。通天文、地理和百家之學。擅畫山水，亦寫墨梅、花卉，筆致秀逸，兼工行草書和詩。著有《琴隱園詩集》《琴隱園詞集》《畫荃析覽》及雜劇《逍遥巾》等。

宿樂城驛②

獨客寒燈夜，孤鴻細雨天。吟情落杯底，秋氣入琴弦。聞道三城戍，頻頒九府錢。鐵衣凉入髓，能否薄添綿。

---

① 《心知堂詩稿》，卷十五渡江集上。

② ［清］湯貽汾：《琴隱園詩集》，卷二，清同治十三年（1874）曹士虎刻本。

屠倬（1781—1828），字孟昭，號琴鄔，晚年號潛園老人，錢塘（今浙江杭州）人。嘉慶十三年（1808）進士，選爲翰林院庶吉士，歷任儀徵縣知縣、西袁州府知府、九江府知府，後因病辭歸。著有《是程堂詩文集》。

河　間①

銅駝已没日華宫，礪角殘碑問牧童。自昔賢王求治急，至今姹女數錢工。西風落葉房淵赤，野戍荒屯細柳空。欲訪陽城高隱處，中條山冷夕陽中。

沈兆澐（1783—1876），字雲巢，號拙安、瑩川，直隸天津人。詩人沈峻之子。嘉慶二十二年（1817）進士，改庶吉士，散館授編修。歷任翰林院編修、松匯知府、河南布政使、山西按察使等。後以疾歸津，授書輔仁書院。同治九年（1870），賞頭品頂帶。謚文和。著有《織簾書屋詩鈔》《咏史詩鈔》等。

河間懷古②

漢武崇儒進賢良，公卿一時集綰臧。文學平津工緣飾，通經獨有河間王。冬官爲補考工記，諸生咸列弟子行。被服造次遵仁義，獻樂對策流芬芳。胡爲杜業逞讕語，縱酒有如信陵亡

---

① ［清］屠倬：《是程堂集》，卷九，清嘉慶十九年（1814）真州官舍刻本。

② ［清］沈兆澐：《織簾書屋詩鈔》，卷二，清咸豐二年（1852）刻本。

（事見《漢名臣奏》）。好古燔餘守殘缺，史遷遺事失表揚。六藝經天同不朽，瀛海故國垂星芒。

河間道中①

舊是賢藩地，延賓築日華。臺空縈蔓草，碣斷卧平沙。黄葉孤村暗，青山落照斜。廣川前路近，訪古一停車。

過祀文達公故里②

詩才瑶瑟泛瀟湘，博洽胸羅四庫藏。恨我瓣香生太晚，淵源空溯閲微堂（澐爲公門下門生）。

獻　縣③

曙色催行客，林深策馬來。輕風挾急雨，相送過瀛臺。

懷小園昆仲④

曉發瀛海臺，荒城雨中過。空濛萬春山，芙蓉青婀娜。陷淖我馬瘏，亭午息道左。敝車如輕舟，風來欲掀簸。漸聽暮蟬

① 《織簾書屋詩鈔》，卷二。
② 《織簾書屋詩鈔》，卷二。
③ 《織簾書屋詩鈔》，卷二。
④ 《織簾書屋詩鈔》，卷二。

疏，微看濕雲破。行行投野店，燈昏僮僕惰。遣悶强裁詩，獨唱誰與和。遥想踏歌人，焦窗事清課。

高繼珩，字寄泉，遷安人，寄籍寶坻。嘉慶二十三年(1818) 舉人，官廣東博茂鹽場大使。才優學博，與邊袖石、華枚宗號“畿南三子”。工詩，兼善畫。有《培根堂集》《蝶階外史》。

贈崔次龍秀才（士元）即書其《雪廬詩草》後 ①

一卷披冰雪，渾如背癢搔。江山欣得助，湖海氣能豪。骨相空群馬，胸衿策六鰲。坫壇今冷落，期爾振風騷。

昔見陳蓮浦，仙才照眼青。修文太匆促，餘韵悵凋零。繼美推斯筆，種奇信有靈。好延文獻澤，努力抱遺經。

荆璞難藏氣，干將莫掩鋒。我殊憐病鶴，誰解好真龍。味以清彌永，交從淡後濃。良才期用世，休漫養天慵。

舟載耽吟癖，年來鬢欲華。塵心清苜蓿，俗耳厭箏琶。差喜聊同調，從今見作家。細論期异日，把臂引流霞。

① ［清］高繼珩：《培根堂集》，卷五河間集，清道光同治間培根堂刻本。

題劉子重（銓福）磚祖齋圖[①]

有齋蓄磚必磚祖，想見主人真好古。從今齋與磚并傳，齋磚何幸得賢主。在昔肅寧苗明經，得一君子喜欲舞。持示揅經阮太傅，命爲磚祖書之譜。劉君秉鐸莅肅邑，搜訪幾傍舊墻堵。日華君子紛來集，恍若明珠歸合浦。此宫此館亦傳舍，三千餘年一抔土。傳經遺澤寄八甓，摩挲不惜日三五。彈指華嚴現樓閣，蕭齋直欲抵秘府。毗陵許君精六法，春氣盎盎腕下吐。遠寄便面索我詩，開緘喜慰翻意憮。笑我求一不可得，君乃羅列紛可數。無磚有齋齋亦空，破屋况不蔽風雨。何時排闥一訪之，手拓方花辨交午。君乎割愛能不能，還問齋中劉原父。

紀淦，生卒年不詳，字秋水，號幼海，文安（今河北文安）人。嘉慶三年（1798）舉人，山東萊蕪縣知縣。著有《豆花齋詩集》。

河間道中[②]

九河東下河間道，落日停車感慨深。帝子風流金册古，美人雲氣玉鈎沈。市樓依舊錢工數，沽酒誰家醉不禁。回首獻陵

---

① 《培根堂集》，卷五河間集。

② ［清］徐世昌輯：《國朝畿輔詩傳》，卷五十五，清道光十九年（1839）紅豆樹館刻本。

丞相兆，幾回腹痛過碑陰（時家文達公初葬，故云）。

周壽椿，字蔭長，號六泉，晚號碌全，河間人。嘉慶十年（1805）進士，改庶吉士，授編修。十五年（1810）充福建鄉試副考，十九年（1814）考選山東道監察御史，官至山西蒲州府知府。有《周六泉遺詩》。

獻王德[1]

詩書灰燼祖龍亡，馬上功勛事未遑。一代屏藩推大雅，千秋典籍仰賢王。蕭蕭荒冢空秋草，渺渺遺宫自夕陽。鄭重傳經遺烈在，流風應共海波長。

苗夔（1783—1857），初名學植，字先路，號仙麓，肅寧人。道光辛卯（1831）優貢。訂正《說文》八百餘字，改并顧氏古音表十部爲七部。著有《說文聲訂》二卷、《說文聲讀表》七卷、《毛詩均訂》十卷。

武垣城得君子館磚感懷[2]

案頭一卷經而葩，毛公訓故空三家。嗟予生也乃太晚，流風遺韵維桑誇。博士有館在何許，伊人秋水多蒹葭。壬午九月

① 《國朝畿輔詩傳》，卷五十六。

② ［民國］李浚之輯：《君子留真譜》，民國二十二年（1933）影印。

偶適野，登高何處看黄華？縣城東南十餘里，有漢河間舊基址。河間城内縣武垣，新莽名亭曰垣翰。自魏歷唐猶可考，蕭陵時復訛爲小。蕭陵宋改曰肅寧，蕭字省筆陵傳聲。縣移西北府東北，此惟勝漢河間國。遥遥二千載有餘，行人猶指漢獻王所都。當年曾築日華宫，客館二十高連空。我來尋訪無遺迹，但見霜華染樹燕支紅。鈎弋坡前珠玉碎，烏桓鑿渠走荒穢。近前拾得一古磚，依稀上有“君子”字。漢隸巍然手撫摩，力追程邈誇蕭何。土華暈碧蒼苔窠，花紋龜背旁駢羅。六朝五代無此制，遑論柴汝官定哥。今人好古難遇古，晋磚酬唱何其多。吾想毛公爲博士，賢王隆禮能招致。河間舊有君子館，金史曾編地理志。不意今人好掠美，君子館在今府北。豈有當時王都此，館不在城在郊遂？嗚呼！後儒安可污前賢，館不在此此何磚？蓬堁場中往往見，蓑笠誰耕黑牡丹。牧豎立樵走不顧，城空無人聞杜鵑。渦涎烏迹歷風雨，夜黑疑有蛟龍纏。天遣神靈共呵護，不教蔓草埋荒烟。隕星落石到吾手，敲門勿走雷公鞭。指點杏壇誇五鳳，湖上永平難比肩。許汝花朝兼月旦，巾箱衣鉢同芸編。仿佛如見毛公面，一瓣香結千秋緣。榜花不遂休擲甓，遺經坐守年復年。

題獻王陵瓦①

獻縣城東獻王陵，森森柏樹高棱棱。陵前有廟中表位，東西表饗毛貫膺。廟中地基不甚大，外坊内坊深兩層。兩廊對峙

① 《君子留真譜》。

外一屋，住人非俗亦非僧。我來瞻拜切桑梓，高山景行心仰止。至今猶存客館思，欲去不去難離此。此廟創建自何年，輾轉觀碑心茫然。牌版俱出元以下，但詳其後亡其前。欲訪遺事與誰語，有人叱犢耕秋烟。土華犁碎油然濕，中有一瓦昂其肩。折腰拾來洗眼讀，大書年月開元間。我得此瓦狂且喜，至寶如獲珍珠船。阿誰荷笠手牽牸，急來問訊投其鞭。我驚欲語無可語，爾速歸去耕爾田。事除耕外皆非事，似此何曾值一錢。薪者弛擔行者坐，解人難索空遷延。捧歸王前再默禱，此瓦何由現我前。或者王靈藉以答，如相告語相言詮。或是當年修正義，大崇儒術表聖賢。知收典籍自我王，或頒祀典闡幽阡。再三問王王不語，或者其然豈其然。下堂歷階出門去，住人相挽何纏綿。我是獨來還獨往，無勞鷄黍相周旋。吁嗟噫嘻歸去來，一鞭遥指斜陽開。紅豆書屋無片瓦，偶借光寵榮蒿萊。此生鐘鼎量無分，聊相爾汝忘形骸。時來好事競捶拓，題辭高挂幽人齋。月旦花朝相視笑，差勝風雨埋蒼苔。辱經泥塗幾甲子，得逢賞識而今才。近今誰耽瓦當文，侯官林子陽湖孫。此瓦不屑伊瓦合，以其曾近賢王墳。墳前落葉風來掃，一瓣香今委蔓草。茫茫誰問日華宫，冰井香姜斗銅雀。清經學家。

何熙績（1784—1828），字春民，號亮臣，山西靈石人。道光二年（1822）進士，官肅寧知縣。卒于任。著有《月波舫遺稿》。

漢河間獻王君子館專爲肅寧苗仙露茂才賦①

《金史·地理志》河間縣有君子館，今郡城西北三十里，尚存遺址。《縣志》稱“毛公設教處”。邑人因建毛公祠于此，其比連之村，即以詩經爲名。肅邑諸生苗仙露（學植），丁亥（1827）秋，以一專示予，上鎸“君子”二字，質亦厚重堅渾，定爲漢物。因拓其文并題。

賢王好古兼好士，宏開大厦延諸生。諸生者誰毛與貫，搜羅正義傳葩經。當時築館號君子，于于雅雅來群英。此館于今在何許，剩有瓴甓鎸其名。石渠之閣白虎觀，同此湮没難追尋。苗君示我專上字，令我頓發思古之幽情。未央宫殿高嶙峋，銅雀臺址臨漳濱。時有瓦當出諸土，遺迹得自耕夫耕。延年長生與無極，獻諂貢媚徒紛紛。何如此專并此字，萬古不磨君子稱。君子不見見此物，湯盤孔鼎應同珍。苗君得此好藏弆，勿令過眼如劫雲。

① 《君子留真譜》。

斌良（1784—1847），字笠耕，又字吉甫、備卿，號梅舫、雪漁，晚號隨葊，瓜爾佳氏，滿洲正紅旗人。由蔭生歷官刑部侍郎，出爲駐藏大臣。著有《抱冲齋詩集》等。

獻縣懷古①

秦政仇詩書，斯文固盡喪。六經付劫灰，天地爲惆悵。漢興近百年，猶未端趨向。後除挾書令，稍稍事搜訪。矻矻諸老儒，辛勤歷萬狀。古壁聞絲竹，空庭肅秬鬯。惟時獻王賢，經義實提唱。登高而疾呼，四海群瞻仰。遂令女子微，亦解護珍藏。美哉虹玉文，巋然幸無恙。我今過舊村，懷古神偏王。溪毛薦何處，又復中情愴。惟王在孔門，元功固無讓。實從三代下，力追三代上。嗤彼八斗才，感甄徒怏怏。

謝元淮（1784—1867?），字鈞緒，號默卿，又作墨卿，荆州府松滋縣人。監生。父爲捐“從九”。先後奉委充任武進、荆溪典史，太湖東山巡檢，無錫知縣等。光緒《兩淮鹽志法》言其“起家丞尉”，由于才能出衆，相繼爲封疆大吏陶澍、林則徐和陳鑾所重用。曾參與道光年間兩廣總督陶澍在淮北的鹽政改革。咸豐三年（1853），被提升爲廣西鹽法道，因戰亂未赴任，病死。謝元淮學識淵博，詩文俱佳。著有《養墨山房詩稿》《碎金詞譜》《詩餘》等。

---

① ［清］斌良：《抱冲齋詩集》，卷一南行北歸集一，清光緒五年（1879）崇福湖南刻本。

過獻縣作[①]

三里荒城斗不如，草元中有子雲居。風流吾愛紀夫子，解讀時人厭讀书。

張祥河（1785—1862），原名公璠（藩），字元卿，號詩舲、鶴在、法華山人，江蘇松江府婁縣（今上海市）人。張照從孫。嘉慶二十五年（1820）進士，授内閣中書。祥河所作畫，花卉則宗徐青藤、陳白陽，清勁瀟灑，尤工畫梅；山水則師石濤，氣韵筆力都有獨到處。書法摹其從祖張照，圓潤渾厚，自成一家，并善作擘窠大字。著有《小重山房初稿》《詩舲詩録》《詩舲詩外録》《小重山房詩續録》《詩舲詞録》等，編纂有《四銅鼓齋論畫集》《會典簡明録》等，輯有《秦漢玉印十方》。

試獻縣，揭曉得新生紀鉅海等叔侄兄弟五人，爲曉嵐先生裔孫，喜而有作[②]

讀書人作相，四庫是功臣。文望三清重，孫枝五鳳新。搜來瀛海秀，閲遍草堂春（指閲微草堂）。我未荆州識，通家有夙因。

---

① ［清］謝元淮：《養默山房詩稿》，卷二十蓬心集，清光緒元年（1875）刻本。

② ［清］張祥河：《小重山房詩詞全集》，畿輔輶軒集，清道光刻光緒增修本。

韓崶（1785—1834），字桂舲，一字旭亭，江蘇元和（今吴縣）人。乾隆間拔貢。由刑部七品小京官累擢郎中，嘉慶間署兩廣總督，查閱澳門情況，密陳海防形勢，官至刑部尚書，任職五十年，政事餘暇，未嘗一日廢書。有《還讀齋集》。

《花王閣剩稿》題詞[①]

河朔當年豪俠儔，拚將騷雅寄離憂。知他多少興亡淚，銷得銅駝陌上愁。

破碎山河遺一老，頹唐風月足悲歌。六丁從受仙官敕，流落人間已不多。

李惺（1787—1864），字伯子，號西漚，四川墊江人。嘉慶二十二年（1817）進士，官至翰林院檢討，遷國子監。後主錦江書院講席二十年。門人不可數計。晚年著《冰言》《藥言》等，後人輯爲《西漚全集》十卷、《西漚外集》八卷刊印行世。

河間獻王墓[②]

風流儒雅最英英，藩邸人如棘下生。吾道中興由漢室，斯文一劫是秦坑。諸陵而外存孤冢，小縣于今尚舊名。芳躅遥遥

① 王揖唐：《今傳是樓詩話》，第158頁，遼寧教育出版社，2003年。

② 《晚晴簃詩匯》，卷一百二十七。

誰繼者，好從前路問東平。

徐寶善（1790—1838），字廉峰，歙縣人。嘉慶二十五年（1820）進士，榜名三寶。改庶吉士，授編修，官至御史，曾主浙江鄉試。好吟咏，熟于諸史。著有《壺園詩鈔》。

河間獻王博士毛公君子館磚歌爲苗秀才（學植）作①

暴秦亂天紀，峻網燔詩書。馬上隆準公，箕踞駡豎儒。建元尊經置博士，海内秘書藏石渠。孝景十四王，河間信睿哲。日華宫中竹册儲，君子築館高嵽嵲。毛公治詩本西河，雍容章服鏘珮珂。同時惟有貫公顯，其外瓦礫埋蓬窠。我讀孝武紀，廢書三撫膺。醇儒已傅董廣川，曲學乃相公孫宏。甘泉柱觀畫神物，天禄金馬空朱甍。銅仙鉛泪泣秋雨，露盤傾折通天莖。猶幸三雍采雅樂，淫哇洗滌留中聲。毛公乃未立學官，齊魯瓦缶争雷鳴。豈意風流歇千載，一磚尚識君子名。苗君讀書癖嗜古，縫掖不殊魯兩生。烏桓壘畔拾殘墼，什襲謂敵千瑶英。吾思獻王賢，摩挲君子澤。憶昔驅車樂陵過，落日荒郊馬蹄織。離宫别館在何許，一片茫茫草衰白。風塵何幸睹此磚，置身疑在瀛臺間。却怪良工斲銅雀，錫花偏説延康年。

① ［清］徐寶善：《壺園詩鈔選》，卷五《寄巢集》，清道光刻本。

祁寯藻（1793—1866），字叔穎，一字淳甫，避諱改實甫，號春圃、息翁，山西壽陽人。江寧布政使祁宿藻之兄。嘉慶十九年（1814）進士，由庶吉士授編修，歷官至軍機大臣，左都御史，兵、户、工、禮諸部尚書，體仁閣大學士，太子太保。謚號文端。歷嘉慶、道光、咸豐和同治四朝，輔政爲官達四十六年之久。還兼任過道光皇帝的上書房總師傅、咸豐皇帝的太子太保、同治皇帝的弘德殿授讀，因此有“四朝重臣”“三代帝師”之稱謂。被人尊爲道光年間詩壇領袖。著有《䜌䜌亭集》十二卷。

河間懷古簡苗仙路明經（學植後改名夔）①

河間文獻漢廷光，一代名儒萃此鄉。彤管詁詩毛博士，玉杯明道董賢良。于今里舍饒弦誦，自昔河流接混茫。聞説遺磚收隸古，幕中先喜得賁皇（仙路，肅寧人，嘗得河間獻王君子館磚，拓本流傳一時。題咏甚多）。

漢河間獻王君子館磚歌爲苗仙路作②

祠太一，禮五時，朝策賢良莫方士。漢家離宫土朱紫，繚以周墻四百里。獻雅樂，求善書，石室金鐀無其儲。被服造次必于儒，客館乃有二十餘（《三輔黄圖》云：獻王置客館二十館區以待

---

① ［清］祁寯藻：《䜌䜌亭集》，卷二十二古今體詩四十四首，清咸豐刻本。

② 《䜌䜌亭集》，卷二十二古今體詩四十四首。

學士。亦載《西京雜記》）。豈惟秦灰出壂簡，毛董并是河間産。董生對策天下稱，朝廷獨相公孫宏。可憐絲竹與金石，壞壁空聞素王宅。淮南雷伍梁鄒枚，楚筵醴酒尋常開。當時諸王亦風雅，尺椽寸甓無存者。葉公好龍豈真龍，黄金買馬非良馬。完完君子磚，兩字三千年。苗君嗜古精誠專，得之梓里手蠟氈。山東諸儒坐相對，置身已在元光前。岐陽鼓，鴻都市，拓盡人間千萬紙。銅雀香姜可碎矣，南游更訪吴君子（孔子篆吴季札碑在江陰，乃唐時摹刻）。

紀　事[①]

胡翁何許人，寄食河間陂。鄰村有巨猾，牛氏擁高貲。一朝杯酒間，談笑生險巇。猾也揮利刃，翁無寸鐵持。空堂走風雨，霹靂聲交馳。出入刀光中，猾力不可支。横刀出門去，更招諸健兒。翼日决一戰，衆皆爲翁危。翁顧笑謂衆，吾聊與若嬉。翩然造其門，猾乃盛威儀。拔刀啗翁肉，翁以口接之。肉盡刀不出，力竭難轉移。噴刀十步外，猾黨方潛窺。劍戟絛雨集，翁已升屋楣。驚恍失所在，猾也驚且噫。再拜謝翁教，請翁爲兒師。兩載兒藝成，翁請從此辭。兒復不自量，欲效逢蒙爲。倉卒爲翁困，幾死于路歧。翁也何許人，里居人不知。精精與空空，此術何其奇。或言事滇藩（吴三桂），滇敗爲逃厮。或云地行仙，又疑老狐狸。至今獻縣人，傳聞多异辭。豪富惡少年，睚眦無已時。何當逢此翁，一爲巨猾規。（此乾隆年間獻縣

① 《禮釠亭集》，卷二十一古今體詩四十首。

事，頃有道及者，作詩紀之。）

題毗陵吕氏所藏古磚文拓本并簡苗仙路[1]

（堯仙編修佺孫從其尊人官浙東時搜羅所得，凡四册）

河間苗君（夔）老嗜古，獨寶獻王君子磚。曩歲南游索題句，嘆其置身元光前。申耆老人（李先生兆洛）顧而笑，比之廉墓磚孰先（廉頗墓磚，申耆先生官壽州時所得）？苗君失色恨未見，倚坐傲睨赬兩顴。是時毗陵雪三尺，舉酒屬客江連天。高樓深夜栖烏動，似有炬火明沙壖。豈知此册發光怪，四明適有歸來船。心疑夢想忽到眼，雙橋古寺秋燈妍。京華塵土留不得，門外驪駒催著鞭。古磚文字二百五，拂几一過如雲烟。阮跋劉記具梗概，其餘作者窮雕鎸。儀徵創論有至理，吴（荷屋）詞婉約包（慎伯）則堅。考古不妨互同异，搜奇想見精誠專。海波不揚郡齋静，運甓有暇趨庭賢。以金石壽求自壽，李丈斯語無間然。宣南客館感蕭索，苗君鍵户今三年。手把一編訂籀篆，漢磚唐瓦私自憐。君如有意與之角，開緘發篋尚慎旃，毋令流汗走且顛。

黄爵滋（1793—1853），字德成，號樹齋，江西宜黄人。道光三年（1823）進士，由翰林院編修歷任監察御史，兵科、工科給事中，鴻臚寺卿，官至禮部、刑部侍郎。他和林則徐、龔自珍、魏源、姚瑩等人志趣相投，提倡經世之學，主張革新吏

---

① 《禮䲨亭集》，卷二十七古今體詩五十三首。

治，掃除貪污，整頓軍務，鞏固邊防，是當時改革派中有影響的人物。有《黄少司寇奏疏》《仙屏書屋詩録》《仙屏書屋文録》等。

苗仙露明經學植 ①

世無君子館，殘磚乃獨抱。可能負米歸，日進堂前老？實行薄虚名，慎勿疑枯槁。

漢河間獻王君子館磚歌，爲苗仙露秀才作②

大雅久不作，誰溯漢賢王。孝景不任儒，河間獨旁皇。當時何人稱博士，毛公之學授貫卿。獻樂歸藩就討論，山東諸老參翱翔。陵谷滄桑世代改，炎漢風流幾千載。毛精壘畔少人行，夏屋渠渠竟何在。嗟君桑梓賢達多，張（超）才邢（子昂）德森峨峨。神童七歲驚人筆（盧大翼），博士十年閉户歌（劉炫）。瀛海鍾靈詎有極，賢王被服當不磨。建元天子況好學，士吏彬彬鏘佩珂。窮經受禄利十倍，宏于孝弟廉讓科。前有盛者後必繼，光華萬古流羲娥。君持此磚欲何適，花紋龜背空摩挲。又于王陵得唐瓦（仙露又謂獻王陵得唐開元瓦），豈有神鬼同護呵。漢唐往事若告語，遺經坐對頭欲皤。潦倒半生慎莫怨，諷諭百代應

---

① ［清］黄爵滋：《仙屏書屋初集》，卷九《詩録》，續修四庫全書影印復旦大學圖書館藏清道光二十六年（1846）翟金生泥活字印本。

② 《仙屏書屋初集》，詩後録，卷一。

無訛。

樊彬（1796—1885?），字質夫，號文卿，直隸天津人。諸生。年二十三填《津門小令》百首。道光五年（1825）授冀州訓導。道光二十八年（1848），任湖北遠安知縣，改建始知縣。好金石，工山水，壽近九旬，喜吟咏，遺稿甚富。著有《問青閣詩集》《燕都雜咏》《津門小令》等。

漢河間獻王君子館磚拓本①

詩教炳千秋，河間古迹留。漢磚埋舊館，毛壘吊荒丘（毛公授詩處，村名毛經壘）。碑想鴻都立，書應馬帳收。日華宫未遠，遺甓訪炎劉（又劉子重通守藏有日華宫磚，亦獻王作）。

獻縣題壁②

驚飆如吼捲黄沙，暫息征輪日已斜。過客浮踪隨柳絮，大提風調唱蓮花。詩書尚識賢王冢（河間獻王墓在縣境），車馬難尋姹女家。燕許文章誰繼武，才名一代冠中華（謂紀文達公）。

---

① ［清］李濬之編：《清畫家詩史》，庚下補，第53頁。

② ［清］樊彬：《問青閣詩集》，卷五，清道光十九年（1839）刻本。

顏伯珣，字石珍，號相叔，曲阜人。官壽州州同。有《秖芳園遺詩》。

獻　縣①

垂老無寸功，九遍走河朔。夕熱征徒煩，憩馬白水郭。西支下滹沱，東灌徒駭涸。遂作瀛海障，勢殷秋天廓。誰致襦袴謡，兒孫世耕鑿。忠臣魂不歸，醇俗惜猶昨。下邑莽黄雲，西風泪紛落。耆舊問幾存，窮秋傷倚薄。

許瀚（1797—1866），字印林，一字培西，室名攀古小廬，山東日照人。道光十五年（1835）舉人。官教諭。博綜經史，對金石、文字、訓詁尤深研，精校勘、考證學，校勘宋、元、明本書籍，其精審不亞于黄丕烈、顧廣圻。龔自珍稱他爲“北方學者第一”。晚年在清河校勘桂馥《説文義證》，時正值山東爆發捻軍起義，書板毁于戰火，所藏圖書文物俱焚。著有《韓詩外傳勘誤》《攀古小廬文》。

題苗仙露君子磚拓本②

苗君示我磚在紙，紙上崚嶒鐵畫起。心香遥爇二千年，今

---

① ［清］孔憲彝輯：《曲阜詩鈔》，卷一，清道光二十三年（1843）曲阜孔氏刻本。

② 《君子留真譜》。

日乃見漢君子。君子者誰毛公萇，遺經親授魯毛亨。淵源鹵河不容没，天生好古河間王。日華宫辟二十館，傳詩博士推毛貫。禮賢高風誰嗣之，殘墼沉沙字未斷。苗君得此珍圖球，裹藏摹拓春復秋。西京文字良可寶，况乃大儒典型留。我生與君有同癖，主賓分陰惜運甓。雅言要準三百篇，部居雜厠苦剖析。古來萬事先正名，二毛故訓沿孔庭。當時不遇賢王禮，豈异蓬蒿老書生。手君此磚三嘆息，敲門無術心無極。願言從子詩經村，且抱此磚試氈墨。①

左喬林（1797—1877），字豫樟，號鶯庵，河間大漁莊村人。道光十三年（1833）進士。曾任灤州學正、保定府學教授，後主講肅寧翊經書院、河間毛公書院，文名遠播。著《課幼史略》《論語古韵》《瀛南詩稿》《瀛南雜志》《古今詩評》等。

陳烈婦歌②

鴛鴦草，兒女花，霜風摧折捲黄沙。誰家結彩迓新婦，十里香塵油碧車。香車行未返，日落深閨晚。姊姊與姑姑，笑語鶯聲軟。儂有搔頭篸，代插新婦鬢。儂有充耳瑱，代壓新婦鬢。儂有束腰裙，代繫新婦身。車到門前停四牡，新妝簇簇迎新婦。怪事一聲齊斷魂，西子緣何變嫫母。荆釵折，麻衣裂。鷓鴣斑，

① 後有自注：右磚苗先簏所藏。道光戊子秋，識先簏于都門，出拓本見惠，乃作長歌奉答。嗣後先簏又拓他家所藏寄餘，并爲求得磚一枚，遂集成此幀。因録舊作于此，以識緣起。丙申七月瀚書。

② ［民國］《獻縣志·詩文要録》，卷一。

杜鵑血，雙手縛纍纍，不是牽紅絲。雙足縛層層，不是繫紅繩。解去絲繩猶未死，相將同到香閨裏。闌干珠泪滴羅巾，雨打梨花扶不起。女伴爲理妝，勸慰雜温語。人生貴行樂，胡爲徒自苦。烈婦前致詞，我本臧家女。嫁爲陳家妻，夫死依嚴父（此處疑有脱誤，俟考）。家資與父收，二子屬父撫。不意父逼嫁，暗定姻緣譜。之死矢靡他，牽臂出門户。縛我手與足，車載來兹土。烈女不二夫，忠臣不二主。鬱極嗚咽不能言，汗灑冰霜眉髮竪。擲花鈿，毁花妝，倒花燭，哄花房。人若爲花花解語，人不爲花花斷腸。戟手謾罵江河决，痴憨顛倒難爲郎。急令駕車交媒氏，送之還故鄉。阿父聞女來，盛怒聲如豺。鞭棰繫庭樹，冷夜雪霜埋。絶食閉空室，冰裂成瘡痍。更捲曲箔中，寒梅使倒栽。號泣驚栖鴉，啞啞鳴聲哀。魯公揮日日輪返，女心不似日可轉。秦王呵月月倒行，女心不似月無恒。南風吹山作平地，女心不似山忽易。劫塵滄海變桑田，女心不似海屢遷。女心白如雪，皓皓不能涅。女心剛如鐵，錚錚不能折。女髮可剪，女鼻可割，女臂可斷，女頭可截，女子可逐，女財可没，女心之貞不可奪。奈何身死璧無瑕，不歸前家歸後家。後家拒以禮，構訟争彼此。惡父囑奸胥，縣官成傀儡。冤莫洗，父耶媒耶官耶吏耶忽并亡，床頭皆見披髮浴血鬼。李公明如神，斷令尸歸陳。陳氏不迎尸，亢旱忽經旬。苦節感士庶，群請旌其門。送柩歸陳氏，合葬亡夫墳。墳初成，雨忽沛，蒼蒼天，爲墮泪。

張際亮（1799—1843），字亨甫，號華胥大夫、松寥山人，福建建寧人。道光十五年（1835）舉人。少負氣節，有縱情任性的名聲。游歷天下山川，窮探名勝。其詩饒才氣，沉雄悲壯，感慨國事及民間疾苦之作尤佳。與魏源、龔自珍、湯鵬并稱爲“道光四子”。著有《松寥山人集》《婁光堂稿》《思伯子堂詩集》。

河　　間①

秋色滿天地，蕭蕭車馬來。征蓬與落日，千里故徘徊。望遠休彈鋏，驚寒數舉杯。今朝吊毛貫，一感説詩才。

漢河間獻王君子館磚、王陵唐開元瓦歌，爲肅寧苗仙露（學植）秀才作

（九月十四夜走筆賦）②

一磚猶存君子字，一瓦可考開元歲。獻王遺迹未全湮，苗君感此忘淹滯。于戲我今三十汝四十，自坐好古名不立。文章何處哭秋風，荒陵故鬼應同泣。維王昔日能禮士，開宫築館今誰似。明皇初政亦喜儒，守冢置祠存王祀。斷瓦殘磚變海田，非君掇拾世寧傳。無端遇合憐微物，有恨飄零廢壯年。君不見漢家故闕餘浮雲，唐朝舊苑空斜曛。耕人自取長陵土，老婦何知蜀道墳。又不見未央埋泥沙，元康雜柱礎。五鳳代已遥，萬歲歸何所。久怨甘泉燼劫灰，更悲銅雀毁高臺。甄陶等是勞夫役，缺蝕惟看剩硯材。從知富貴曷足道，不以王賢此豈寶。榛

---

① ［清］張際亮：《思伯子堂詩集》，卷十八，清刻本。

② 《思伯子堂詩集》，卷九。

蒙礫蔽一千春，土花斑駁苔紋老。幽州九月惡風多，登高醉望滹沱河。蒼茫人事嗟銅駝，手此出示三摩挲。于戲我能爲汝歌，弃擲道路當如何。

何紹基（1799—1873），字子貞，號東洲，别號東洲居士，晚號猿叟（一作蝯叟），湖南道州（今道縣）人。何紹基早年是阮元、程恩澤門生。道光十六年（1836）進士，官翰林院編修、國史館總纂，歷充廣東鄉試考官、提督，視學浙江，擢四川學政，後被罷官。晚年主山東濼源、長沙城南、蘇州、揚州諸書院，通經史，精小學、金石、碑版。書法初學顏真卿，又融漢魏而自成一家，尤長草書。有《東洲草堂金石跋》《東洲草堂詩鈔》等。

河間獻王君子館專及開元寄字瓦歌，爲苗仙露同年作（時應秋試至都）①

穆穆君子專，蒼蒼開元瓦。印林拓贈今幾年，今日纔識苗兄者。苗兄苗兄今經師，譚經寫韵人呼痴。專瓦無言古心印，晝以爲友宵寢之。獻王之賢古來少，開館延儒親彗掃。山荒石突幾千年，一甓猶因君子寳。開元初政亦重儒，大小經仍頒學徒。片瓦茫茫欲何寄，曲江北海疑相呼。祇今殘當破甓收遺缺，關洛搜珍到吴越。朔方但有古長城，秦時塊貯今宵月。何期二

① ［清］何紹基：《東洲草堂詩鈔》，卷四，清同治六年（1867）長沙無園刻本。

妙都歸君，古光長照秋嶙峋。黄金臺下駿馬骨，待君拾取從荒榛。

宿商家林①

聞説頻年苦旱荒，商家林子氣蒼凉。連宵滴透深秋雨，想到明年餅餌香。

胡焯（1804—1852），原名杰，字光伯，號禎軒，武陵（今常德）人。道光二十一年（1841）進士，改庶吉士，授編修，官至廣西學政。著有《校補〈説文解字〉》《楚頌齋詩集》《楚頌齋詩餘》《東都南海紀行》等。

苗先簏河間獻王君子館甎歌②

日華宫阤霜蓬焦，毛公祠存客游敖。冒橛副土光燭霄，斷甓雙紐雷文交。金甃倒落虹蜷要，漢皇求仙東射蛟。小山鴻寶紛招邀，簫管吹臺何寂寥。申詩不傳王戊驕，河間好儒築館勞。山東諸生來俊髦，六籍不炧西秦燎。書陳周官樂歈韶，嘉賓笙簧車乘翹。素絲五馬榦旌旄，君子何在貫與毛。三千年後今聯鑣，鹵生稷乳經談苗。遺甎入匭縹重包，銀繭拓分圓麝膏。未央漢宫銅爵曹，搜剔遺瓦披榛茅。晋隸豈識元康朝，五鳳八分

① 《東洲草堂詩鈔》，卷二十一。

② 《君子留真譜》。

鷩遁逃。延陵舊碑申浦遥，孔篆疑似唐刻淆。大雅不没精靈超，此事何啻千瓊瑶。儕魯大璜周赤刀，陳經鴻都雅肄宵。椎氈摩烟麟閣標，緹襲緘縢囊橐櫜。載車萬輪舟百艘，胡爲井甃占易爻。蝸篆古壁塵栖寮，西陟虞坂躋中條。抱玉南涉吴江潮，扣缶自作幽并謡。運甓誰惜荆州陶，交河北流寫平皋。客館二十淪荒郊，獻王陵樹秋風號。

陸應穀（1804—1857），字樹嘉，一字稼堂，雲南蒙自人。道光十二年（1832）進士，改庶吉士，散館授翰林院編修。由監察御史出爲山西朔平知府，歷官太原知府、順天府尹、江西巡撫、河南巡撫。在河南巡撫任上，值太平軍北上，参與鎮壓太平軍。朝廷以陸應穀未能事先防堵太平軍入河北責罪，被降調爲直隸按察使，卒于任所。著有《抱真書屋詩鈔》。

和商家林題壁韵①

鏡中對影瘦棱棱，欲撲衣塵困不勝。一覺繁華秋後夢，半年辛苦客中燈。詩情倍覺濃于酒，宦况何堪冷似僧。前路不勞龜瓦卜，世間通塞兩無憑。

張穆（1805—1849），初名瀛暹，字誦風，一字石洲，號𠴲齋，平定人。道光十一年（1831）優貢。居京師宣武城南，讀書著述。通訓詁、天文、曆算、輿地之學，尤精于邊疆史地。

① ［清］陸應穀：《抱真書屋詩鈔》，卷六，民國雲南叢書本。

有《魏延昌地形志》《蒙古游牧記》《閻若璩年譜》《月齋文集》等。

漢河間獻王君子館專歌，爲仙露同年賦①

漢興蕩除挾書律，如日杲杲生于東。三輔邸舍廓有容，珷玞金玉錯其中。坦坦大河壖，神禹斷二渠。獻王築館河之瀕，實説禮樂敦詩書。蒲輪碣來嘔夷水，河北諸儒爲王起。蘭陵客死緒未棼，毛貫諸公盡君子。君子幾凋零，王功在六經。渠渠夏屋漫荒榛，宵深秋草飛亂螢。螢飛猶傍獻陵陌，一犁鑱破宮垣碧。先生嗜學真古人，諏經寫韵恒齗齗。斟酌毛鄭得其醇，一甓天獎汲古勤。夜來或見夢，夢覿陶生面。如舊相識情繾眷，從容抉剔手蠟氈。奴隸郭香躪曹全，西京隸法今流傳。世間何物足相儷，魯國新樵五鳳専。

獻縣紀文達公故里②

日華宮圮經神絶，紅杏園荒詩骨枯。天爲斯文留斷簡，地逢昭代起名儒。韜胸緯略排中壘，信手文章衍大蘇。日暮景成東望久，童童喬木繞雲敷。

---

① ［清］張穆：《月齋詩文集》，詩集，卷一，清咸豐八年（1858）祁寯藻刻本。

② 《月齋詩文集》，詩集，卷二。

魯一同（1805—1863），字蘭岑，一字通甫，江蘇安東人。道光十五年（1835）舉人。著有《通甫類稿》《通甫詩存》等。

自阜城至河間道中①

嗚咽滹沱水，長流戰伐聲。虹霓纏白晝，人鬼雜孤城。野市留軍竈，春壕鏟賊營。如聞諸父老，猶説酒漿迎。

姚燮（1805—1864），字梅伯，號復莊，又號大梅山民，另號上湖生、某伯、大某山民、復翁、復道人、野橋、東海生等，浙江鎮海（今寧波北侖）人。道光十四年（1834）舉人，以著作教授終身。治學廣涉經史、地理、釋道、戲曲、小説。工詩畫，尤善人物、梅花。著有《復莊詩問》《復莊駢儷文榷》《今樂考證》《大梅山館集》《疏影樓詞》。

南轅雜詩一百八章（選一）②

巍巍日華宫，金臺遠相埒。樽酒服群士，獻王亦人杰。文章久輕賤，吾匪鈍喉舌。陂池不納鷗，天海自空闊。伯樂果生世，眼中幾騏骨。牂牱一千仞，撑胸苦峻兀。

① ［清］魯一同：《通甫詩存四卷詩存之餘二卷》，卷四，續修四庫全書影印清咸豐九年（1859）刻本。

② ［清］姚燮：《復莊詩問》，卷十五，清道光姚氏刻大梅山館集本。

河間懷古[1]

尾宿天垂紫氣纏，北關鎖鑰灄城懸。誰尋海上童男藥，尚數壚頭姹女錢。樂壽軍門橫斷石，日華文館閉空烟。大毛祠宇任延墓，一例無人薦鞠泉。

德州大風渡河，至留智廟下車成歌[2]

大風昨日趨東阿，今日大風安陵過。昨行陟山今渡水，若以窪險爭兀峨。孤城抗水水難激，水偏逆折揚其波。水高岸下猛旁溢，洋洋赤地生盤渦。廣川向北入中水，天胎（山名）一點漂浮鵝。下流衡漳不可塞，迸氣泄入胡盧河。我車欲渡未敢渡，水與橋并橋梁頗。四蹄騰擲待收制，瞥眼已落空中梭。防南五縣極卑鹵，往往白日游黿鼉。紫微縱可作屏障，宣房失戒還如何。斯時風力益遒勁，千林颯沓傾枝柯。龍且怒抵背水陣，誇父倒曳追陽戈。粉衣墨面凍指爪，車箱局屈同蠶蛾。僕夫跨轅帽蒙頂，亂鞭篩馬相叱呵。須臾抵店脱危苦，急傾瓮酒如澤荷。心肢稍暖意亦定，仰看千里流鴻多。嗟爾風伯恣饕虐，譬彼虎政徒煩苛。皇皇真宰操生柄，太平不作笙篌歌。東方月出爛冰色，大圜倏若青銅磨。臧家橋畔好風日，明朝看柳逾滹沱。

---

① 《復莊詩問》，卷十九。

② 《復莊詩問》，卷十九。

華長卿（1805—1881），原名長懋，字枚宗，號梅莊，直隸天津人。道光十一年（1831）舉人，官開原訓導。少工詩文，博覽群書。有《梅莊詩鈔》等。

漢河間獻王博士毛公君子館磚歌①

（磚爲河間苗仙露所藏）

炎炎四百年天下，宮闕荒凉無片瓦。可憐白土閟銀鈎，不見青苔埋玉斝。當年文景侯恩澤，功狗勛名垂竹帛。屏藩宏我漢都京，劉氏諸王勢烜赫。吴王跋扈梁王驕，淮南僭妄江都豪。習禮誰解宗大戴，敦詩不知法小毛。兩河之間賢王出，被服造次崇道術。覓得科斗萬卷書，博士譚經無暇日。峨峨大起日華宮，獻樂詔策來三雍。西京文物自王倡，冠裳百代稱儒宗。電掣星馳人易老，以謚名縣堪搜討。曾築别館館毛公，臺磚殿瓦皆荒草。哲王大雅自不群，千秋廟貌氣凌雲。老樹豐碑多榛莽，何人來拜獻王墳。苗君識字心思苦，曾讀琅嬛辨帝虎。破磚拾帶土花香，隸文兩字足千古。吁嗟從古小人多，君子埋頭奈若何。金石不刊名耐久，小人到底易銷磨。墨華拓遍銀光紙，援古證今同研史。海内詩人競品題，先生不覺掀髯喜。一時佳話傳津門，我友邊生向我言。少壯吟詩癖相埒，前身曾住詩經村。毛公毛公真碩彦，闕名猶列儒林傳。匡鼎説詩徒解頤，毛遂處囊羞自薦。一抔黄土一杯漿，既酹毛公復酹王。留得片磚贈君子，河間從此姓名香。

---

① ［清］華長卿：《梅莊詩鈔》，卷二庚庚集上，清同治九年（1870）刻本。

寶鋆（1807—1891），索綽絡氏，字佩蘅，滿洲鑲白旗人。道光進士。咸豐時曾任内閣學士、禮部右侍郎、總管内務府大臣。同治時任軍機大臣上行走，并充總理各國事務大臣、體仁閣大學士。光緒時晋爲武英殿大學士。謚文靖。有《奉使三音諾顔汗紀程詩》《文靖公遺集》《佩蘅詩鈔》。

河間府四絶句①

（初八日，第七站獻縣樂城驛，四十里。第八站交河縣富莊驛，四十里。）

此間綽有獻王風，爾雅温文比户同。羡煞寅清賢太守（查太守由禮部出任），前身名注日華宫（日華宫，河間王築。太守名日華，故戲及之）。

憶昔光分藜火青，筆花璀璨照冰廳。誰知使節經過地，又見瀛洲第一亭（亭在府城内）。

輿蓋穿街肅隊行，居人夾路看文旌。不知瀛海樓何處，野草閑花秋滿城（城内曠地甚多）。

河間王事艷名流，五代瀛王迹亦留。一樣榮華誰判别，麒麟荒冢野烟秋。

---

① ［清］寶鋆：《文靖公詩鈔》，典試浙江記程草，卷一，清光緒三十四年（1908）羊城刻本。

獻縣樂城驛作①

碧樹蒼烟一抹痕，樂陵臺古驛名存。千秋剩有梧桐月，曾照吟詩薩雁門（薩天錫獻縣樂陵臺詩有“獨倚梧桐看秋月”句）。

馮家河七古②

五朝八姓無愧怍，痴頑老子真長樂。高平阻戰稱忠謀，柴家天子山終作。位兼將相亦何常，柔佞居心工附托。始知剛方有大節，千古豪杰同鑄錯。僕今行過相公莊（相公莊馮道所居，見《花王閣剩稿》），流水垂楊照城郭。吁嗟乎！勢位富厚良足多，至今人識馮家河。

商家林早尖適值集場，作詩紀之（二十二日風狂寒甚）③

林立想商家，豐亨雅足誇。市聲喧日午，年景絢風華。嫫母皆環佩（村嫗極多），鍾馗亦畫叉（門神紛列）。京都知更好，翹企興無涯。

---

① 《文靖公詩鈔》，典試浙江記程草，卷一。

② 《文靖公詩鈔》，典試浙江記程草，卷一。

③ 《文靖公詩鈔》，浙省還轅紀游草，卷二。

由獻縣過河間懷古有作①

信都霸業莽山溪，樂壽遺踪付雪泥。冢没石家埋勒虎（石勒僭號信都，即河間地，石虎伊養子也），雲荒水泊問高鷄（竇建德爲盜高鷄泊，駐樂壽，即獻縣）。自緣地勢誇雄武，誰念人材善取携。雉堞至今村落建（此地村莊多似城垣），豪情勝概壓關西。

張文虎（1808—1885），字孟彪，一字嘯山，號天目山樵，江蘇南匯（今屬上海）人。貢生。同治中入曾國藩幕，晚年主江陰南菁書院講席。學問淵博，尤精于校勘，所校《守山閣叢書》《小萬卷樓叢書》時稱善本。亦工詩詞。著作有《古今樂律考》《索笑詞》《舒藝室詩存》《舒藝室雜著》等。

河間獻王祠②

漢家十世多驕王，淮南好道猶危亡。夫惟大雅故卓爾，一代學術開天潢。秦灰乍燼衆儒出，各守師説徒張皇。王也大開獻書路，搜羅善本遍四方。首爲毛左立博士，遠勝齊魯韓公羊。七十子亡大義在，六藝散佚賴表彰。雍容禮樂務實事，斥絶浮辯紛披猖。當其來朝獻雅樂，意與雅頌同鏗鏘。二十四卷記親定，再傳所惜無能詳。三雍之對亦已眇，古制既闕疇津梁。楚

① 《文靖公詩鈔》，浙省還轅紀游草，卷二。

② ［清］張文虎：《舒藝室詩存》，卷三，清光緒刻本。

元傳詩僅先導，後啓沛輔東平蒼。經明行修號儒者，于聖豈特云升堂。大行議謚謚曰獻，易名典故殊尋常。宗室諸王奉儀表，世澤尚及來孫良。此間四縣户數萬，學道應比弦歌鄉。日華宫中聚賢俊，想見郁郁群冠裳。千秋廟貌肅崇祀，赤芾金舄輝文章。晚風驅馬一回首，六星東壁遥騰光。

謝清揚（1810—1860?），字次榆，號小嵋，平陽礬山人。道光二十三年（1843）癸卯科歲貢生。著有《愈愚齋詩文集》四卷。

讀河間獻王傳[1]

鴻儒不道出天潢，搜輯遺經腹笥藏。自抒嘉謨酬制策，誰將雅樂播明堂。賢藩那有沽名意，英主偏深得衆防。漢室斯人能幾見，東平差足挹餘芳。

莫友芝（1811—1871），字子偲，號郘亭，晚號眲叟，貴州獨山人。道光十一年（1831）舉人。通文字訓詁之學，與鄭珍俱為西南大師。工詩。咸豐間以知縣用，弃去，游江南，客曾國藩幕，與學者張文虎、張裕釗等校讎經史。有《郘亭詩鈔》《黔詩紀略》《郘亭知見傳本書目》《遵義府志》《聲韻考略》等。

① 陳慶念主編：《愈愚齋詩文集》，第48頁，上海古籍出版社，2005年。

劉子重（銓福）示八君子專墨拓専兼惠新拓，爲題二十韵[①]（君子館故迹，在河間縣西北三十里，與肅寧縣壤接。子重官肅寧訓導，手拾此專。館爲河間獻王建，以招賢者。見《水經注》）

君子開賓館，芳蹤記樂城。墼留秦隸字，事冠漢西京。定薄梁園侈，安知魯苑營？善書真盡得，經或絶還明。樸學今時盛，專家幾輩名。直永求是獻，遠致未灰嬴。邑俊濡餘澤，毛均契古聲。片陶珍餉遺，副墨頓飛鳴。（此磚出始獻縣苗明經夔，夔著書專明古音）蚼子河間胄，還司博士黌。好賢徵舊迹，追遠益深情。拂拭欣孤賞，聯翩萃八英。儼從招藹藹，坐對説鏗鏗。歐趙憐同癖，蒐羅苦不宏。釣池尊魯鼎，中殿寶吴瑛。（西京石刻以曲阜五鳳二年一石出太子釣魚池者爲最古，有傳周櫟園官山左時易去原石者。次則甘泉之中殿第廿、第卌二石，在五鳳後四年。此磚又五鳳前作）豈意逢磚祖，蒼然主石盟。妙傳纖手拓，彌助古懷清。滿地方馳燧，頻年未解兵。向來珍吉樂，多半委榛荆。救世黄金切，爲儒壯士輕。道寧存瓦甓，守此欲何成？

史夢蘭（1813—1898），字香崖，直隸樂亭人。道光二十年（1840）舉人。選山東朝城知縣，以母老不赴。著述甚富。有《爾爾書屋詩草》八卷、《文鈔》二卷、《疊雅》十三卷、《异號

① ［清］莫友芝：《郘亭遺詩》，卷五，續修四庫全書影印上海辭書出版社圖書館藏清光緒刻本。

類編》二十卷、《古今謡諺補注》二卷、《古今風謡拾遺》四卷、《古今諺拾遺》六卷、《燕説》四卷、《雙名録》一卷、《筆談》八卷、《輿地韵編》二百卷。

諸王・河間獻王①

河間獻王，劉德，景帝子。

窈窕軒廊客館通，冠裳長集日華宫。校書網盡山東彦，不似淮南止八公。

後漢・宫詞②

玉堂昆苑五雲中，天禄蝦蟆盡鑄銅。新拜三公輸禮到，河間奼女數錢工。

後漢・宫詞③

西園裸館鬱嵯峨，一曲招商傍晚歌。明日初升人競浴，茵墀香散夜舒荷。

腰間一例裹齊襠，梳就瑶臺別様裝。燭影摇紅君半醉，鵜

① ［清］史夢蘭：《全史宫詞》，卷六，清咸豐六年（1856）史氏刻本。
② 《全史宫詞》，卷七。
③ 《全史宫詞》，卷七。

聲喔喔滿華堂。

天街塵净六龍出，門外翻車運渴烏。風送雕輪香滿路，宫袍多半是春蕪。

河間牛萼峰（林）、江蘇張午亭（師榮）以求詩見訪津門舟次①

行踪到處有逢迎，明月清風共此情。匡鼎説詩無妙解，陳遵驚座祇虚名。老來志趣宜農圃，閑裏生涯課雨晴。文字故交零落盡，又從萍水訂同聲。

陳介祺（1813—1884），字壽卿，號簠齋，又號齊東陶父，濰縣人。道光二十五年（1845）進士。授翰林院編修，國史館協修，方略館分校。著述三十餘種，多未刊行。

爲《六君子磚合本》題詩②

道大誰爲倡，河間尚好賢。嶔奇六君子，堙没幾千年。斷甓今猶在，斯人古已傳。願言從許子，相與試磨磚。

---

① ［清］史夢蘭：《爾爾書屋詩草》，卷五，續修四庫全書影印遼寧省圖書館藏清光緒元年（1875）止園刻本。

② 袁行雲編：《許瀚年譜》，第 101 頁，齊魯書社，1983 年。

邊浴禮（1813—1862），字夔友，號袖石，任丘人。道光二十四年（1844）進士，官至河南布政使。終身不廢吟哦，弱冠已有詩數千首。與王柏心入陶樑幕，被目爲“燕楚兩奇士”。其詩不主故常，七古尤爲光氣逼人，其詞更是享譽當世。著有《健修堂詩集》二十二卷、《空青館詞》三卷。

五公山吊王山人餘佑[1]

突兀晚峰晴翠環，高人舊隱閉松關。頻年桑海供憑吊，一叟蘇門自往還。落落乾坤餘大略，寥寥著述葬空山。遺民百六誰堪比，只有殷（岳）張（蓋）伯仲間。

羅惇衍（1814—1874），字星齋，號椒生，廣東順德人。道光十五年（1835）進士，官至户部尚書，兼署工部。著有《集義軒咏史詩鈔》。

河間獻王德[2]

秦火纔銷楚火隨，誰尋六藝舊文辭。學能求是先徵信，本愛留真待質疑。造次禮容盟屋漏，雍和樂律獻階墀。淮南喜士多浮辯，鷄犬人間笑靡遺。

---

① 《晚晴簃詩匯》，卷一百四十五。

② ［清］羅惇衍：《集義軒咏史詩鈔》，卷七，清光緒元年（1875）刻本。

龍啓瑞（1814—1858），字輯五，又字翰臣，臨桂（今廣西桂林）人。道光二十一年（1841）進士，授翰林院修撰。官至江西布政使，卒于官。工詩文，精通音韵。著有《經德堂文内集》四卷、《外集》二卷、《别集》二卷、《浣月山房詩内集》三卷、《外集》一卷、《漢南春柳詞》一卷。

過河間獻王墓①

嬴氏愚黔首，群經遂遭燔。菽粟委塵壤，聖道不復尊。炎漢挈天綱，六籍光幽昏。王生際平世，儀彼先聖言。皇皇日華宫，文士供駿奔。掇拾灰燼餘，刮磨如彝尊。維時周禮經，成書貢天閽。大哉聖人道，朗若扶桑暾。廣川産鉅儒，王實開其源。吾門有傳法，功與十子論。如何千載下，籩俎不復存。我來重憑吊，抔土餘荒墩。鬱鬱松柏樹，青青拱墓門。石馬雖已折，佳氣被無垠。斯文其在兹，來者永無諼。

① ［清］龍啓瑞：《浣月山房詩集》，卷一内集，清光緒四年（1878）龍繼棟京師刻本。

江湜（1818—1866），字弢叔，江蘇長洲人。官浙江候補縣丞。江湜工詩，因爲身世困頓，多窮苦之言。著有《伏敔堂詩録》。

商家林早發[①]

殘月欲斜墮，明星猶滿天。載將春夢去，記此店門前。鄉信短長札，羈懷新舊年。終憐村户好，井屋起晨烟（韋左司句）。

林直（1826—1871），字子隅、子魚，號白下，福建侯官（今福建閩侯）人。道光三十年（1850），林直以諸生參與戎幕，出佐大府，後擢升監司，曾率孤軍與太平軍作戰，咸豐年間曾官廣東補用知府。同治二年（1863）出游廣東。林則徐評其詩“隸事典切，結響沉雄，詩筆與梅村爲近”，并稱其“集畫家與學者于一身”。著有《壯懷堂詩》。

獻　縣[②]

阜城小邑耳，捨去胡盧河。暮投獻縣宿，流風聞雅歌。緬彼賢王子，聚書一何多。煌煌五百篇，古義精不磨。客館二十區，諸儒歸禮羅。大雅故不群，儒述迴頽波。墓門衛松楸，故

---

① ［清］江湜著，左鵬軍校點：《伏敔堂詩録》，第35頁，上海古籍出版社，2012年。

② ［清］林直：《壯懷堂詩》，三集，卷十北征集一。

宮汨烟蘿。殘碑卧祠畔，欲去三摩挲。咫尺樂陵臺，歲晚無人過。實事但求是，吾生勿蹉跎。

河　　間①

崇朝困塵鞅，小憇商家林。孤城背水開，朔氣何陰森。蒼涼月華宫，當年聚纓簪。嗟嗟人代遠，誰知獻王心。待趨瀛洲路，暮雲阻以深。寒日墜馬頭，枯楊噪歸禽。興懷舊酒徒，高陽不可尋。臨風一悵望，涕泪沾衣襟。

鮑鯤，字溟秋，浙江温州里安人。同治十二年（1873）拔貢。善畫梅，蒼秀可觀。著有《影玉廬詩鈔》。

端陽競渡，相沿舊矣。邑令高公出示禁之，口占二絶②

競渡何爲者？相傳吊屈原。而今龍不見，江上餒忠魂。

簫鼓畫橈停，無龍水不靈。端居絶塵念，痛飲讀騷經。

---

① 《壯懷堂詩》，三集，卷十北征集一。

② 陳瑞贊編著：《龍騰東甌温州歷代龍舟題咏》，第200頁，南京大學出版社，2013年。邑令高公，指瑞安知縣高錫疇。高錫疇，字敷明，直隸獻縣（今河北獻縣）人。同治二年（1863）恩科進士。光緒四年（1878）二月選任瑞安知縣。

李慈銘（1830—1894），字愛伯，號蒓客，人稱越縵老人，浙江會稽（今紹興）人。光緒六年（1880）進士，歷官户部江南司郎中、山西道監察御史。慈銘于經、史、子、集及稗史、佛典、詞曲、小説無不涉及。著有《越縵堂詩集》《文集》《白華絳柎閣詩集》《讀史札記》《越縵堂日記》及《湖塘林館駢體文鈔》等，還有《霞川花隱詞》二卷、《越縵堂詞録》二卷。

燕薊道中雜咏五首·其三①

竇建真英雄，玉璽歸日角。胡盧日夜流，無人吊長樂。（葉，獻縣）

張之洞（1837—1909），字孝達，號香濤，又號壹公、無競居士，晚年自號抱冰，直隸南皮（今河北南皮）人。洋務派代表人物之一。同治進士。張之洞與曾國藩、李鴻章、左宗棠并稱晚清“四大名臣”。謚文襄。有《廣雅堂集》。

卯金子行贈姊夫劉伯洵②

大鵬向南飛，萬里一徘徊。羊角多迴風，轉爲葦上鷦鷯哀。狂國笑狂類如此，河間今見卯金子。卯金之子能好學，雙瞳奥

① ［清］李慈銘：《白華絳柎閣詩集》，卷戊，清光緒十六年（1890）刻越縵堂集本。

② ［民國］《獻縣志·詩文要録》，卷一。

澈剪秋水。問君據案讀何書，乃是黄帝太公之陰符。神州如沸何人責，作此寂寂真非夫。既不羨賤儒，科名嚇腐鼠。復不爲才人，詩酒鬥龍虎。纖美容儀何害崔伯深，縱横大略誰識陳同甫。我性樸鈍君靈奇，勿謂相反却相知。雄談能使臧獲訝，標榜誤被親朋嗤。規我太剛必損缺，我亦戒君精鋭防顛蹶。固知利用非鉛刀，更憂經久無冰雪。君今杖策游燕都，新知得有奇士無。山水雖好琴弦歇，風雨方急鷄鳴孤。勉旃崇德且餐飯，金玉終當遇薛卞，商歌夜火何時旦。

河間崔次龍能詩善畫，寓都下十餘年，無所遇而歸①

浩然去國裹雙縢，惜别城南剪夜燈。短劍長辭碣石館，疲驢獨拜獻王陵。半梳白髪隨年短，盈尺新詩計日增。我愧退之無氣力，不教東野共飛騰。

得伯洵書前詩却寄②

其　一

春入青門柳乍絲，心情中酒費禁持。更吟都尉鴛鴦句，忽夢秋燈動剪時。

---

①［清］張之洞：《張文襄公古文書札駢文詩集》，詩集一，民國十七年（1928）刻張文襄公全集本。

②［清］張之洞著，龐堅點校：《張之洞詩文集》增訂本上，第 377 頁，上海古籍出版社，2015 年。

其　二

高冠檑具不周身，誰信延津有信神。三十登壇殊未晚，與君同是少年人。

哭弟子仲高因寄伯洵①

黯黯霜風落木辰，寢門西望獨沾巾。倉舒童丱先爲鬼，賈誼奇窮更個人。問字殘編空突兀，買鄰舊約剩酸辛。姜紘②被冷休淒絶，珍重高堂有老親（時仙石世丈病危篤，故云。然更十四日劉丈亦不起矣，傷哉）。

戴望（1837—1873），字子高，浙江德清人。周中孚甥。補諸生，一赴秋試，遂弃舉業。好讀先秦古書。初致力考據詞章之學，繼從陳碩甫、宋于庭游，通知西漢經師家法。同治任金陵書局校勘。詩工五言。著有《管子校注》二十四卷、《顔氏學記》十卷、《謫麐堂遺集》等。

---

① 《張之洞詩文集》增訂本上，第377頁。

② 姜紘：疑當作"姜肱"。

道州何編修來自安慶，楊鐸大令方朔通守招予及莫孝廉友芝觴之于陳氏園，即席賦呈四首·其三①

薄宦疑羈客，塵中二妙逢。各懷才若海，兼吐氣如虹。廣厦千間願，勞生百轉蓬。獻王今不作，休問日華宮。

汪宗沂（1837—1906），字仲伊，一字咏村，號韜廬，歙縣西溪人。光緒六年（1880）進士。授山西知縣。著有《禮樂一貫録》《周易學統》《五聲音韵論》《三家兵法》《三湘兵法》《尚書合訂》《管樂母音譜》《金元十五調南北曲譜》《劍譜》《詩説》《詩經讀本》《孟子釋疑》《黄庭經注》等。

小銅竹齋中所收西漢金石隸文雜綴以詩②

西京三字朱君長，直娩長生輿未央。古隸分明饒篆意，樂安太守字弢芒。河間好古振儒風，搜盡磚文莫與同。二十餘區君子在，更無人識日華宮。漢戟標題號枉侯，班書因孰可尋求。丹陽一埒精工造，九字金文冠十洲。

---

① ［清］戴望：《謫麐堂遺集》，詩一，清宣統三年（1911）鄧氏風雨樓叢書本。

② 鄧實任主編：《國粹學報》第五十五期，上海國粹學報館印行，1909年。

寶廷（1840—1891），愛新覺羅氏，初名寶賢，字少溪，號竹坡，後改字仲獻，號難齋，清滿洲鑲藍旗人。同治七年（1868）進士，累官至文淵閣直閣事、禮部侍郎。敢于直諫，名震朝野。著有《偶齋詩草》内外集及《偶齋詞》。

獻縣旅館懸猫蝶小幅感賦①

辭家七日走長途，旅況艱辛别思無。忽見壁間花蝶幅，驀然念我小狸奴。

王先謙（1842—1917），字益吾，號葵園，湖南長沙人。曾任國子監祭酒、江蘇學政，湖南岳麓、城南書院院長。曾校刻《皇清經解續編》，并編有《十朝東華録》《漢書補注》《後漢書集解》《荀子集解》《莊子集解》《詩三家義集疏》《續古文辭類纂》等。著有《虚受堂文集》。

河間獻王墓②

漢承秦火餘，古籍半散亡。學官不盡立，搜遺賴賢王。藐彼千金賞，珍此寸簡藏。承先道斯存，待後功乃彰。縱云爲其易，用心何深長！俎豆雖不預，千載有輝光。我來拜墓門，薦之椒蘭芳。淮南亦瑰偉，惜爾詩詞章！

---

① ［清］寶廷：《偶齋詩草》，外次集，卷五，清光緒二十一年（1895）方家澍刻本。

② ［清］王先謙：《虚受堂詩存》，卷九，清光緒二十八年（1902）蘇氏刻增修本。

獻縣道中①

驅馬漢王都，亭午坐賓館。晴光久蒸鬱，秋意尚舒緩。雲罨柳色深，風香菜花暖。適因孤賞憩，未覺吟情短。

河　間　作②

去歲使臣乘傳日，滹沱永定俱横溢。今年永定旱不湍，復見滹沱故塗失。河間黍麥半不收，河間大道在中流。行子朝朝隔河水，饑氓户户走通州。通州放振恐難繼，中道死亡誰爾濟。今年縱得全活歸，可奈明年河水至。往者西人乘我虚，悔門不合近皇居。相公今有籌邊策，臺諫宜陳水利書。

葉昌熾（1846—1917），字鞠裳，晚號緣督廬主人，長洲（今蘇州）人。光緒十五年（1889）進士。藏書家。

晋莊王鐘鉉・靖王奇原・端王知烊・簡王新典・秦簡王誠泳・定王惟焯③

九師易是劉安授，三爵詩能衛武監。竊比河間無愧色，遺

---

① 《虚受堂詩存》，卷十。

② 《虚受堂詩存》，卷十。

③ ［清］葉昌熾：《藏書紀事詩》，卷二，清宣統二年（1910）刻本叢書集成初編。

經往往出山岩。①

黎汝謙（1857—1909），字受生，別號牢溪生，貴州遵義人。著名外交家黎庶昌之侄。清末學者。光緒五年（1879）舉人。曾出任日本神户、橫濱領事官，歸國後任廣州知府，其間曾任廣東官銀局總辦。後因公開支持康、梁的變法維新，被吏部罷官。黎汝謙工詩能文，著有《夷牢溪廬文鈔》《夷牢溪廬詩鈔》《黔詩紀略續編》等。

獻縣道中②

十里長堤五里橋，紅闌碧水影迢迢。風光絶似江南道，菱渚蓮湖次第邀。

梁鼎芬（1859—1919），字星海，號節庵，廣東番禺（今廣州）人。光緒六年（1880）進士，授編修。中法戰争前後入張之洞幕，主廣雅、兩湖、鐘山等書院。清帝遜位後，與陳寶琛同爲末代帝師。又以遺老自居，參與張勛復辟。有《節庵先生遺詩》。

① 注：朱鐘鉉，明宗室，太祖曾孫，受封爲晋莊王，博古喜法書，藏書宏富。

② ［清］黎汝謙：《夷牢溪廬詩鈔》，卷一，清光緒二十五年（1899）羊城刻本。

紀拔貢（鉅維）贈先世《花王閣剩稿》一卷，漫題五絶句[①]

已是斜陽欲落時，不成一事鬢如絲。文章無用從漂泊，惆悵花王數首詩。

休將晋惠比明熹，聽講心開尚可爲。不見當年孫閣部，令予論世獨傷悲。

普德寺高配聖尊，前潘後陸不堪論。此時此局真難得，楊左猶能一雪寃。

青豆房中意想深，酒醒撫撿更沈吟。誰知一滴芙蓉泪，已入才人异代心。

河間風格比田間，蝶戀餘香未忍閑。我亦觀星通帝坐，由來同調在深山。

---

① ［清］梁鼎芬：《節庵先生遺詩》，卷四，民國十二年（1923）沔陽盧氏慎始基齋刻本。

近　代

王同愈（1855—1941），字文若，號勝之，别號栩緣，江蘇元和（今蘇州）人。宣統元年（1909）曾任江西提學使。

戲和商家林驛壁詩三首①

河間府商家林驛壁有女子瓊英題詩，其序云：兒本燕人，歸于越客，悲故鄉之漸遠，嘆于役之方艱。聊賦短章，題志驛壁。瓊英書。時萬曆乙卯春作也。帶月衝寒行路難，霜華凋盡緑雲鬟。五更鼓角催行急，一枕鄉心夢未殘。崇禎壬午，王烟客在甘陵署中閲《河間府志》得此，因和之：旅綰蕭蕭欲寐難，起來慵復整雙鬟。何時最是傷情處，廣野霜寒月未殘。

身世仳離慨遇難，愁心無緒理雲鬟。今宵酒醒知何處，滿眼黄沙落日殘。

① 王同愈著，顧廷龍編：《王同愈集》，第114頁，上海古籍出版社，1998年。

此去天涯作客難，更無舊侶與梳鬟。夜深衹有燈相惜，閣泪汪汪蠟未殘。

信知出外一時難，睡起無情擁亂鬟。扶夢登程忽驚覺，疏燈人語五更殘。

徐世昌（1855—1939），字卜五，號菊人，又號東海，别號水竹村人，直隸天津人。光緒十二年（1886）進士，清季官至内閣協理大臣。民國七年（1918），由“安福國會”選爲“總統”。著有《水竹村人集》《海西草堂集》等。

日　華　宫[1]

斷甓無存蔓草荒，河間舊物費評量。日華宫館誰曾見，猶有鄉人説獻王。

程頌萬（1865—1932），字子大，一字鹿川，號十發居士，湖南寧鄉人。程千帆叔祖父。曾任湖北候補道。善爲詞章，與湖南龍陽易順鼎、湘鄉曾廣鈞稱爲“湖南三詩人”。嘗創設廣藝興公司，分造紙、印書、漆、木、竹、綉等六科，晚年研究古文，工書畫。著有《程典》。

① 徐世昌：《海西草堂集二十七卷附題畫詩十卷》，卷二十二，民國二十五年（1936）徐世昌退耕堂刻本。

疏簾淡月　夜發河間，晨過滹沱河[①]

馱鈴喚起。又趁入襜帷，四更天氣。沙色籠燈，不辨馬蹄痕細。層衾裏夢霜逾重，問宵酲，殢人醒未？亂塵迷轍，晨星幾眼，照愁而已。　悵曉角，催人卌里。認行行烟樹，近滹沱水。雁路微茫，低映關山行李。蕭蕭自古堅冰渡，剩橋邊，荻蘆荒壘。數家村店，酒旗斜矗，向空烟裏。

陳國柱（1898—1969），曾化名廖華，莆田人。1917 年，十九歲的陳國柱投筆從戎，毅然加入人民軍，投入反對北洋軍閥的戰鬥。福建解放後，任福建省教育廳副廳長。1954 年，中央調他到國務院任參事。他盡心盡責，爲國事出謀獻策。郭沫若評説他的詩詞是“今之詩史”，贊揚他“每飯不忘民者也”。有《碧血丹心集》。

過　單　橋[②]

十仞虹橋滹水濆，蕭森瘦樹間寒雲。堅冰始結河流合，曉日初融曙色分。孤名久標陳女節，狂風不濟平安軍。[③] 荒村寂寞飆聲急，彷佛當年戰鼓聞。

---

① 程頌萬著，徐哲兮校點：《程頌萬詩詞集》，第 462 頁，湖南人民出版社，2009 年。

② 陳漢平編：《碧血丹心集》，第 67 頁，學林出版社，1993 年。

③ 原注：平安禦燕兵于此，狂風大起，因潰。

子牙河舊堤①

百里長堤勢蜿蜒，萬株紫樹綴嵐烟。瘦枝不怕冰霜烈，抖擻風前鬥晚妍。

韓村喜晤健、清二友②

不覺征塵苦，行行到仙鄉。欣逢良友會，憔悴喜俱忘。狂風日夕吹，游子冒冰霜。歡娱破岑寂，素願幸能償。明月上窗前，朗照徹華堂。坐談竟寒夕，翻鏘夜未長。世變方滋急，滿地傷國殤。幽燕危累卵，虜騎勢披猖。生民水火裏，吞噬遭豺狼。何以拯窮困！惟有鏟豪强。殘更忽已盡，燈蕊摇輝光。坐聽萬籟寂，遣興自洋洋。

過陳瓚故里③

冷落河間道，蕭條御史村。嵐烟籠碧樹，曉旭弄波痕。梨棗經霜槁，沙塵隨馬奔。危碑遺迹在，仿佛陳公魂。

---

① 《碧血丹心集》，第 67 頁。

② 《碧血丹心集》，第 68 頁。

③ 《碧血丹心集》，第 68 頁。

渡高官橋①

鰲背拱晴空，晨光映彩虹。嵐烟縹緲外，瑞氣有無中。燕趙分南北，幽并别西東。河流雖改道，地勢自渾雄。

獻縣道中見地主放羊啃麥苗，耕户不敢阻，任其蹂躪，憤然作此②

（一九三二年于韓村）

朔風颯颯河間路，塵蔽沙飛行旅苦。晨熹慘淡日昏黄，河枯地裂堅冰冱。霜雪無情逞寒威，滿眼青蕪變蒿素。狂飆怒吼厲如刀，掃蕩千林樹骨露。前年旱魃去年水，荒盡田園未收穫。偶然今歲慶豐收，穀賤税苛盡納税。眼前縱可免饉饑，他日春荒何能度？乘冬下種麥油油，緑浪連雲霜雪妒。嬌黄貢碧隴頭烟，堪救來年凍餒遇。殊知豪惡起凶頑，驅放群羊啃畦圃。嫩芽垂盡連根抽，羊齒吃苗苗不吐。東阡西陌半蹂躪，農夫吞聲不敢怒。無心誤阻蹊田人，狐假虎威施恐怖。濫用私刑痛鞭笞，或則報官慘追捕。地主羔羊碩于牛，耕户瘦形如鳩鷺。貧富懸殊有如此，哀我同胞胡不悟？俯仰古今一瞬餘，倏忽年華似朝露。何如振臂奮英風，破釜沉舟推民蠹。奪鍪先登我不辭，但願人民齊奔赴！

---

① 《碧血丹心集》，第68頁。

② 《碧血丹心集》，第69頁。

蘇淵雷（1908—1995），原名中常，字仲翔，晚署鉢翁，又號遯園，浙江平陽人。歷史學家。中华人民共和国成立前曾任上海世界書局編輯所編輯、“中央政治學校”教員、私立立信會計專科學校國文講席、中國紅十字總會秘書兼第一處處長等職。去世前爲華東師範大學教授、中國佛教協會常務理事。專治文史哲研究，對佛學研究獨到，尤洞悉禪宗。工詩，精書法、繪畫。著有《名理新論》《玄奘》《佛教與中國傳統文化》等。

湖上雜詩[①]·其一

漢宋何曾芻狗陳，眼前簇簇見嶙峋。談經求是河間遠，注屈揚芬南郡親。上舍玄言通款曲，他山義府借清新。倘容轉語誇甌北，一個西湖三學人。[②]

---

① 蘇春生、房鑫亮主編：《蘇淵雷文集》，第四卷，第2048頁，上海人民出版社，1999年。

② 自注：湖上獲識姜亮夫、王駕吾、蔣禮鴻三教授，快賦一首。趙甌北贈袁子才句：“一個西湖一才子，此行端不枉游資。”

後　記

本套書最早開始整理的應該是這一册。我整理獻縣歷代詩文的時間在二〇〇五年前後，從那時至今接續不斷，而後又有吕永森、杜書恒、張紀岩、曹書通、武樹慧、彭芳娜加入，工作隊伍和力量日趨壯大。還有滄州市的孫建、任丘的馬合意等朋友的鼎力支持，河北大學傅林、劉青松的適時點撥和提供幫助，使得本册書終成今日的規模。所以，本册書是集體合作的成果，是新時代、新技術的結晶。

詩詞作品整理的原則有三点，一是皆有出處，二是謹慎校對，三是追求完美。所有詩必須有出處，目的就是順利完成校稿工作。對于找不到出處的，就果斷删去。盡最大力量拿原本校對，實在找不到原本的，就拿整理本校對。這裏還涉及异體字的問題。數位化電子版比較忠實原書，因此保留了大量的异體字，原書不清晰的又會出現錯字，所以校勘和處理异體字的工作量是很大的。詩作出現在多種書中的，以現存最早的版本一書爲底本，再參照其他本子校對，對有明顯錯誤的字則出校勘記。對于手抄本中潦草、模糊不清的字，盡量通過書法家和學者的努力，辨識補充完整，不再把缺憾留給讀者和後人，但絶對不臆造。抄書時講究速度，對作品衹大致加了標點，回來後再仔細斟酌。

整理古籍雖然枯燥，但是也有意外驚喜。每一首詩，不管是出現在合集、方志、譜牒中的，還是出現在文章的引文中的，都要去翻檢作者的詩文集，衹有這樣才能提高作品的精準度。古籍一般没有詳細目録，即使有也不標頁碼，所以衹能根據大致綫索去找相應的册數，然後猜測大體位置，前後翻檢。翻書要特别有耐心，稍不注意就會翻過了，那樣的話還要從頭再來。意外的驚喜就是，有時還未翻到要找的作品，却又新發現了那麼一首兩首寫獻縣的作品，我們會如獲至寶，欣喜若狂，并在微信群中分享快樂。

非常感謝河北大學國學傳承與發展協同創新中心主任劉金柱先生。在河北大學與獻縣簽署戰略合作協議的背景下，他與校方和地方政府多次協調，在河北大學和獻縣都成立了河北大學獻縣文化研究院。作爲戰略合作的重要成果之一，河北大學國學傳承與發展協同創新中心提供了出版經費，使《歷代獻縣詩鈔》這項籌備多年的項目真正付諸實施并順利付梓。值此機會，向關心和支持本册詩集整理出版的朱惠民老師，劉金柱、高金庚兩位先生，傅林、劉青松兩位博士，孫建、馬合意、王占龍、王樹森、楊茂東等先生表示誠摯的感謝！

于萬復

二〇一九年五月十八日